青姫

Aohime

朝井まかて

徳間書店

青姫

朝井まかて

目次

装画　山本真澄
装幀　岡本歌織
(next door design)

一　玉結び

気配を感じたのは、干草《ほしくさ》の山に身を沈めて一睡に落ちた直後だった。

脇差《わきざし》を胸に引き寄せ、半身を起こしながら首を回《めぐ》らせる。息を殺し、目を凝《こ》らした。小屋の中には夜闇《よやみ》が濃く垂《た》れこめている。立ち上がりざま墨の汁をかき分けるように右手を泳がせ、声を発してみた。

「誰ぞ、おるのか」

問いながら動悸《どうき》が激しくなる。今さら何を怖がると己を訝《いぶか》しめど、胸の中でびくんびくんと魚の尾が跳ねる。脇差の鞘《さや》を握り直し、右手を柄《つか》にかけた。

「出てこい」

声を高めたが、どろんと静まったままだ。山中で見つけた時はごく当たり前の苫屋《とまや》であったのに、底なしの沼にいるかのようだ。

月が動いてか、草葺《くさぶ》きの空隙から針のごとき光が差し込んできた。目を凝らした。干草の山が白く照るばかりだ。獣《けもの》の気配であったのかと細い息を吐いた。が、かさりと枯草《かれくさ》の動く音がした。兎か狸か。もう長いこと、木通《あけび》や地梨、夏黄櫨《なつはぜ》の実しか口にしていない。血の滴《したた》る獣肉を口にすればまた歩き通せると思えば唾が湧いてくる。干草を脇差の鞘で払い、山を突き崩した。草の屑が舞い上がるが、匂いから察して稲藁《いねわら》ではない。真麦《まむぎ》や粟《あわ》、そこに桑の枝もまじっている。

やにわに咳が聞こえた。

「出てこいと言うから出てやったのに、でたらめな奴」

人の声だ。童女《どうじょ》のごとく甲高い。

「誰だ」

「おまえこそ誰ぢゃ」

人影が立ち上がった。

「ここはわれらの苫屋ぞ。挨拶もなしに忍び込みおって、いぎたない鼾《いびき》をかいて寝ておるかと思うたら、勝手に怖がって誰何《すいか》しくさる」

その人影の背後にもう一つ、寄り添うような影がある。

「姫。この者、刀を手にしておるぞ」

砂を磨《す》るような、掠《かす》れた男の声だ。しかし若い。吾《われ》と変わらぬ十六、七かと咄嗟《とっさ》に見当をつける。

「おことは目が曇ったのう。あれは古うてたまらぬ剣、今は鈍刀《なまくら》にてそうろう」

幼女の声が、そくそくと笑う。鈍刀と嗤《わら》われては聞き捨てならぬ。身構えを変えた。

「吾は腕に覚えある者、詫《わ》びねば斬《き》る」

どこかで聞いたような台詞《せりふ》だと思いながら、腰を低めて鯉口《こいくち》を切った。

「鼻息の凄まじいことだ。狭い小屋の中で鈍刀を振り回せば、干草を切るばかりであるぞ」男の声が嗤う。すると童女の声が「まあ、よい」といなしにかかった。

「どのみち、馬に喰わせるのに刻むのや。手間が省けたと馬丁どもがよろこぶわ。さあ、おまえ、好きにおし」

人影が迫ってくる。振り向いて肩越しに背後を見やり、戸口の位置を確かめる。じりじりと後退《あとじさ》った。すると月明かりが顔に落ちた。相手二人は闇の中だというのに、己《おの》が身は晒《さら》されている。

男が声を響かせた。

「こやつは武辺の者にあらず。とんだ素人、使いものにならぬ。姫、ここで始末して喰うてしまおうぞ」

「痩せて、ろくに身がついておらぬではないか。わらわは、そそられん」

こなたは声を発せない。咽喉《のど》が絞り上げられたように狭くなり、後ろ手で戸をまさぐった。そのまま外へ出る。道もない山中のことで、闇雲に後退るうち動けなくなった。何かが背中にあたっている。指でまさぐると杉の樹肌だ。大杉が背後を塞《ふさ》ぎ、前は苫屋から出てきた人影が二つ並んで立ち塞がる。

朧《おぼろ》に姿が浮かび立つ。一人は声の通り小柄だ。顔は月の片影に紛れているが、頭が稚児髷《ちごまげ》だ。頭上で振り分けた髪を左右で高く、二つの輪に結ってある。

生まれ育った村の秋祭に、こんな頭の芸人がよく訪れて踊ったものだった。清明な鈴の音に皆はひれ伏し、豊作の年は感謝を捧げ、そして来年はもっと豊穣をと欲を張る。凶作の年は何の因果かと畏れおののき、来年こそはどうかして稔《みの》りをくれろと節高い手を組む。己らの口には決して入らぬ米のために、三拝九拝する。

一方はやはり若者だ。総髪で、背丈がある。屈強そうな肩であることも知れる。

「逃散者《ちょうさんもの》が肥え太っておったら、そいつはもう人間やないけどなあ」

「このまま山にくれてやろうか。それとも広場に磔《はりつけ》にして、鳥どもに啄《ついば》ませるか」

「それはええが、肉は腐ったら臭《くさ》いやろう。なかでも人間がいちばん臭い。わらわは、あの臭《にお》いが厭《いや》ぢゃ。鼻が曲がって鼻につく」童女が否を唱えた。

「姫、どうする。殺すか、捕えるか、逃がすか」

「逃がしてもええが、郷《さと》に迷い込まぬとも限らん。火種になったら厄介ぞ」

「なら、ここで殺そう」

己の咽喉が奇妙な音を立てた。すくみ上がっている。

「待て。しばし待ってくれ」

度を失った。気がつけば脇差をふりかざし、わめいていた。「待てと言われても」と、童女が迫ってくる。

「ひと思いに息の根を止められる方が、らくというものぞ。抗《あらご》うたら抗うたぶんだけ苦しい思いをする。それは酷《むご》い。無慈悲というものぢゃ」

鞘を払って刀を抜く暇もない。若者の大きな手が二本伸び、大杉の幹に押しつけられていた。背骨が軋《きし》んで鳴る。歯の根もだ。今生《こんじょう》を限りと、総身の方々が琵琶《びわ》のごとく鳴り始めた。

「かような運命《さだめ》を辿るとは。なんと、運のない人生であったことよ」

咽喉を摑まれ、足が宙に浮く。

「今、運と申したか。さく、聞いたか」

「聞いたがどうした。末期《まつご》の言葉にしては芸のない」

嬲《なぶ》られても、こなたはもがくばかりだ。肺ノ腑《ふ》ももがいて、眼の玉が飛び出んばかりに痛む。手から脇差が離れ、あえなく落ちた。

「なあ、さく。試させてみようぞ」

「何をだ」

「籤《くじ》ぢゃ」

「籤を引かせるというのか。また面倒なことを。かような者、さっさと始末するに限る」

咽喉に太い指が喰い込んでくる。

「用意おし。三本ぢゃ」

　有無を言わせぬ口調になった。

「早《はよ》う。こやつが気を失《うしの》うたら、籤を引けぬやないか」

「気儘《きまま》め」舌打ちを聞いた途端、咽喉の圧迫が解かれた。大杉の根方《ねかた》に放り出され、総身をわななかせた。いったん閉ざされた咽喉の道に気が通らず、噎《む》せて咳き込み続ける。若者の気配が離れ、しかしすぐに戻ってきた。腋《わき》の下に手が入り、半身を起こされた。薄く瞼《まぶた》を押し開くと、真麦の藁《わら》しべが三本突き出されている。

「お取込み中やが、一本引いとうみ」

　丸い顔が覗き込んでいた。童女ではない。十三、四の娘だ。満月が空から落ちてきたかと、目をしばたたいた。

「己で選ばせてやると言うてるのや」

　煽《あお》るように耳許で囁《ささや》いた。

「殺されるか、捕えられるか、逃がしてもらえるか」

　小刻みに震える指で、一本の先を摘《つま》んだ。

　南無三《なむさん》
　引いた藁しべの先に玉結びが見えた。娘はそれを奪い取り、夜空に高々とかざした。まるで天意を仰ぐかのような仕種だ。

「おやおや、玉が二つあるわえ」と、肩をすくめた。

「捕縛《ほばく》ぢゃ」

厳《おごそ》かに、ゆっくりと刻むように命じた。

「姫の思い通りだの」若者は忌々《いまいま》しげだ。たちまち腰に縄を打たれた。背後で、「おまえは命拾いをしたのだ」と若者は言葉を継いだ。

「玉結びが一つなら、今頃、おまえの息は絶えている。三つであれば放免されたが、あれは意地が悪い」

顔だけで見返ると、顎の先で娘を指している。

「笛を吹き鳴らして、飢えた山犬どもを呼んでやったであろうの」

「放せ。吾の脇差をやる。父祖代々受け継いできた名刀だ」

懇願《こんがん》に近い声になった。若者は脇差を見つけるや踏みつけ、あらぬ方へと蹴りつけた。

「そのへらず口を噤《つぐ》んで、さっさと歩け。夜が明けぬうちに山を下りる。姫の酔狂につき合わされて、こちとら草臥《くたび》れた」

小突かれた。娘は飛び跳ねるように前を行く。

「どこへ連れてゆく」

「青姫《あおひめ》の館《やかた》ぢゃ」

娘が振り返りもせずに言った。

「おまえが、その籤を引いた」

「あおひめのやかた」

呟くと、また噎せた。娘はくつくつと、奇妙な鳥のように笑う。

吾は甲斐国《かいのくに》巨摩《こま》郡《ぐん》高柳村《たかやなぎむら》の名主《なぬし》、安住又兵衛《あずみまたべえ》の弟である。

安住家は甲斐源氏の御代より、かの地を営々と治めてきた。天下人が代わろうと知行主が代わろうと、いずかたよりも一目置かれてきた家だ。

諱《いみな》は慣《なら》いに従って口にせぬ。通り名は杜宇《とう》。亡くなった父、十二代又兵衛が漢籍に親しんだゆえ、唐風《からふう》の名を授けてくれた。吾は四男であるが次兄三兄が相次いで夭死《ようし》したので、近々、分家を立てさせてもらうはずであった。万一、十三代安住又兵衛の身に難儀が出来《しゅったい》いたせば、そう、流行《はや》り病に罹《かか》ったり川に落ちたり、城下に陳情に赴いたまま行方知れずになったりと、身に降りかかる厄難は数多《あまた》ある。分家は、本家が名主の務めを果たせぬ場合の備えだ。

だが兄者《あにじゃ》は平穏に天寿を全うし、名主を恙《つつが》なく務めおおせて跡目を長子に譲るだろう。理由はないが、そんな気がする。吾は生涯、起きぬかもしれぬ「いざ」のために好きでもない学問をおさめ、年貢帳面のつけ方を身につけた。自前の田畑では小作人と共に鍬《くわ》をふるいはするが、最も好むのは剣の術であった。

朔《さく》どのと申されたか。そこもとが昨夜、その足で山中に蹴り飛ばした脇差は見抜いた通りの鈍刀であったやもしれぬ。だが父祖伝来の家宝の一振《ひとふり》ではあった。いや、家宝と申すは大袈裟《おおげさ》か。吾の家には大刀小刀、槍、甲冑《かっちゅう》もある。今は禁じられた鉄砲も蔵の奥には数十挺《ちょう》はある。どれもこれも、そう、すぐには役に立たぬ鈍《なまく》らである。道具は使わねば、ただの昔語りに過ぎぬ。

ゆえに吾がふだん剣の稽古に使うは竹で細工した刀だが、腕に覚えがあると申したのは偽りではない。城下から小役人どもが訪れて村に滞在することが折ふしにあるが、顔ぶれはしじゅう変わる。その誰と手合わせしても三度に一度は勝った。いや、あなた方はお笑いになるが、三度に一度は大きな率だ。実際、吾は三本の籤の中から一本を引き当てたのだから。

その運には気づいている。この後、結句は嬲り殺されるのかもしれぬが、あの苫屋で山犬どもに喰われるよりはましというもの。こうして各々方《おのおのがた》が居並ぶ場で詮議《せんぎ》を受けておるのであるから、ちっとはましな死に方ができるのであろう。

だがいつでも後になって気がつくのだ。吾が逃散せねばならぬ身になるなど、寸毫《すんごう》も想像しなかった。村の若い衆らと同様、己には禍《わざわい》は降りかからぬものと信じていた。躰は生まれつき壮健、口幅《くちはば》たいが、頭も見映えも人並み以上だ。育ちもよい。

吾はそのうち兄にねだって、都へ旅をさせてもらうつもりであった。あと一年だ。二十歳を過ぎて分家として立てば嫁取りもせねばならぬ、名主の助《す》け仕事も増える。好き放題に生きにくくなる。その前に都で存分に遊びたい、羽を伸ばしたい、と。

まさか故郷を出奔する身になろうとは、今でもどこかで信じられぬ思いがする。

あれは、今年の五番目の月であった。吾は寺の堂裏で、武家と悶着《もんちゃく》を起こした。城下から訪れる郡奉行《こおりぶぎょう》の配下で新任だったのだろう、初めて見る顔だった。勤めの合間に村に散策に出て、吾が一人稽古《けいこ》に励むのを目に留めたようだ。手合わせを申し込んできた。むろん当方に否やはない。竹刀《しない》を貸してやり、互いに辞儀をして始めた。初手から吾が優勢であった。そのうち武家が本気になり、激しい打ち合いになった。吾は息を乱しはしたが敵手《あいて》は月代《さかやき》から顔にかけて汗みずく、麻衣《あさごろも》の肩や胸まで色を変えていた。

勝ったのは吾だ。しょせんは格が違った。

また稽古をつけて進ぜるゆえ、精進されよ。

竹刀を持つ腕を下ろして放った一言が、相手を激昂《げっこう》させた。

無礼を詫びよ、さもなければ斬る。

はて。詫びることなどいたしましたか。

こなたは、ねぎらったつもりであったのだ。武の術については対等だ。そう思ってもいた。なれど違ったらしい。

無礼討ちにしてくれる。

百姓の小倅《こせがれ》ごときに面目を潰されたと捉えたのだろう。脅しつけてきたが、武家が腰に手をあてても得物《えもの》がない。武家の顔はみるみる蒼白になった。散策するのに大小は要らぬと、投《とう》宿《しゅく》先の寺に置いて外出《そとで》をしたらしかった。高柳村は山間《やまあい》だが村高はおよそ七百石、寺も五つある。

無礼を働かれてその者を討たねば、自身が腹を切らねばならぬ。武家はそのように生きるものだということは吾も知っていた。剣を習った師匠が口にしていたことであるので、真かどうかは定かではない。ただ、上役や仲間にひとたび見下げられたら爪弾《つまはじ》きにされる。戦が絶えてもう長いが、刀にかかわる不調法は最も忌まれる。もう武士ではいられない。

あの時、ここには他に誰もおらぬ、吾は誰にも言わぬと囁いてやればよかったのだろうか。互いになかったことにしようと内済を申し込めば、こうして逃げずに済んだのかもしれぬ。山中を歩くうち、そんなことに気がついた。だが手遅れだ。

刀を取ってまいるゆえ、ここで待て。

武家は居丈高に命じるや駈《か》け出した。いや、各々方があきれるももっともだ。滑稽でもある。しかし百姓に命ずれば恐れて動かなくなる、そう信じている武家はまだ少のうない。下端の、小役人ほどその手合いがおる。だがヌケ作に命じられた通りに待っているはずもなく、かの後ろ姿が門前の大榎《おおえのき》の枝に隠れて見えなくなるのを見澄まして、吾はその場から遁走《とんそう》した。まっしぐらに屋敷を目指して前庭の縁から草鞋《わらじ》のまま上がり、仏間の袋棚から古い脇差一本をひっ摑《つか》んで腰帯に佩《は》いた。幸いなことに、兄にも嫂《あによめ》にも、口さがない婢《はしため》にも会わなかった。兄はいつものように蔵で帳面改めに勤《いそ》しみ、機織《はたお》りの音が聞こえたので嫂は村の女房らと共に機織り小屋であったのだろう。それとも、生まれてまもない赤子に乳をやっていたか。

村道を走るうち、血が滾《たぎ》って逆巻いた。総身の皮が剝《む》けて痺れるようだった。もう一人の己が告げていたのだ。

この愚かな若者はまもなく捕えられて絶命させられるだろう。そして善良なる兄一家は、愚かな若者の兄一家として責めを負わされるだろう。

汚名は末代まで続く。いや、末代などもうないのだ。屋敷の門に青竹が斜め十ノ字に打たれる。田畑も蔵の中も何もかも領主に召し上げられ、兄は眉を半分落とされ、嫂は草履《ぞうり》を片足のみしか許されぬ姿で、頭から赤い頭巾を被せられて村を追われる。赤子が、安住家の跡取りが泣き続ける。

三百年続いた家が吾のたった一言で潰《つい》えた。

おうい、血相変えてどこへ行く。

ちょうど草取りの季節だった。田の中で中腰になった者らが叫んだけれど、こなたは命がかかっている。後ろも見ずに畦道《あぜみち》を駈け抜けた。高札場《こうさつば》を抜け、村境へと向かう。野道で何人かの娘らが花摘みをしているのが見えたが足は止めない。ふと顔を上げたのが、幼馴染みの娘だった。

杜宇
吾を呼んで立ち上がり、不思議そうに首を傾《かし》げた。夏の光を照り返すかのように明るい姿だ。

からげた裾から白い脚が二本出ている。首から胸にかけても白い。その胸に笹百合を一杯に抱え、白の蛍袋《ほたるぶくろ》や濃紅の石竹《なでしこ》、黄色の杜若《かきつばた》も見えた。

数瞬のことであるのに花の種類まで判じられたのか、ですと。どうでもよいことをお訊《たず》ねになる。だが仰せの通り、幾度もあの日のことを思い返すうち、後付けしただけのことであろう。

惜しいことをした。こんな別れ方をするのなら、夜這《よば》いをかけておくのだった。あの白い脚を開かせ、躰の奥に入っておけばよかった。一つにつながっておけばよかった。

いや、今のは独り言だ。吾はいくつもの山を踏み越え、川を渡った。山々はいつしか秋に色づき始めていた。逃散した者は飢えに耐えかね、あるいは獣に追われて他領に逃げ込むことになる。高柳村にも数年に一度はそんな者が紛れ込んだ。眼下に見晴かした里で竈《かまど》の煙が立ち昇っていれば、山道を下りて腹を埋めた。葡萄《ぶどう》に桃、梨の畑を這い回り、野良仕事の畦道に置かれた餅や干飯《ほしいい》を盗んだ。人とは決して交わらなかった。そこで一杯の粥でも恵まれたら一巻の終わり、里心がつく。

それだけは真っ平だと思った。目指すべき地はある。

都だ。かくなるうえは、どうしても都に上りたい。人が夏雲のごとく湧き、毎日が極楽のごとく賑わうという市庭《いちば》を見聞したい。味わいたい。

死ぬのはそれからでもよいではないか。

杜宇は問われるまま、打ち明けた。

詮議の広間は寺の堂宇《どうう》ほどに天井が高く、声が響く。昨夜、捕えられて連行された時も唖然《あぜん》とした。

城下でもこれほどの屋敷はあるまいと思うほど豪壮な館であったのだ。夜が明ける前であったけれども、篝火《かがりび》が赤々と唐破風《からはふ》の屋根を照らし出していた。しかも杜宇を捕らえた二人は裏口に回ることなく、真正面の玄関から上がった。杜宇は腰縄を打たれたまま、土間に転がされた。逃げる気も抗う力も滅していた。深い山中から引きずられるようにして下りたのだ。若者は娘を肩に担ぎながら、足は鳥のごとく速かった。

獲物ぢゃ。朝から詮議をいたす。

娘の命ずる声が聞こえた。たちまち玄関脇から何人もが現れ、杜宇は長屋に引っ張り込まれた。長屋の棟は延々と土間廊下が続き、外に面しては小さな格子窓が穿《うが》たれていた。外では何間《なんげん》かおきに篝火が焚《た》かれているのか、足許は明るかった。鶏を潰すかのように殺されかけたというのに、この館に入ってからは無体な仕打ちを受けていない。牢ではなく、長屋の一部屋とおぼしき土間に放り込まれ、藁入りの衾《ふすま》まで与えられた。一瞬、漆《うるし》のような匂いを感じたが、泥のごとく眠った。

朝、同じ廊下を引き返して、この広間に引き据えられた。一人で坐していると膳が出た。麦飯と菜入りの汁だ。珍しい蕪《かぶ》の粕漬が添えられていた。貪《むさぼ》り喰った。数ヵ月ぶりに、まともなものを口にした。

箸《はし》を置いた途端、そのさまを見届けたかのように人が続々と現れた。

人数は十人。むろん山中の二人もいる。しかし奇妙だ。武士の風体《ふうてい》の者があれば職工らしく背の曲がった老人、明らかに芸の者であるらしい女もいる。洗い髪をうなじで一つにまとめ、花を挿《さ》し、胸乳《むなち》も半分がた見えている。皆、色とりどりの衣で、烏帽子《えぼし》をつけた老人もいる。尻の下には藺草《いぐさ》を編んだらしき円座《わろうだ》を用いているが、杜宇の村では郡奉行と寺の僧侶、名主しか使用を許されていない。

そしてもっと奇妙なことには上座がない。皆が輪になって坐り、その中央に杜宇は据えられている。ただ、問いを発するのはほとんどが、「姫」と呼ばれる昨夜の娘だ。そのいでたちは、広間の中でもひときわ目を惹く。露草で染めたであろう青の表衣《うわぎ》で、鳳凰《ほうおう》や鴛《おしどり》、花々が刺繍《ししゅう》されれ、下は純白の長袴《ながばかま》だ。黄色の帯紐を腰から前に幾筋も下げている。引目《ひきめ》で鼻筋は高く、紅をひいた小さな唇を絹の扇で時々おおっては笑う。

若者は「朔《さく》」が名であるらしく、赤銅色《あかがねいろ》の肌だ。彫りは深く目の色が薄い。頭はやはり総髪で、頭頂部で一つに縛ってある。縮れ毛であるのか、額に落ちた髪の一筋が波打っている。

「姫」烏帽子の老人が娘に顔を向けた。

「この者、兵としてお取り立てになるおつもりで」

すかさず、朔が頭を振った。

「勘弁してくれ。武の長として断る」

「なら、桶《おけ》役でもさせますかな」

烏帽子の老人は、姫に阿《おもね》るように横目を遣う。だが姫ではなく、杜宇の背後で声が上がった。

「いや、あれをさせるとしても一年は性根を見てからのこと」「げに、さることあり」「ならば洗濯、火熨斗《ひのし》役は」誰かが言えば、「手は足りてるよ」と女らが却下する。

「この者が語ったことが真であれば、文字が書けるであろう。姫の右筆《ゆうひつ》をさせてはどうか」

姫が扇を左右に振った。

「要らぬ、要らぬ。わらわが自ら書く方が速い、美しい」

「たしかに、和様《わよう》、唐様《からよう》も名手にごわりますゆえ、要りませぬわなあ」烏帽子が肯《うなず》く。

「いっそ馬の世話は」「いや、馬に嫌われる顔だ」

そんな顔があるのかと、杜宇は掌で頰を撫で下ろす。素性の詮議から、何の仕事を与えるかの談合に移ったようだ。すなわち、ここで働かされるらしい。が、値踏みをされて、こうまで「要らぬ」と言われるとは慮外だ。木偶《でく》扱いではないか。

「そうぢゃ」姫が扇《おうぎ》を手の中で打ち鳴らした。

「わらわは、姫飯《ひめいい》を食したい」

「姫飯」

皆が顔を見合わせた。「それはいかなる」と誰かが訊けば、「米を蒸したものであろうよ」と誰かが教える。

「違う、違う。蒸したものは強飯《こわいい》。姫飯は炊いた飯ぢゃ。一度、禁裡《きんり》で供されたことがある。嚙めば嚙むほど甘《あも》うて、得も言われぬ香りがした。わらわはあれが食べたい」

「でまかせを」朔が隣で口の端を下げた。

「蛆虫《うじむし》を煮たごとくで真に気色悪いものやと、ぼやいておったではないか」

「そは、別の姫であろう。わらわはなんとしても姫飯がよい」

一同がにゅうと、息を吐いた。「米を炊くと申しても、どう炊くのだ」「さようなもの口にしたことがないゆえ、見当もつかぬ」「これ、新入り」と、烏帽子が動いた。

「名は何と申すのであったか」

「杜宇だ」

「さよう。杜宇だ。そなたに訊くが、姫飯を知っておるか」

さも重大事のように声を潜める。

「知らぬ。米は年貢にするもの。百姓は麦と稗《ひえ》、そこに粟や大根、葉もの、木の実、茸《きのこ》を混ぜて粥《かゆ》にする。それが糅飯《かてめし》だ。そこに米がまじるは、秋祭の直会《なおらい》の時のみ」

するとと女らが頷いた。

「おれの里でもそうだったなあ」「年貢の俵の零《こぼ》れ米を拾うた子供が、百叩きされたことがあるよ。裸にされて、肉が割けるほど打ち据えられた」「だいたい、姫飯の炊き方など誰も知らぬ」話柄《わへい》がくるりと戻った。

「炊き方など、どうとでも知れるわ。それよりもまず米ぢゃ。杜宇、おまえの役目は決まった」と、姫が扇の要でこなたを指した。

「米を作れ」

「米を作るのか」いささか間が抜けた。

「姫飯を食したいのであろう」

「そうぢゃ。米を作って、皆に姫飯を振る舞え」

「ならば、炊き方を工夫すれば済む。米と水があれば何とかする」

「いや。商人《あきゅうど》から購《あがの》う米は不味《まず》うてたまらぬ。古うて馬糞の臭いがしみついておる」

「この地の米は」と、訊ねた。「今は収穫期であろう」

「この地で獲《と》れる米はない。そもそも、田も畑もない。ゆえにおまえに作れと申しておる」

頭が混乱してきた。「それはつまり、百姓がおらぬということか」

「何を言う。田畑を耕すばかりが百姓ではないぞ。ここに参集した者らはそれぞれに姓《かばね》を、すなわち才を持つ百姓ぞ」

聞けば聞くほど話が縺《もつ》れてくる。ただ、この姫は米を作る仕事をまるで解していないことは明らかだ。

「気易く仰せになるが、米作りは一筋縄ではいかぬ」

「ほっほう」姫は満月に似た頬を輝かせる。

「そは、いかなる」

「種籾《たねもみ》を水に浸して芽を出させ、苗代《なわしろ》に播《ま》いて雀《すずめ》を追い、その間に田の荒起こしだ。古い稲株を鎌で一つひとつ切り割って、鍬で土を深く深く耕さねばならん。この荒起こしをしながら草を鋤《す》き込むのだ。村の方々で刈り取ってきた草が稲作りの基肥《もとごえ》になる。糞肥や油粕も加えて、それから畔塗《くろぬ》りだ。田に水を入れてもそれが漏れぬよう畔《あぜ》を作り、牛馬に馬鍬《まぐわ》をつけて田を鋤く。それからやっと田植えだ。春の彼岸から秋の彼岸までは日照りと長雨に怯《おび》え、耐え、ようやく結実して実が膨らむ。青から黄色、黄金色に変わるさまに胸を撫で下ろせど、ある日突如として病や虫にやられる。大雨、大風、大水に襲われて、すべてが泥に沈むこともある。ゆえに刈り取りの歓びがいかほど大きいことか。しかしそれもつかのまだ。俵に詰めて献納すれば手許に何も残らぬ。不作の年は種籾さえ銭で買《こ》うて、借金ばかりが増える」

朔はそっぽうを向いているが、姫は「なるほどのう」と大仰なほどの頷き方をした。

「そもそも、石高制《こくだかせい》を取っておるゆえ民を苦しめるのぢゃ。太閤山猿秀吉《たいこうやまざるひでよし》が検地などをして、民を土地に縛りつけおった」

「検地を始めたのは、も少し前でありましょう」武士の風体の男が指摘した。

「ああ、織田悪法師弾正《おだあくほうしだんじょう》であったか」

皆の哄笑で広間が揺れるが、杜宇は唖然《あぜん》とするばかりだ。

いったい、いつの話をしている。今は寛永《かんえい》の世だぞ。徳川家が江戸の地に開府して、かれこれ三十年は経つ。公方様《くぼう》も三代目だ。

首筋に、じとりと厭《いや》な汗が湧く。

「ところで、お館様はいずこにおられる」

見回したが、背後の連中を振り返ってみても誰も応えない。

姫がなぜか誇らしげに笑んだ。

「さようなもの、おらぬ」

「いや、姫と呼ばれておられるあなたの父上がお館様なのであろう。もしくは兄上か」

「ここは、古《いにしえ》より青姫と呼ばれる郷ぢゃ。衆の議によってこの郷を治めている。わらわは頭《とう》領《りょう》の役目を引き受けておるが、籤で選ばれただけのこと。三年経てば籤を引き直す」

そんなことが許される郷など、今の世にあるものか。吾を捕われの者と見下げて嬲っているのか。

「そうか。ここは天領か」

閃《ひらめ》いて口にしたものの尻すぼみになった。ならば公儀の差し向けた代官がいるはずだ。衆の議によって治める地など、あり得ない。

「たしかにここは天領ぢゃ。ただし、おまえの言う天領ではない」

姫が扇を顔にかざしたが、もう話に飽いたかのようにあくびを洩《も》らすのが見えた。

「つべこべ申さず、首尾ようしおおせることぢゃ。米を作って姫飯を皆に供したら、それがそなたの年貢となる。年貢を納めたら、どこへなりとも去るがよい」

「年貢」

烏帽子の老人がゆるりとこなたを見やった。

「この郷はの、年に一度各々の生業《なりわい》で得た品なり金子《きんす》なりを貢じるのが決まりにおぢゃる。それさえなせば、去るも残るも勝手次第」

自慢げに笑む口の隙間からお歯黒が覗く。

「まさか」

姫が扇を動かし、またあくびをした。

「外へ出て、誰になりとたしかめればよかろう。何も隠し立てはせぬ」

館の外に出て、杜宇はまた狼狽《ろうばい》した。

何町《ちょう》あるだろう。砂の敷かれた広場に夥《おびただ》しいほどの人々が行き交っている。葦簀《よしず》がけの見世《みせ》が幾列もびっしりと犇《ひし》めき、地面が盛り上がるほどの賑《にぎわ》いなのだ。菅笠《すげがさ》の旅装姿があれば、被衣《かずき》をかぶった女人も歩く。豆に麦、米粒を枡《ます》に入れて莚《むしろ》に並べる見世もあり、なるほど、ここはすべての糧を購う土地であるらしい。青物に赤物、干魚、薬種屋《やくしゅ》は鹿や猪の干肉も掛け並べている。賽子《さいころ》で遊ぶ見世の隣では鮮やかな色の布が風に靡《なび》き、砂の上に置いた舞良戸《まいらど》の上には赤や碧《あお》の貴石が並んでいる。酒の瓢簞《ひょうたん》が軒から下がる見世では朝から顔を赤くした者らが唄い、その脇でべんべんと琵琶をかき鳴らしているのは広間にいた女らだ。広袖《ひろそで》を翻《ひるがえ》して踊る女もいる。奢侈《しゃし》、享楽《きょうらく》にも事欠かぬらしい。

皆、笑いながら稼ぎ、銭を費消している。

これは市庭《いちば》だ。

父が有していた絵巻物にこんな景《けい》が描かれていた。ただしここは京の都ではなく、山々に囲まれた盆のごとき土地だ。ここはいったい、どこの国なのだろう。甲斐国からいかほど離れているかもわからない。己の辿《たど》った道筋を思い返せど混乱するばかりだ。

杜宇は振り向いて、館の全景を見た。玄関のある建屋の左右に、長屋の棟が低く弧《こ》を描いている。鳥が翼を広げた姿に似ている。

誰かが大股で近づいてきた。朔だ。

「米を作る土地を選べ」

面倒そうに顎をしゃくり、館の外れを指した。天道の位置から察して西の方角のようだ。黒々とした森が広がり、そのまま背山《せやま》につながっている。

「どこに田を造る土地がある」

杜宇は鼻を鳴らし、逆の東方へと目を移した。井戸があるのか、高々と棒杭《ぼうくい》が組まれているのが見える。水を引くにも早い。

「東がよい」

「東手に足を踏み入れることはならぬ」

「なぜだ」

「知りたいことをすべて教えてもらえると思うてか」

「姫は何も隠さぬと言った」

「信じるのか」

「東手に足を踏み入れたらどうなる」

「舟に乗せてやろう。泥舟に」

風が流れてきた。またあの匂いだ。漆に似ている。いや、潮の匂いも含まれている。ここは海に近いのではないかと、杜宇は空を見上げた。

魚に似た秋雲が白く細く泳いでいる。暢気《のんき》そうに。

二　農の芸

秋の朝陽を受けて、細くきらめく流れを見つけた。背山《せやま》から森を通って下りている川だ。立ち上がって辺りを見回した。館《やかた》の裏手にも浅い濠川《ほりかわ》が巡らせてあり、何人かが屈《かが》んで鍋釜や椀を洗っている。頭には鮮やかな黄布《こうきん》を巻いていて、台所番の者らだ。男も女もいる。青姫《あおひめ》の郷《さと》の定《き》まりであるのか、館の内で下働きをする者は皆、こんな蒲公英《たんぽぽ》みたいな頭だ。水を使いながら笑いさざめき、小声で唄う女もいる。

その濠川はいったん山の川と合流して一つになったのち、また二筋に分かれる。一つは郷のさらに西北へと向かっているので、河があるのだろう。そして河の流れはいずれ海へと解き放たれる。もう一つは市庭《いちば》を養う流れだ。生まれ育った高柳村《たかやなぎむら》でも川から取水した二本があったが、田畑への灌水《かんすい》と村人の暮らしとの用を分けていた。田畑にはむろん川水のみならず、池も大事な水源だ。夏の始まる前には村人が総出で底の泥を浚《さら》い、藻《も》の繁茂《はんも》を防ぐ。

だがここは田畑を持たぬ郷であるので、さような区別をつけていないようだ。しかも、市庭を巡る濠川は葦簀《よしず》がけの見世《みせ》や板屋根の家々の裏、間を順に巡り、ぐるぐると渦巻きを描いている。

この郷の治め方といい、まったく奇妙なことばかりだと杜宇《とう》は息を吐《つ》く。汗ばむほどに陽射しが強くなってきた。真《まこと》に田を造ることになるとはと、また息を吐く。逃げてはみたのだ。詮《せん》議《ぎ》を受けた日の夜、夜闇《よやみ》に紛《まぎ》れて長屋を抜け出した。

海の匂いがする方角は見当がついている。背山の向こう、西北だ。海があれば湊《みなと》があるはずだ。市庭で商《あきな》う物はどう見ても上方《かみがた》から仕入れてきた品々で、となれば船を使っているのではないか。そういえば、潮灼けをした水夫《かこ》らしき風体《ふうてい》の男らも賽子《さいころ》で遊んでいた。そんな景を思い返すと矢も楯《たて》もたまらず、長屋の土間廊下へと足を踏み出し、目星をつけておいた裏口の戸を引いた。息を殺して前屈《まえかが》みで、今から思えばあれは台所番の者らが用いている裏木戸だ。

しばらく館の軒下沿いに駈《か》け、梟《ふくろう》の声に誘われるように森へ向かった。刹那《せつな》、目の前が突如として明るくなった。月が落ちたかと思った。

読み通りに動くとは、わかりやすい男だ。

篝火《かがりび》を手にした男が立ちはだかっていた。

朔《さく》、見逃してはくれまいか。

我知らず懇願《こんがん》していたが、笑止の一言で首根を押さえられた。

おまえの頼みをきいてやって、おれに何の利がある。

利のみで生きるな。吾《われ》を助ければ、いずれおぬしも天に助けられる。

子《し》の曰く、巧言令色《こうげんれいしょく》、鮮仁《すくなしじん》とは、おまえのことだ。その舌を焼いてやろうか。

朔は鼻を近づけてきて、「はッ」と嫌みをたっぷりと籠《こ》めた鳴らし方をした。口先でものを言い、面《おもて》を取り繕《つくろ》ったおまえは人としての真に欠けると嗤《わら》ったのだ。孔子《こうし》なんぞを持ち出すとは猪口才《ちょこざい》だ。しかも寺子屋に通う子供でも諳《そら》んじている文言だ。その意をしかと弁《わきま》える大人に長《ちょう》ずるのは村に一人かどうか、実践できる者は十年に一人くらいであろうか。たいていは朔のごとく、誰かをやりこめるために文言を持ち出す。おおらかで陽気な人柄であったと伝えられる孔子も、これには苦々しい面持ちを隠せぬのではあるまいか。それとも、幼児に向けるまなざしで頬笑《ほほえ》むだろうか。

吾の身はといえば、当然のこと、そのまま長屋の一室に引きずられて放り込まれた。戸はもう自在には開かず、外から心張り棒を使われたようだ。だが朝夕、二度の飯は運ばれた。それも与えられなくなったのは、二度目の逃亡を企てた時だ。飯を運んできた頭の黄色い女の戸締りが甘いのに気づいた時、久方ぶりに胸が高鳴るのを覚えた。戸を少しずつ揺らして心張り棒を動かす。二刻《ふたとき》ほども要したろうか、ほんの一寸ずつ上に動かして浮かせ、手が入る隙間を作って棒を外した途端、がらりと戸が動いた。

朔が見下ろしていた。

不思議なことに姫は現れない。朔が何も告げておらぬのか、それともあの姫のことだ。面白がって高みの見物を決め込んでいるのかもしれない。三度目の企ては、観念したと見せかけて飯を乞《こ》い、土地の見分に歩き回った時だ。朔がまたも張りついてくる。

朔。おぬし、暇なのか。

これも籤《くじ》で決まったことだ。さもなくば、武の長たるおれがなにゆえおまえのごとき小物の見張りをする。

おぬしは籤運が悪いのだな。

口を閉じろ。さもなくば上唇《うわくちびる》と下唇《したくちびる》を縫い合わせるぞ。

不毛なやりとりの合間、朔の配下らしき者が訪れてなにやら相談している。朔は広い背中を見せて指図を始めた。今だ。走れ。森にいったん逃げ込め。己の声に突き動かされて走った。気がつけば前を塞《ふさ》がれていた。朔の配下の男が二人、背後には朔だ。吾は肩で息をしていたが、三人は涼しい顔をして腕を組んでいる。

おまえは振り出しに戻りたいのだな。

朔は口の端を下げている。振り出しと、鸚鵡返《おうむがえ》しにした。

籤を引き直すか。

厭《いや》だという代わりに、頭《かぶり》を激しく振った。

ならば従え。これは脅しではない。忠告だ。

おぬしのどこに忠告をする親切がある。

かくも丁重に遇《ぐう》されておるではないか。米を作って姫飯《ひめいい》を振る舞えば放免されるのだぞ。

それが腑に落ちぬのだ。裏があるに違いない。姫といい、詮議の場におった衆といい、皆々得体が知れぬ。吾をとんでもない禍《わざわい》に陥《おとしい》れる妖《あやかし》だ。そうだ。一思いに殺すのはつまらぬゆえ、土の上を這《は》いずり回させた挙句、働き死にさせるつもりだ。

そうとは思っていなかったが、口がそう言った。人は頭や心だけではない。この舌の根も何がしかを感じ取って言葉を発する。

なら、好きにするがいい。

もう要らぬとばかりに、朔は手を振った。配下の二人を顎で促し、背中を見せる。数歩進み、立ち止まった。あんのじょうだ。こやつは、去り際に捨て台詞《ぜりふ》を吐かずにはいられない男だ。

籤は神心とも書く。

朔は背中を見せたまま告げた。

おまえは最後にかけられたその心に背くのであるから、もはやすべての運に見放されるだろう。右に行くべき道を左に行き、拾うべきものを拾わず、平坦な道で躓《つまず》く。その躓き方が悪うて足首が折れる。倒れたおまえの躰《からだ》の上を滅多と走らぬ馬が矢のごとく走り抜け、最後の一駈けで頭を蹴られる。気を失う。目覚めたら女に助けられていた。醜《みにく》く、泥の臭いがする大女だ。おまえは今度こそ逃れられない。日のあるうちは牛馬のごとく働かされ、夜は夜で女を歓《よろこ》ばせねば朝まで堪忍《かんにん》してもらえぬ。それが毎日だ。まいにち。精も根も尽き果てような。池を目にすればふらふらと飛び込みたくもなろう。だが飛び込んでも死ねぬ。衣が棒杭《ぼうくい》に引っ掛かって沈むことができぬからだ。そのうち、親切にも女がおまえを引き上げてくれるだろう。

聞き終わるまでの間に、杜宇は萎《な》えていた。毎夜、蟇蛙《ひきがえる》にのしかかられる己の姿に陰嚢《いんのう》が縮み上がった。女地獄。口中が渇き咽喉《のど》が狭くなり、逃げる気が失せた。

今から思えば、他愛もない作り話にまんまと乗せられただけだ。だが、すべての運に見放されると予言された恐ろしさは足をすくませるに充分だった。そう、あの日、寺の堂裏で一人稽古をしていなければ。あの小役人がたまさか通りがからねば。竹刀《しない》を貸してやらねば。そして吾が勝ってあんな一言を吐かねば、逃散などしておらぬのだ。

ほんの偶然と毛筋ほどしか違わぬ選択の積み重ねによって、吾は真っ当な人生から転がり落ちた。もうこれ以上は御免だ。生きてこの郷を出ることを目途《もくと》にして、長屋で暮らし始めた。気がつけば頭は総髪で、頬と顎は薄黒い髭《ひげ》におおわれている。

杜宇は腰に手を当て、ようやく場を定めた。森の入口であるので、小楢《こなら》に橡《くぬぎ》、栗《くり》、楓《かえで》など落葉する雑木のたぐいが多い。樫《かし》や椎《しい》などの常緑もまじって薄い林になっており、森を守る衛兵のごとくだ。またも奇妙であるのは、これらの木々に枝打ちや間伐《かんばつ》をされた形跡がほとんどないことだ。いずこの村落でも、薪炭《しんたん》を得るために雑木の林を守り、手を入れるのが尋常だ。この郷が奇異尽くめであることにはもはや驚きはせぬが、まさか薪炭までよその土地で仕入れて購《あがな》っておるわけではあるまい。運ぶだけでも数倍の値になってしまうだろう。が、今は謎に拘泥《こうでい》していられる身分ではない。

おあつらえむきとは言えぬが、ここなら耕地にできそうだ。

朔を通じて姫への目通りを願ったところ、呼ばれたのは三日後の日没前だった。詮議の際とは異なり、姫と朔、そして烏帽子《えぼし》の老人の三人のみだ。老人が分麻呂《わけまろ》という名であることはもう知っている。車座になった。杜宇は用意してきた紙を板床に広げた。背山と森、水の流れ、そして林のある位置をあらかじめ絵図にしてきてある。林の上に、筆で大きく四角を描いた。

「幸いであるのは、林の地面に緩《ゆる》い傾斜《けいしゃ》があることだ。水捌《みずは》けには好都合」

「田には水を張るのではないのか」

姫が知ったらしい口をきく。気易く米を作れなどと命じるのだから農に縁遠いことは承知していたが、言葉遣いと衣から察して都育ちのようだ。

「稲はな、太陰《たいいん》の精たる水を含んで穂を盛んにするものだ。とはいえ、水分の多い湿田は陰気が強いゆえ忌むのが農の慣《なら》い。苗は冠水すれば腐るからだ。すなわち稲作りは、水との駆け引きだ。あの地を流れる細川は干天《かんてん》が続こうと干上《ひあ》がることなく、洪水の恐れもないと見受けた。さらにこの館の濠川、あの使い水が合流するのがよい」

「鍋釜を洗《あろ》うておる、あの濠川であるか」分麻呂が首を傾《かし》げた。

「いかにも。米や麦、蔬菜《そさい》、魚の洗い水が含まれている。あれが田の滋養《じよう》になる」

「ほほう」姫が扇《おうぎ》の要で小膝を叩いた。

今日も稚児髷《ちごまげ》に装《よそお》いも派手やかで、梔子色《くちなしいろ》の表衣には紅白の萩《はぎ》や雉《きじ》が刺繡《ししゅう》されている。長袴《ながばかま》は朱色、帯紐は浅葱色《あさぎいろ》だ。軽はずみに見えなくもない装いがすんでのところで踏み止《とど》まって貫禄すら漂わせていると感じるのは、この館の頭領《とうりょう》であると知ったからか。衣に焚《た》きしめられた香《こう》の匂いが強いが、泥の臭いを発する女に比べればまさに雲泥《うんでい》の差というもの、このくらいは堪《こら》えることにする。

朔はいつものごとく素っ気ない。話の中身にはかかわらず、つまり吾の見張りというだけの役目で渋々と同席しているらしい。

杜宇は姫と分麻呂を順に見て、「つまり、最も大事な水はなんとかなる」と告げた。

「それは善《よ》き哉《かな》」二人は満足げに頷く。

「ついては、冬までに林を拓《ひら》いて土地を削平《さくへい》したい。木々を伐《き》り、根を掘り上げ、次いで土を掘る。その後に土拵《つちごしら》えだ」

「どのくらいの田を造るつもりぢゃ」姫が訊いた。

「労力を考えれば、一反《たん》の新田が精一杯だ」

「一反とは」姫の目玉が宙《ちゅう》を泳ぐ。まったく。田の広さもわからぬのに、何が姫飯だ。

「一反は三百坪だ」と、朔が教えた。

「この広間は何畳ぢゃ」「三十畳」「さすれば」と、姫は勘定にも疎《うと》いらしい。朔はちらりとこなたを見て、咳払いをした。

「姫。畳二枚で一坪だ。ならばここは何坪になる」

するると姫は口を尖《とが》らせ、鼻の穴を横に広げた。

「わらわは本日、歯が痛いのや。しくしく、しくしく」

扇で目から下を隠す。

「この広間はおよそ十五坪。杜宇が拓くと申しておる田は、ここの二十倍の広さだ」

「なんと」また顔を出した。

「そこまで広い田など、一人で墾《ひら》けるのか」

それには答えず、「一反の土地で一石の米が獲れる」と教えてやった。稲が無事に育てばの話だが。

「さようか。一石の米があれば、姫飯がたんと炊けるのう」

姫の曖昧《あいまい》な笑み方から察するに、一石が十斗、つまり百升だともわかっていないようだ。石高制《こくだかせい》を云々《うんぬん》したくせに、持っている知や識はでたらめだ。

「ならば杜宇、励むがよい」

頭領らしい威を取り戻している。本題はこれからだと、杜宇は膝を動かした。

「一反の田を墾くには、少なくとも十人の人足《にんそく》が要る」

「ふうん」

「用意してくれ」

姫は両の眉を引き上げた。「この男、げに怪しきことを申す」と、分麻呂に向かって笑いさえする。

「さてもさても、こはいかなる申し出ぞ。朔、わかるか」

分麻呂も怪訝《けげん》な面持ちだ。朔は面倒そうに頭を掻き、「郷から人を出せと申しておるのだ」と代弁した。

「なにゆえ郷から出さねばならぬのぢゃ」

「おれに訊くな。杜宇に質《ただ》せ」

「杜宇。おまえは正気か。これはおまえの年貢ぞ。しかも一石を納めると、自ら口にした。わらわは姫飯を食べさせよとは言うたが、米をいかほど納めよとは命じておらぬ」

「だが、まさか年貢が一升二升でよいはずがない」

「そう思い込んだのはおまえ。そして一石の米を納めると口にしたのもおまえ。ならば人手もおまえが揃えるべきではないのか。え、杜宇よ」

「吾が雇うべきだと言うのか」

「いかにも。懐《ふところ》に銭がないのは知っておるゆえ、そこは案ずるな。館はの、質商《しちしょう》も金貸しもやっておる。ほれ、玄関脇の小部屋に皆の衆が頻繁《ひんぱん》に出入りしておろう。あれはの、利息を納めにきたり質草《しちぐさ》を請け出しにきておるのよ」

借金しろと言うのか。自前で人を雇え、と。

「勘弁してくれ。せめて、時貸《ときが》しにしてくれ」

「図々しい。あれは利息を取らぬ信用貸しぞ。この郷に入って日が浅い、しかも三度《みたび》も逃亡を図ったおまえに、誰が時貸しなんぞする。杜宇に貸すなら月五分ぢゃと、質商の番頭に言うておく。それ以上はまけぬ」

朧月《おぼろづき》のごとくであった姫は煌々《こうこう》と目を輝かせていた。数勘定ができぬくせに利息についてはやけに明瞭だ。朔はあくびを嚙み殺し、分麻呂は姫を頼もしげに見やる。広間の窓外はとうに暮れ、月光が辺りを照らす。

吾はどんどん追い詰められているのではないか。先行きを考えるだけで頭を抱えたくなる。秋虫がスイッチョと騒いでいる。


翌朝、番頭の爺さんに申し入れ、金十両を借り受けた。

交《か》わした証文《しょうもん》を懐に押し込み、「ここはなんでも揃うておるのだな」と皮肉を投げてやった。館は郷の者に年貢を納めさせるのみならず、質商や金貸しを営んで利を上げているらしい。道理で、山間《やまあい》には似合わぬ豪壮《ごうそう》な館が建つはずだ。まったく忌々《いまいま》しい。

「さようですとも」

番頭はなぜか誇らしげに胸を張り、「金子《きんす》は命水。貯めれば腐るが、遣えば百薬のごとし」

と算盤《そろばん》を鳴らした。

「いつでも、何度でもご相談に乗りまするぞ」

番頭は愛想よく目を細め、帳場《ちょうば》の脇に設《しつら》えた長板の上を示した。

「お急ぎでなければ品定めだけでもしてゆきなされ。香に扇子《せんす》、巻紙鼻紙、枕《まくら》に単衣《ひとえ》、市庭では手に入りにくい逸品、掘り出し物を揃えてござります」

質流れの品を並べているようだ。借りた金でもひとたび懐が温もれば、気が緩んで大きくなる。そこにつけ込んでの商いだ。杜宇の村には金貸しも質商もなく、親戚縁者で融通し合うのが常であった。働き手である亭主や長男が死んだり病で寝つけば、名主である兄を頼ってくる場合もある。兄がいかなる対応をしていたか詳《つまび》らかには承知していないが、年八分という低利で貸すことが多かったようだ。それでも不作の年が続けば返済がままならず、父祖伝来《ふそでんらい》の田畑を差し出し、一家は小作人として働くことになる。

ところが、借りたものはどうでも返すのが嫌いな者もいる。それが塩であろうと杵臼《きねうす》であろうとひとたび借りてしまえば己のもの、催促《さいそく》されても言を左右にして返さない。そういう性質《たち》の者は親戚縁者にも不義理を重ねるので、「ほんの小金でも、あの家にだけは貸すな」と遺言に付け加えられる。そこで頼るのが、城下の金貸しや質商だ。菅笠《すげがさ》で顔を隠して城下への道をひた歩き、見世の暖簾《のれん》を潜《くぐ》るも海千山千の番頭と押し引きをせねばならない。攻防の果てにやっと幾ばくかの金子を手にし、やれ、これで種籾《たねもみ》を買えると安堵《あんど》すれば、ここまで足を運んできてまっすぐ村に帰るのもつまらぬことだ。折よく酒を呑ませる見世がある、辻には女が立って「おいでおいで」と科《しな》を作るではないか。

結句《けっく》、なにもかもを失ったという男の話を、杜宇は幼い頃に父から聞かされた。田畑のみならず、女房、子もろともであったらしい。

利の払いが遅れれば、この番頭も荒くれを率いて「やい、返しやがれ」と踏み込んでくるのだろう。

まして香や扇子など、吾はそんな風雅《ふうが》を楽しんでおる場合ではないのだと、小部屋の戸口に大股で向かった。年貢の米作りのかたわら小豆《あずき》でも作って市庭で捌《さば》かねば、借金は返せない。となれば、畑も作らねばならぬではないか。一反の田の隣に、畑の畝《うね》が五筋《すじ》ほども並んでいる景が泛《うか》ぶ。思わず首をよじれば、ぶふうと溜まった息が零《こぼ》れて流れる。吾はこうも溜息を吐く男であったかと、またうんざりとする。ふと気になって、閉じた片目を薄く開いた。糸に引かれるように躰を回し、数歩、長板に近づいた。

「これは」

思わず手に取ると、番頭が帳場からすっ飛んできた。

「ちょいと、あなた。素手で触っちゃ困りますよ。これは古き名刀ですぞ」

齢の頃に似合わぬ素早さで、杜宇の手から奪い取った。

「おい、誰がこれを質に入れた」

どこをどう見ても、安住《あずみ》家の脇差《わきざし》だ。大杉の根方《ねかた》で殺されかけた夜、朔が踏みつけ、あらぬ方へ蹴りつけた。

「朔だな。あやつが持ち込んだのだな。それとも姫か。おのれ、鈍刀《なまくら》などと見下げおったくせに。返せ、それは吾の物だ」

しかも見事なまでに磨き上げられている。古色がついて判然としなかった鍔《つば》の透かし彫りまできっぱりと、茶ノ実を示しているではないか。紛れもなく生家の家紋だ。

「言いがかりも甚《はなは》だしい。姫や朔どのが質入れなど、なさるわけがない。そもそも、これは質草ではありませぬぞ」

「山中で拾うたのか。そうだな。拾うた者が売りにきたのだな。誰だ」

「それを知ってどうなさる。だいいち、汚れた鍔を紅絹《もみ》で磨いたのはこのわたし、緩んだ柄糸《つかいと》を巻き直し、刃を研《と》いだのもこのわたし」

番頭はおなごのように胸の前で腕を交差させ、脇差を庇《かば》うように包み込んでしまった。

「お疑いなら、斬《き》れ味を試して進ぜましょうか」

ふいに気配を変えた。前のめりに構え、上目遣いで睨《ね》めつけてくる。こなたは丸腰だ。この郷の者は皆、いざとなれば妙に強い気を発してくる。

「今に見ておれ。必ず取り戻す」

憤然《ふんぜん》と外に出た。捨て台詞にもなっていないと、己を情けなく思いながら。

市庭の中を歩き回り、力と暇のありそうな、十七、八の若者らを見つけては声をかける。だが、誰も話に乗ってこない。

「人足仕事なんぞ、したことがねえもの」「おれも」

「手間賃は弾むぞ」膨らんだ懐を叩いて見せても、肩をすくめるばかりだ。

「この秋の間にちっとばかり精を出せ。さすれば、いい正月が迎えられる」

「今のままで充分だ。いつだって、おれはいい正月を迎えている」「おれも」「無理をしてまで稼ぎたくねえな」

悟りきって、人生の半分がたを生きてしまったような面持ちだ。青臭い欲や夢の片鱗《へんりん》も見せぬとは、気色の悪い連中だ。

「いい若い者が、こぢんまりとまとまるな」

「そっちこそ、たいして齢が変わらんだろう。何をあくせく」

歩き回れど、一人として色よい返事をよこさない。陽が傾き、空が緋色《ひいろ》に焼け始めた。森は黒々とした翳《かげ》になりつつある。その梢《こずえ》を眺めながら、道のかたわらに腰を下ろした。足が棒のごとくだ。市庭はそろそろと見世仕舞いをする音がして、しかし酒や煮物を売る見世は今からが書き入れ時らしい。白い胸乳《むなち》を見せた洗い髪の女らも増え、踊るように誘うように腰をくねらせて目配せをよこす。

館の前では、今宵も賑《にぎ》わえよとばかりに篝火が焚かれている。

「おい、新入り。そんな所に坐っちゃ邪魔だ。こっちへ来ねえ」

誰かに呼ばれた。賽子で遊ぶ見世の前だ。莚《むしろ》を中心にして五人が車座になり、瓢《ひさご》や椀を手にしているので呑んでいるのだろう。抗《あらが》うのも面倒で、のろのろと立ち上がって近づいた。数人の尻が動き、場が空いた。

「たしか、奇妙な名だったの」

先だっての詮議の場にいた面々らしい。

「杜宇だ」

椀を渡され、酒を注《つ》がれた。酒は好きでも嫌いでもないが、口中にぶつけるように放り込んだ。喉から胸をとろりと落ちて腸《はらわた》を熱くする。

「今日、若い者らに声をかけて回っておっただろう」

四十がらみの男で、塩辛い声だ。杜宇は首肯《しゅこう》し、顚末《てんまつ》を話した。

「この郷の若い者はどうなっている。呆れ果てた」

すると何人かが顔を見合わせ、「無理もない」と笑声を立てた。

「人足仕事なんぞ、誰もうんとは言わぬだろうな」

「ただ働きをさせるわけではない。手間賃は払う」

「この郷で暮らす者は、銭金尽くでは動かんよ」

「まさか。そんな人間ばかりのはずがなかろう。喰い詰め者はいずこにたむろしておるか、教えてもらえまいか」

「さてな。そんな者がおったか」「いねえだろうな」「うん。おらぬなあ」

「誰も暮らしに困っておらぬというのか。金貸しや質商に頼る者もおるだろう」

「手詰まりになれば頼るが、喰い詰めはしねえ」

「さようなことが、なにゆえ可能なのだ」

「だってよお」男の一人が頬を掻く。

「ここは青姫の郷だもんよ。にいさん、あんた、そんなことも心得ずによく入れてもらえたのう」

「入れてもらえたとは、どういうことだ」

すると一人が「ひょっとして」と眉を上げ、隣の男に耳打ちをした。さらに隣の男に小声で言い、「ああ、なるほど。こやつが」と杜宇を見ては囁《ささや》き合う。そして揃って胸を張った。

「われらはの、選ばれし民《たみ》だ」

また、たいそうなことを口にする。

「籤のことか」

「それはおぬしであろう。われらは身の芸によって、この郷に入るのを許された者よ」

黙って五人を見渡すと、四十がらみの男が再び口を開いた。「教えてやれ」と隣の男に促している。「ならば」と、顎のしゃくれた男が胡坐《あぐら》の上に肘を置いた。

「おれは石を操《あやつ》る。いかなる山城でも、崩せぬ垣《かき》を組んできた」

その隣の男はにやにやと笑いながら、五指を動かした。

「おれは鍵を操る。いかなる蔵でも開けられぬ錠《じょう》はない」

次は赤く潮灼けしたかのような顔で、面倒そうにぼそりと呟く。

「おれは船を操る。いかなる荒波でも越せぬ海はない」

隣の男はかような夕間暮れでも色が白く、眉目《びもく》が際立っているのがわかる。

「おれは女を操る。いかなる貞女《ていじょ》でも必ず蕩《とろ》けさせる」

そして四十がらみの男に順が戻った。

「おれは、こいつだ」

掌《てのひら》の上でいくつかの賽子を動かし、鳴らしてみせた。

「つまり、この郷の者はなにがしかの芸、才を持つ」

そういえば、朔は自ら「武の長」だと口にしていた。

「朔は、あの男は武の芸ということか」

「いかにも」

「武士はどこにいる。この郷を守るには、百や二百の番兵は要るだろう」

詮議を受けた際には武士の風体の者がいたが、館の外ではとんと見かけない。

「格別の番兵はおらぬよ。民の衆、皆が兵になる。男も女も、年寄りも子供も武の芸は並じゃねえ。朔はその長だ。いざとなれば皆を率いて采配を振る」

「しかし、年貢さえ納めれば去るも残るも勝手次第なのであろう。同胞《はらから》を信じて、共に戦えるのか」

「当たり前だ。命が懸かっておる」

「ひとたび郷を出て、また帰ってくる者がいるのか」

「それぞれだ。しばし上方、あるいは江戸に出て、飽きればまた帰ってくる」

「かほどに人が出入りするにもかかわらず、ここはまるで秘郷だ」

「その通りだ。民の衆はよその地で、決してこの郷のことを語らぬ。青姫の名を口にすることはない」

「馬鹿な。喋《しゃべ》りたくなるのが人の常ではないか」

「喋れば、必ずここを欲する者が出てくる。そして己の法や律で治めたがる。それはもはや青姫ではなくなる。ここがいかに度外れた地であることか、あんたはもう知っているのだろう」

杜宇は「ん」と、顎を引いた。ゆえに苛々《いらいら》させられる。生まれ育った村のありようや支配者とのかかわり方、なにもかもが違い過ぎる。

「古い、それは古い郷のありようを、ここは残しておるのだ。かつては皆、かくも自在に生きた。ゆえにここを守るにはまず喋らぬことだ。信じられぬほどの宝のありかを誰彼無しに喋る阿呆《あほう》がどこにおる。さようなこと、子供でも弁えておる」

賽子の男は瓢を持ち上げ、自らの椀に注いで呷《あお》った。

「さて、杜宇とやら。あんたは何の芸を持つ者だ」

そう来るような気がしていた。苫屋《とまや》で捕えられ、籤によって命拾いをした男だと承知しているようであるのに、やはりどいつもこいつも底意地が悪い。

腕に覚えがあったが、しょせんはあの村の中だけのこと、学問も同様だ。となれば、あれしかない。

「吾が持つのは、農の芸だ」

月を見上げていた。

「陽を読み、水や風、鳥や虫とも駆《か》け引きをする。天に問い、時に助けられ、時に凌《しの》ぎ合いながら吾は田を耕し、稲を育て、米を作る。皆に、美味《うま》い姫飯を喰わせる」

おそらく。ほぼ虚言だ。しかし五人は「ほう」と声を弾ませた。

「農の芸を持つ者は初めてだ」

「それはそうだろう。ここは田畑を持たぬ郷。米に麦、餅、団子、魚に獣肉、すべて市庭に揃うておるからのう」

「水や風、鳥や虫とも駆け引きをするさま、ひとつ見物してみたいものよ」

杜宇は身を乗り出して両腕を広げた。

「その田畑を、皆さん、自前で持とうではありませぬか」

「変な物言いをするんじゃない。さあ、今からあなたがたを誑《たら》し込みますよという者が使う手口だ」女誑しの男が茶化しにかかる。

じゃあ、どう言えばよいのだ。

「力を貸してもらえまいか」

俯《うつむ》いて、口の中で呟《つぶや》いた。もうこんな、当たり前の台詞しか思いつかぬ。

「おい、聞こえねえぞ」「はっきり言え、はっきりと」

「林を拓かねば田畑を造れぬ。造れねば、吾は年貢を納められぬのだ。力を貸してくれ」

片目を瞑《つむ》り、仰向いた。

「最初からそう言えばよいものを、手間賃を云々《うんぬん》するから若い者らも乗ってこぬのだ」

なにもかもを売り買いする市庭で成り立っている郷であるのに、銭金では動かぬという。

やはり不思議だ。

「なら、助力してくれるのか」

「いくら出すのだ」

まったく、一筋縄ではいかぬ。

秋空に法螺貝《ほらがい》が鳴り響いた。

「斧《おの》を入れるぞ」と声を上げれば、「応《おう》」と皆が答える。賽子の親仁《おやじ》は他の四人と手分けして、郷の若者を二十人も集めてきた。杜宇をすげなくあしらった顔のいくつかも含まれていて、しかし悪びれもせず、揃いの上衣に身を包んで参集した。

女誑しの思案で古布を購い、仕立て屋の女らに縫わせたようだ。澄んだ浅葱色に腰帯は朱色、そこに細い拍子木を二つ垂らしてあるので動くたび軽快な音が鳴る。そのつど、見物に訪れた衆が騒ぎ、やがて祭のごとくになった。その賑《にぎわ》いに惹かれてか、姫までが現れた。背後には朔と分麻呂が付き添っている。

姫はしばらく黙って眺めていた。と、眉根をぷくりと膨らませ、「杜宇」と呼んだ。

「わらわもあれを着る。あの衣をよこせ」

重大な決意をしたかのような真面目腐った顔つきだが、「なりませぬ」とすげなく却下した。

「姫も木を伐り、根を掘られるのなら着せて進ぜる」

「ならば、斧をわらわに」

ずいと林に入るのを、朔が後ろから首根を押さえた。

「こりゃ、放せ、放せというに」

そのまま片腕で姫を持ち上げ、館へと運んでゆく。今日も目に綾《あや》な装いで、薄紅色に光る大きな繭《まゆ》に見えなくもない。

「わらわも木を伐るぅ」

遠くで叫んでいる。郷の者らは慣れているのか咎《とが》めも笑いもせず、林拓きのさまに夢中だ。

生木の匂いが濃く立ち昇り、最も大きな樫がめりめりと音を立てて倒れた。とたんに林の上が開けて、明るい秋陽が地面に広がる。分麻呂は杜宇のかたわらで何やらを呟き、手を合わせている。樫の木に捧げているのだろう。杜宇も手を合わせ、そして口許《くちもと》に掌を立てた。

「伐った木は西側に集めてくれ。干して乾かして、材にする」

また「応」と返ってきた。

杜宇も斧を手にし、橡の前に立った。躰を斜めにして大きく腕を振り上げた。

三　田神祀り

鋤《すき》を持つ手をふと止め、山々を振り仰いだ。

背山《せやま》では、紅葉と黄葉が色めきながら山裾へと下りてきている。晩秋の空は昨日よりも高く、明日は秋気《しゅうき》がなお澄むだろう。もうすぐ冬がくる。

林を拓《ひら》くだけで、ふた月かかった。心積もりの倍だ。雇った若者らは郷《さと》の衆に囲まれて囃《はや》された当初は陽気に逞《たくま》しく働いたが、やがて見物衆が一人二人と減るうちにたちまち動きが鈍《にぶ》った。

木を伐《き》れ、運べ。あともうひと踏ん張りではないか。今夜は酒を奢《おご》るぞ。

宥《なだ》めすかせど、地味な野良仕事にたちまち飽《あ》いてしまったらしい。朝は鶏が鳴き終えても出てこず、いくらも働かぬうちに一服だ。派手な浅葱《あさぎ》色に朱色の腰帯をつけた二十人が揃いも揃って畦道《あぜみち》に腰を下ろし、無駄話に打ち興《きょう》ずる。賽子《さいころ》遊びの好きな五人の親仁《おやじ》どもなど、とうに姿を消している。

去《い》ね、役立たずども。ここからは吾《われ》一人でする。

ひと月を経た頃、膨らみきった堪忍袋《かんにんぶくろ》がついに破《やぶ》けた。まあまあ、杜宇《とう》、短気を起こすものじゃねえよ、などとは誰も言わない。

やれ、放免された。

思うた以上に面白うなかった。

見物がおらぬもの。張り合いがねえわ。

好き放題の口を叩いて手間賃はしっかりとふんだくり、今日は何して遊ぼうかと気を取り直して市庭《いちば》へと下りてゆく。土の上に投げ出された鋤と鍬《くわ》は合わせて二十挺《ちょう》、とんだ無駄金を遣ったものだ。

それからは一人で田を墾《ひら》いている。迷いつつだ。林を拓《ひら》いた後に何をすべきか見当がつかず、ともかく土中に残った木の根を掘り返した。雑木の太根細根は想像以上にしぶとく、びっしりと土の下に潜り、張っている。草の根も強情だ。雨上がりでも手では太刀《たち》打ちできず、小刀で断ちながら抜かねばならない。根を切るように鍬を進めてみたが、硬い心土《しんど》らしき層に刃の先が喰われれば二進《にっち》も三進《さっち》も動かなくなる。総身から真夏ほどの汗をかいて滴《しずく》を飛ばせど、一日かかって畳一枚分しか捗《はかど》らぬ日もあった。

さてそれからが土の耕しだ。生まれ育った村の百姓が春夏秋冬の中でしていたこと、父や兄から聞き及んだことを思い起こしては手を動かす。

稲刈りの終わった秋、村の衆は何をしていたか。そう、天気さえよければ田に出て耕していた。

深くむらなく、力の及ぶ限り耕して、土を乾燥させねばなりませんのさ。

幼い頃、老いた百姓がそう話してくれた記憶が頼りだ。

彼岸花《ひがんばな》の群れる畦道を杜宇は夢中で駈《か》けていた。野兎を追いかけていた。気がつけば村の外れで、辺りはひときわ貧しい百姓の住む土地だ。日が暮れかかっている。一人の老爺《ろうや》が杜宇に声をかけ、屋敷まで送り届けてくれた。それからしばしば訪ねていくようになったものの、爺《じい》さんは口数が少なかった。たまに口を開いても田仕事のことしか言わず、いつしか寄りつかぬようになった。すぐにつまらなくなったのだ。

あの頃はまだ母も生きていて、「村の外れで遊んではならぬ」と止められたせいもある。その言葉に微《かす》かな蔑《さげす》みがあったのを、子供心に察した。常に米の稔《みの》りが悪く、年貢納めにも難儀していたのが「外れ」の百姓で、母にとっては忌むべき貧しさであったのだろう。

生家では名主の務めとして、村の田の良し悪しを上中下で位付けして把握していた。長じてから年貢帳面の付け方を教えられた際に知ったことだが、まず排水がよく、日当たりのよい田が上々だ。土は黄色または黒色、粘り気が少なく、青黒い小石が少しまじり、砕けやすく、しかも表面より下の層は粘り気のある重い土がよい。これらの美点を満たさぬにつれ、上から中、下へと位が落ちてゆく。

あの老爺は明けても暮れても田をかまっていたのにかくも報《むく》われなかったとは、よほどの下であったのか。一年を通じて湿気の抜けぬ泥田《どろた》であったのかもしれない。

杜宇にとって、百姓が耕す姿は当たり前の景色に過ぎなかった。こうして自らが耕すようになるまでは、何も心に留まっていなかったのだと思う。

この土地は泥田ではないが上でもなく、中の位といったところか。ともかく幾度も鋤き返し、縦横に何度も掻きならし、土が白く乾いたのを見定めてまた二度三度掻き、やがて訪れる冬に備えている。春に土が温かくなり、陽も高くなるのを待って再び鋤き起こして何度か掻きならせば土はさらさらとして、しかも湿り気を持つようになる。

たしか、そのはずだ。さような土であればうまくいく、はずだ。たぶん。

鋤を振るいながら、せめて農書なりとも読んでおけばよかったと舌打ちをする。悔いてももはや遠吠えにもならぬ。いや、そうでもないかと頤《おとがい》を上げた。

ここはなんでも手に入る郷ではないか。


冬に入ってまもなくの夜、質商《しちしょう》の番頭が長屋を訪ねてきた。

「入りましたですよ」

膝前に差し出されたのは四角い布包みで、見るからにずっしりと重そうだ。縦は一尺近く、横も六寸はあるだろう。包みを開けば、表紙が柴色《ふし》に変じた書物だ。十冊ある。

「これは」

「ご所望の農政全書にござりますよ」

そういえば、この番頭に依頼していたのだった。市庭では手に入りにくい逸品《いっぴん》、掘り出し物も揃えていると吹いていた。

表紙に手をかけて中を覗けば、四角い漢字が経文のごとく連なっている。

「唐本《からほん》ではないか」

「農書をと京の書肆《しょし》に注文いたしましたらば、折よく長崎から入ってきたばかりとのこと。尋《じん》常《じょう》なら一年二年は待たねばならぬようですから、まこと、あなたはご運がいい」

「漢籍は読めぬこともないが得意ではない。これはお返しするゆえ、和本の農書を手配りしてくれ」

すると番頭は「異なことを仰せになる」と、おなごのように掌《てのひら》を口許《くちもと》にあてた。顔を見やれば、眉が額の中で山形だ。

「和本の農書なんぞ出ておりませぬよ」

「ないのか」

「誰が読むんです。百姓は一丁字《いっていじ》を識《し》らず、農政にかかわるお代官様は百姓の尻を叩いて農を識る必要はなし。かような唐本を欲しがるのは物好きなお大尽か、お大名くらいのものでしょう。まあ、さような方々でなければ手に入れることのできぬ珍本にござります。大切になさいませ」

もしやと思って訊《たず》ねれば、懐から書肆の受け取りを出した。金三両だ。

「とんでもない。読めぬ唐本にこんな大金は出せぬ」

めくりかけた表紙を手荒に払った。

「読めぬのはあなたの勝手。だいいち、返本はききませぬよ。ほれ、その指先から」

手許に目を落とせば、表紙の端が千切れている。藻屑《もくず》のごとき紙が指にへばりついている。

「唐渡りの書物は紙が脆《もろ》いのですよ。和本とは材にしておる草木が違うのか、それとも紙漉《かみす》きの方式の違いか。和本は百年二百年を経たものでもさほど傷みませぬが、唐本はよくよく気をつけて扱わねばすぐにぼろぼろと千切れますわなあ」

「先に言え」

「杜宇どの、これは常の識にござります。農書を読もうというお方がまさかさような弁《わきま》えもお持ちでないとは、さしものわたしも気がつきませぬ」

農具を揃えて人足《にんそく》仕事の手間賃を払い、そして唐本十冊。〆て八両を費やし、懐には二両を残すのみだ。これから稲の種籾《たねもみ》を購《あがな》い、稲刈り後の脱穀《だっこく》にも臼《うす》や稲扱《いねこ》きが要る。鳩尾《みぞおち》の辺りが薄寒くなった。

農の芸は至難だ。

毎日が曇って陰鬱《いんうつ》、寒気が肌を嚙むような日が続いた。

今朝は眩《まぶ》しいほどの光が満ちている。市庭で購っておいた藁沓《わらぐつ》に足を入れて館《やかた》の裏口から外に出れば、辺り一面が白だ。山々から森、麓《ふもと》の林にも雪が積み、軒下の草の根さえも白い。そして冬の空は青く冴《さ》え渡り、玻璃《はり》のごとく張りつめ、木槌で叩けばキンと響きそうだ。

裏道を歩く。道も濠川《ほりかわ》も定かではないが、澄んだ朝の中を歩く。館も市庭もまだ眠っていて、誰もいないかのように静まり返っている。

この世で吾ひとりが生きているかのような心地だ。

胸を膨らませた。この郷に囚《とら》われて初めて味わう心地だ。躰《からだ》じゅうが解き放たれて、ずんずんと歩く。足早に息を弾ませるうち、やがて独り笑いが止まらなくなった。振り返れば、己の足跡だけが純白を犯している。その愉快にまた笑う。

背山や雑木の林の形から察して、新田はたぶんこの辺りだろうと察しをつけた。掌で雪を払えば、丹念に耕した土が黒々と顔を覗《のぞ》かせる。

やあ、おはよう。

ずっと一人で田にいるからだろうか。土がいとおしくなっている。以前の吾ならば、そんなことをほざく者には嘲笑をお見舞いしていた。詩情の過ぎる奴は恥ずかしい。気色が悪い。だが今は土にうんと頷《うなず》いて返し、「春まで寝て過ごせ」とまた雪を戻してやる。むろん、周囲に誰もいないゆえできることだ。

杜宇は掌に残った雪を見つめる。

雪は五穀の精だ。冬が明けて雪が融《と》ければ、その水が田を潤《うるお》してくれる。

五つの穀物は『古事記』では稲に麦、粟《あわ》、大豆《だいず》、小豆《あずき》、『日本書紀』では稲、麦、粟、そして稗《ひえ》と豆を指す。唐土《もろこし》ではまた違うようで、あの莫大に高かった唐本には知らぬ穀物名も含めて十ほどが列記されていた。

そうだ、この寒中のうちに雪を採っておこうと思いついた。雪を壺《つぼ》に入れて日陰の土中に埋めておけば、これが「雪水」なる水になるらしい。

春の播種《はしゅ》を前に種をしばらく雪水に浸しておけば虫がつかず、旱《ひでり》にも傷まずして稔りがよい。生まれ育った高柳村《たかやなぎむら》でそんな方法は見たことも聞いたこともなく、毎年、虫や旱の難の何かにはやられていたものだが、くだんの唐の農書に雪水についての記述があった。正しく読めているかと訊かれれば甚《はなは》だ心許ないが、どうせ誰にも訊かれぬ。拾い読みであるにしろ、己で試してみればよいだけのこと。やれることは全部やってやると、杜宇は掌中の雪粒を握り締めて立ち上がった。

田の西側には白く大きな塊がある。これは今や、杜宇の密かな宝だ。林を拓く際に伐採した木々で、枝を落として丸太にして横積みにしてある。夏まで乾かして皮を挽《ひ》けば材になるので若者らに積んでおくようにと指図したのだが、その先のことまで思案があったわけではない。

だがつい先だって気がついた。

材は市庭で売ればよいのだ。その金子で、臼や稲扱きを入手できるではないか。

吾は誰の力も借りず、この田に黄金の稲穂を波打たせてやる。

「精が出ること」

振り向けば、あの二人だ。ただし足跡は朔《さく》のものだけで、稚児髷《ちごまげ》の姫は朔の肩から丸い顔を出している。赤子のように背負われて、いつにも増して上機嫌だ。今日は桃色の表衣に、下は若菜色の袴だ。

「なんぢゃ、そのうとましそうな顔は」

「静寂《せいじゃく》を乱すからだ」

言い返せど、姫は小馬鹿にしたように口を半開きにする。朔も相変わらずだ。おまえなんぞとかかわりたくないのだという渋面で、横を向いている。だが秋から冬と季節を経るにつれて見張りの目は緩《ゆる》めたらしい。どのみち、館の裏手からでも市庭からでも田の様子は丸見えで、杜宇は逃げも隠れもできない。

「土や雪は何と仰《おお》せであった」

目をすがめた。「何のことだ」

「今、土や雪と語らっておったろう」

「さようなことをするはずがない」

たじろいで首を振った。厨《くりや》で盗み喰いを見つかった下男のごとくだ。

「つまらぬ男だのう。妙なる贈答歌を即興で披露いたせば、それが芸になるものを」

「農の芸で手一杯だ」

「さても、それよ」と姫は躰をよじり、「降りる」と朔の肩を叩いた。ちんまりとそれは小さな藁沓が、それでいて藁には桃色の細い布が編み込まれており、いつもながらの都ぶりだ。

「田植えはいつぢゃ」

「気の早い。春彼岸を迎えて苗代《なわしろ》に種を播き、田の土をまた荒起こしする。草を鋤き込んで畔《くろ》を塗り直し、代掻《しろか》き、また土を鋤き直し、夏の五月を迎えてようやく苗を植える」

「なら、いつお呼びする」

「誰を呼ぶ」訊き返せば、「しれたこと」と目を見開いた。厭な予感がした。憶えのある顔つきだ。何かを爛々《らんらん》と企んでいる目だ。

「かように田を墾いたのであるから、田の神をお呼びせねばなるまい。正月はお松様をお迎えするゆえ、田神《たがみ》様をお呼びして祀《まつ》るのは小正月がよかろう。さて、踊子はいくたり揃えよう。また籤《くじ》をたんと作らねばなるまい。やれ、忙しい」

「踊子も籤か。籤で決めるのか」

「当たり前ではないか。神々へ舞を奉じる娘を籤で決めんで、他に何を決めるという」

杜宇の扱いを籤で決めたことを忘れているのか、空とぼけているのか。「好きにしてくれ」と言い放ち、いや、待てよと顎を引いた。

「姫。その田神祀りだが、まさか吾から金を取るつもりではあるまいな」

「無礼な、わらわは金子など取らぬぞ。おまえが田の四隅に笹竹を立てて注連縄《しめなわ》を張り、紙垂《しで》をつけ、祭壇を設《しつら》えて神饌《しんせん》を供え奉る。そしてわらわにどうぞお出ましをと願うわけぢゃ。で、祀りの果てた後におまえは拝跪《はいき》して神妙に三方《さんぽう》を差し出す。三方にのせるは金子であって金子にあらず、それは田神様への初穂料《はつほりょう》である」

厳《おごそ》かに声を装《よそお》っているが、つまりは祭事を催させて金を取ろうという寸法だ。

「田の神を祀るは吾一人でやるので、その儀は放念してもろうて結構」

「素人に何ができる。杜宇、遠慮せずともええ。おまえが手許不如意《ふにょい》であるのは先刻承知。案ずるな、冬の間にちと働かせてやる」

「吾にまだ働けと言うか」声が高くなった。

「この田を墾くのにいかほどの労苦を強いられたか、知らずば言って聞かせてやる。なるほど、林を拓いて畦道を盛り上げ、濠川から取水《しゅすい》する溝《みぞ》をつけるまでは雇うた者らがいた。しかしそれからはたった一人ぞ。一人で数多《あまた》の木の根を掘り起こし、田の外へ運び、土を耕したのだぞ。毎日毎日、土にまみれて腰が立たぬかと思うほどに鋤を振るうて土中に気を入れ、硬い土塊はこの手でほぐしたのだ。この地を平らげた」

姫はそよりとも動じず、「大仰《おおぎょう》な」と口をへの字にする。

「たった一反で、えらそうに」

「一反の広さも知らなんだくせに」

「二人ともうるさい、声が大きい」

　朔が眉間に皺《しわ》を刻んでいる。面倒そうに息を吐き、「杜宇、冬の仕事がある」と投げるように言った。

「小屋が要る。おまえが造れ。期限は年内」

「普請《ふしん》仕事は大工にやらせろ。郷には腕自慢の者がいくらでもいるだろう。どいつもこいつも、一芸で選ばれし民らしいからな」

「大和《やまと》で古寺の大普請があって、今は出払《ではろ》うておる。いや、掘立小屋だ。大工にやらせるまでもない、おまえで充分だ」

「それはそれは、有難きご裁量」

「明日、配下の者を迎えにやる。普請に用いる材はそこにある物を運んでおく」と、顎をしゃくった。

「おい、あれは吾の」前へ踏み出せば、朔も一歩踏み出した。顔が間近だ。雪の光のせいか瞳の色がなお薄く、榛色《はしばみいろ》にさえ見える。

「杜宇、心得違いをするのが得意なようだが、あの林は郷のものだ。当然のこと、伐り出した木々もな」

　姫はいつのまにか離れ、雪の上をとことこと歩き回っている。頬は上気してか薄紅色に染まり、童女のごとくはしゃいでいる。

くそっ、転《まろ》びやがれ。

口の中で毒づいた途端、姫は「あや」と小さく叫んでつんのめり、顔から雪の中へと倒れ込んだ。


翌朝、朔の配下の者が現れた。

三人とも目つきが鋭く、杜宇に言葉を発するつもりはまったくないらしい。黙って導かれ、こなたも黙ってつき従った。館の裏から右へ折れ、雪を踏んで進んだ。ほどなく気がついた。館の東手に向かっている。朔から足を踏み入れるなときつく禁じられた地だ。訝《いぶか》しめど、背後から腰を突くように促されるので歩くしかない。

高々と組まれた棒杭《ぼうくい》の先が見え、やはりと唸《うな》る。風がなにやら違う。鼻を動かした。中秋から冬に入ってはほとんど忘れていたが、漆《うるし》のごときあの匂いだ。いや、もっと強い臭気だ。草を腐らせて作る肥《こえ》に似ている。

しかし棒杭の先はじきに見えなくなり、遠ざかった。それにつれて臭いも薄らいでゆく。今度は木々が混み合い、森の中に入っている。雪で足が滑り、幹を摑んで足を前に動かさねばならない。水の音がして、見下ろせば羊歯《しだ》の繁茂《はんも》するせせらぎだ。雪に鎖《とざ》されずに流れている。やがて足許が岩場になり、そこも雪が融けて濡れている。藁沓では滑るので脱ぎ、懐に押し込んで裸足になった。ところが急峻になり、岩と岩の隙間に指をかけて這い登らねばならない。

辿り着いたのは小高い平地だ。雪を掻いたのか、平地の縁に寄せられて色が土まじりだ。

顔を回《めぐ》らせて、目を瞠《みは》った。いったん遠ざかったあの棒杭が間近に見下ろせる。

棒杭に見えていたものは細い四本の高柱で、横板が張られた細長い建屋《たてや》だ。井戸囲いの棒杭かと推《すい》していたが、まるで物見櫓《ものみやぐら》のごとき物々しさだ。となれば、ここは国境であるのだろう。なるほど、朔の配下はわざと回り道をしたらしいと、杜宇は鼻を鳴らした。

命じられたのは三坪ほどの掘立小屋で、配下から絵図を渡された。

丸太は朔の予告通り運び込まれてあり、道具も揃っている。

柱材を置くべき四ヵ所を決め、穴を掘った。一尺半ほど掘り下げ、穴底に石を置き、そこに皮つきの杉丸太を抱えて挿し込む。三人の配下は一切手伝おうとせず、ただ突っ立っているだけだ。左手で丸太が倒れぬように支えながら右手で穴に土を入れ、足で土を踏み固める。それを四度行なうのに三日かかり、次は壁を張らねばならない。

横積みにされた数十本の丸太の前に屈《かが》み、さてどうしたものかと頭を抱えた。屋根と壁は草《くさ》葺《ぶ》きかと思いきや、絵図には「木」との指図が書いてある。丸太から板材に挽くなど手に余る。

「板屋根など無理だ」

配下の者らを振り返ってみても、目すら合わせてこない。仕方なく寸法を測り、皮つきの丸太を半分に割ることにした。乾燥させた日数《ひかず》が足りぬので生木を割く恰好だ。小屋として使ううちに木が縮んで暴れる、つまり隙間だらけになるはずだが、それはもう知ったことではない。

米さえ作りおおせたら吾はもうこの郷にいないのだ。それまでは保《も》つだろうと、何日もかけて材を用意し続けた。柱と柱の間に半丸太を置いて棕櫚縄《しゅろなわ》で括《くく》り、その上に次の半丸太を積む。

「梯子《はしご》をくれ」と配下に言えば、それはすぐさま黙って持ってくる。壁が一つ二つとできるうち、柱の据わりが強固になってくる。もう少しで戸口を設けるのを忘れるほど、無我夢中で壁を造った。後は屋根を張るのみだと思ったら、また雪だ。しかし期限を年内と切られている。年が明ければ田仕事を始めねばならない。掌は赤むけて方々が切れているが、大声を出して材を担ぎ上げた。梯子を上れば、肩に材がめり込んでくる。腕が震える。

「よいしょお」

吠えると、口の中に雪が入ってきた。

除夜を迎えた。館の前には大松明《おおたいまつ》が焚《た》かれている。

唐破風《からはふ》屋根の玄関前には葉つきの竹が一対、高々と立てられ、注連縄が張られている。館の中の各所にも大小の松が飾られ、大広間には巨大な祭壇と松だ。祭壇には白絹が敷かれ、何段もの松飾りと注連縄、そして餅が堆《うずたか》く積み上げられている。

市庭の広場には餅搗《もちつ》き職人の一団が現れ、丸めたり切ったりする。職人を雇っているのは郷で、餅は民の衆に無料で配られるのが慣《なら》いのようだ。杜宇も久しぶりに搗きたての餅を味わった。痛む掌に温かく、餅搗きの音は無性に懐かしかった。

努めて思い出さぬようにしていた村を、そして兄一家を思った。杜宇のしでかした所業のせいで無事に正月支度などできるはずはなく、もはやいずこかの辺境に追われて野垂《のた》れ死にしているかもしれない。

だが吾はここで餅を喰っている。白く光る米の餅を、旨いと思って喰っている。

暮れかかる空に松明の巨大な炎を見ながら、兄らの面影を隅へと押しやった。もはや二度と帰参《きさん》のかなわぬ地だ。

「お松様をお迎えするぞ」

この郷では歳神《としがみ》を「お松様」と呼び慣わしているらしい。大太鼓の音がして、皆が一斉に膝を折って砂地に坐した。杜宇も同様にする。玄関先に姫が現れたのが見えた。いつもの稚児髷ではなく垂髪《すべらかし》で、頭に白鉢巻《しろはちまき》、そこに玉串《たまぐし》らしき葉を左右に挿している。雪白の広袖の表衣に、長袴は目の覚めるような朱色だ。同じ装束の娘らが背後に五、六人はいる。

しゃらんと鈴の音が鳴り、姫が舞い始めた。

「杜宇、そこは通り道だ」

腕を引っ張られた。見れば賽子の親仁だ。夕闇の中だが仲間も並んで坐している。石に鍵、船、女を操るのが得意な連中だ。

「新田、墾いたらしいの」

小声で囃《はや》してくるが、「まだ田とはいえぬ。これからだ」とすげなく返した。どいつもこいつも何の役にも立たなかった。まともに相手をするのも馬鹿馬鹿しい。

「田神祀りを催すと聞いた。おれたちも参列してやる」

「楽しいことには目がないのだな」

この郷の者はまったく気楽な身の上だ。芸か才か知らぬが、何にも縛られず、己の好きなように生きている。どこをどうすれば、こんなことが可能なのだ。胡散臭《うさんくさ》い。怪しい。この郷のありようを、なにゆえ御公儀《おかみ》は許している。周辺の豪族は代官は、なぜ。

姫は天に向かって両の腕を広げ、くるりと摺足《すりあし》で回り、娘らは鈴を鳴らし続ける。

杜宇は大松明の炎を見上げた。風に揺られて逆巻き、横に倒れる。また真《ま》っ直《す》ぐに燃え上がる。その下にひとり、烏帽子の分麻呂の姿があった。手を擦り合わせて唇を動かし、なにやら一心に拝んでいる。平素は常に姫を見守り、自慢げに皆を見回したりするのに、よほどお松様が大事であるのだろうか。

奇妙な気がして、目をしばたたいた。

何かが変だ。

夕空を振り仰ぐ。やはりそうだ。黒煙は盛んに流れているのに、火の粉はまったく出ていない。耳を澄ませど薪《まき》の爆《は》ぜる音もしない。誰もが頭《こうべ》を垂れ、お松様を迎えている最中も。

そして杜宇は嗅いだ。あの臭気だ。漆のような、草肥《くさごえ》にも似た臭い。

あの松明は、いったい何を燃やしている。

小正月を迎え、いよいよ田神祀りだ。

数日前もまた雪が降り、しかし今朝は融《と》けて田のどこもかしこも光っている。春草がうっすらと生《お》い始めているので、雪が草の露《つゆ》になったのだろう。

姫に命じられた通りに四方に笹竹を立て、注連縄を張り、紙垂を飾った。設えた祭壇には市庭で購った魚や海老、昆布、干柿を三方にのせ、酒と塩、そして米も供えた。

姫はまた白の表衣に朱色の長袴で、籤で選んだらしい五人の踊子は踝《くるぶし》までの紙衣《かみこ》で白、前結びの細帯が朱色だ。いずれも顔を白粉《おしろい》で真白に塗って眉を額《ひたい》の真ん中に置き、頬と唇は真紅だ。玉串は今日は装束の背中に挿している。

杜宇はといえば、水干《すいかん》に袴、頭は風折烏帽子《かざおりえぼし》だ。これも姫の指図で、市庭の古物屋で借りた。小屋を造って一両を受け取り、だがこの祀りの費えはそれだけではまったく足りない。踊子の装束は自前で頼むと言ったら、五人は長屋に呶鳴《どな》り込んできた。

「わたしどもは門付《かどづ》け芸人ではありませぬぞ。杜宇どのの神祀りのために姫の籤で選ばれた者。その装束を自前で揃えよとは神事を何と心得ておられる。それとも、田の神様を怒らせて米が稔らずともよろしいのか。え、いかが」

まったく歯が立たなかった。吾はなにゆえいつもやり込められ、意のままにされるのか。己がこうも弱いとは。

姫は「たらりりら、たららりら、らりどう」と歌いつつ、舞う。

「あらあら神よ、田の神よ。悦びを舞おうと人坐して居たれば、一舞い、きょうのご祈禱なり。たらりりら、たららりら、らりどう。永く絶えずおわしませ。かくのごと、かくあれと、かくして」

甲高く澄んだ声が響き、太鼓と笛が鳴る。杜宇の背後には見物が鈴生《すずな》りで、郷の衆がすべて参集したかのような賑いだ。林を拓く時よりも人出が多く、「おめでとうございます」と酒や餅を供えてくれる者も多い。祭壇には置ききれず、もう一壇増やしたほどだ。神事はお任せあれと、分麻呂がまめまめしく世話を焼いてくれた。

姫と踊子らが笹竹の四方の外に出ると、今度は朔とその配下が三人、中央に進み出た。配下は小屋造りを最後の最後まで手伝おうとしなかった薄情な連中だ。朔も烏帽子をつけ、水干、袴だ。黒漆の沓《くつ》を踏み鳴らし、広袖を翻《ひるがえ》す。姫から「太神楽《だいかぐら》も奉納する」と聞かされていたが、よもや朔だとは思わなかった。今朝、装束を見て知った。

朔は一舞いした後、銀色の髪がついた獅子《しし》の面で再び舞い始めた。田の地面を剣《つるぎ》で払い、叩き、これは邪気《じゃき》を払い、浄《きよ》めているのだろう。やがて三人も加わって豪壮《ごうそう》な獅子舞いになった。面をつけているというのに動きは激しく、三人が次々と宙返りを始めた。

くるり、くるり、どうどうたらりら、らりどう
笛と太鼓の拍子が速くなる。杜宇は坐したまま舞いを見守る。背後の衆も息を詰めているの

か、しわぶき一つ聞こえない。

朔が地を蹴った。銀色の髪が風に靡《なび》き、誰よりも高く飛翔《ひしょう》した。初春の空に大きな弧を描き、そして田の中にすうと舞い降りた。


春彼岸が訪れる前に、種籾の催芽《さいが》の準備に入った。

用意した種籾は一斗、これを盥《たらい》に入れ、水を注ぎ入れる。手で掻き混ぜるだけで浮いてくる籾は播《ま》いても発芽しないので、笊《ざる》で掬《すく》い取って除く。別の盥に今度は塩水を作り、そこに沈んだままであった種籾を移した。手でぐるぐると混ぜると、さらに浮かんでくる。これも取り除く。病持ちの種籾である可能性があるからだ。見た目ではとても判別できない。だが病持ちをまぜて播種すれば、育ってから他の稲に病をうつす。田のすべてがふいになりかねない。

水を捨て、また真水と塩水で選別を繰り返す。浮かんでくる種籾が一粒もなくなって、最後の仕上げだ。真水で塩分をよく洗い流し、土中に埋めてあった十の壺を掘り返して盥に雪水を注ぎ込んだ。

種籾を入れ、五日ほど雪水に浸《つ》けておくことにした。農書には何日とも記していない。しかし今年の春は暖かいので、春の気が催芽を手伝ってくれるのではないかと思案を立てた。六日目の朝、種籾をいくつもの笊に上げ、風に乾かしてもらう。雀《すずめ》が寄ってくるので、浮いた種籾を遠くに撒いて追い払う。日が暮れるまで笊の番をした。

苗代の準備にも追われる。田の一部を畔で方形に囲い、刈敷《かりしき》をたっぷりと土に鋤き込んで溝川から水を引き込む。刈敷は刈った草のことで、元肥になる。この苗代に種籾を播いた。風車を市庭で見つけたので吹き流しをつけ、雀を脅す。腰には拍子木をつけ、雀を追いながら本田の荒起こしにかかった。鍬を振るい、ここにもたっぷりと刈敷を鋤き込んでゆく。

油粕や干鰯《ほしか》を購う元手はないので、市庭の家々や長屋を回って惣後架《そうこうか》から汲《く》み取らせてもらうことにした。館の雪隠《せっちん》を思わぬでもなかったが姫に掛け合うのも面倒であるし、力仕事をしている者の糞尿の方がよい肥料になるのだと、村の寺で庭の手入れをしていた作男《さくおとこ》に聞いたことがある。手拭いで頰かむりをし、息を殺して糞尿を汲み、それを田に担いで上がる。これが重いし臭い。しかもこの郷のどこに子供がこうもいたのかと思うほど、杜宇の後ろに集まって囃し立てる。子供は臭いものがよほど好きであるのか、雀ほどにうるさい。あまりうるさいので柄杓《ひしゃく》の滴を振り回してやる。わあと逃げ散り、またついてくる。

田の近くまで担いで上がり、土中に半分がた埋めた大桶《おおおけ》に糞尿をあけた。しばし陽に当ててから使わねば、肥料としては強過ぎて根腐れを起こしかねない。

種籾からは芽が出て、一寸、二寸と少しずつ伸びている。苗代が日ごとに青んでくる。山には桜の白がぽつぽつと灯《とも》り、畦道では蓬《よもぎ》や土筆《つくし》、嫁菜《よめな》が背比べを始めた。

西空が染まる頃、館裏の井戸端で鋤を洗い、諸肌脱《もろはだぬ》ぎになって頭から水をかぶる。何度もかぶって犬のごとく身を震わせ、滴を飛ばす。手拭いで顔を拭いていると、館の軒沿いに朔の後ろ姿が見えた。その前に派手な衣の色がちらつくので姫も一緒のようだ。

このところは田仕事が忙しく、館でも二人とはめったと顔を合わせていない。たまに市庭で姿を見かけても、こなたは肥汲みで頬かむりをしている。それでも何か嗅ぎつけるのか、姫はわざわざそばに寄ってきて「田植えはまだか」と訊く。よほど面白いものだと思っているらしい。

手拭いで腋《わき》や胸、背中まで拭き、もう一度、二人の姿に目をやった。やはり館の東手に向かっている。杜宇は筒袖に腕を入れ、前を合わせてから裾を端折《はしょ》り直した。軒沿いに数歩進み、背後を確かめてから一気に足を速める。

二人はどこに向かうのか。

あの物見櫓だ。無性にそんな気がする。もしくは、山上の小屋か。

杜宇が造った小屋については、姫も朔も一切、何も言わなかった。黙って金子包みを渡されただけだ。

館の東手にも黒々とした森が広がっている。だが物見櫓の高柱は森から抽《ぬき》ん出て、はっきりと見える。空には月もかかっている。二人の姿は消えているが、杜宇は櫓を目指して森に入った。進むうち、木々の梢《こずえ》で高柱も見えなくなった。しかしあの臭気が漂っている。進めば進むほど臭いに近づく。森に道はないが、左右から突き出した枝が払われている。膝から下はもう闇に浸《つ》かっている。ぬるぬると進み続けると、前が開けた。

大きな櫓が聳《そび》え立っていた。五層はあろうかと思われる細長い高楼で、ただの物見櫓とは思えぬほどだ。戸口が開け放たれており、中に段梯子《だんばしご》があるのだろうか。近づくと人の気配がする。中を窺《うかが》ってみた。暗い。だが一人二人ではなく、十人ほどが屈んだり動いたりしている。何かを持ったり担いだりしているようだ。あれは桶か。目を凝らせば中央に石積みの垣が組まれており、そこから汲《く》み上げている。やはりここは井戸なのかと、首を傾げた。それにしても臭う。

「おい、杜宇。杜宇じゃねえのか」

名を呼ばれて、後ろに飛び退《すさ》った。

「姫、杜宇が来てるぜ」その声はどうやら、賽子の親仁だ。

「わかっておる。あやつはわらわたちの後をつけてきおったのぢゃ。朔、入れてやれ」

立ちすくんでいると、朔が外に出てきた。

「入れ」

毒だ。こやつらはここで毒を作っているに違いない。

「毒でも作っておると思うたか」

朔に見下ろされると気圧《けお》される。

あの田神祀りの舞いが、目の底に残って消えぬからだ。空で宙を切って、田に舞い降りてきた。まるで田の神が降りてきたように見えたのだ。銀色の光を帯びていた。

「どうした。入れと言うておろう」

「毒でなければ何を作っておる」

姫も外に出てきて、朔に並んだ。

「作っておるのはおまえに造らせたあの小屋ぢゃ。ここは汲んでおるだけ」

姫はいつもこうして、はぐらかす。

「水を汲むのに、なにゆえこうも隠している」

「ただの水ではないからぢゃ。ここは、草生水《くそうず》の湧き出づる井戸」

「くそうず」口の中で呟いた。

「いかにも。燃ゆる水ぢゃ」

月明かりの下、姫は薄く笑んでいる。

四　赤影

徳利《とっくり》の口に附木《つけぎ》をかざした途端、不穏な音とともに強い炎が立った。

「なんと」

仰天した。火は赤々と燃え、薄暗い小屋の中を照らしているではないか。徳利の腹に納まっているのは炭粉《すみこ》でも大鋸屑《おがくず》でもなく、水なのだ。朔《さく》は漆黒《しっこく》の水を徳利に注ぎ、そこに紙縒《こよ》りほど細く捩《よじ》った布を垂らした。そして附木で火をつけた。

ただそれだけで、煌々《こうこう》たる光を得ている。

「格別の明るさだ」

信じられぬ思いで、杜宇《とう》はなおも目を瞠《みは》った。朔のなめし革のごとき肌、姫の口の周りをうっすらとおおう産毛まで見えてしまう。

「さても珍しきはおぬしのさまや。稲妻にでも打たれたか」

姫はしてやったりと言わぬばかりの得意顔で笑う。附木を小壺《こつぼ》に放り投げた朔は素っ気ない一瞥《いちべつ》をくれる。はたと己を見返せば不覚にも半身をのけぞらせており、尻の下の床几《しょうぎ》が不細工な音を立てた。咳払いをして坐り直すも徳利の先の火に気を引かれ、また凝視してしまう。目を逸《そ》らせぬほどに魔訶不思議だ。

「これは、いかなる絡繰《からく》り」

「手妻《てづま》ではないゆえ絡繰りなどあろうはずがない。井戸の前で教えてやったではないか。これは草生水《くそうず》。燃ゆる水ぢゃ」

「除夜の松迎え、あの折に館《やかた》の前で焚《た》いておった大松明《おおたいまつ》もこの水を燃やしておったのか」

「然《しか》り。草生水の火は強うて大きゅうて、滅多な風にも負けぬ。少々目の悪い神々もあれほどの火は見逃されぬゆえ、迎え火にはまことふさわしい」

姫は目を細め、さもいとおしげに炎を見つめる。

杜宇は掘立小屋の中を見回した。

物見櫓《ものみやぐら》の前から山中に誘われ、入ったのがこの小屋であった。指図の通り床を張らずにいたが、その土の上に床几が置かれている。天井《てんじょう》も張らず屋根の材が剝き出しで、その屋根から皮つきの丸太で組んだ壁までが薄黒くなっている。建ててまだ半年も経《た》っておらぬのに尋常ではない汚れぶりだ。しかも広さ三坪ほどだというのに衝立《ついたて》が巡らされ、半分に仕切られている。衝立も煤《すす》けて黒い。

魚油《ぎょゆ》の放つ煤と臭いを思い出した。

「まるで油のようだ」

「これも油ぢゃもの」姫は顔を寸分も動かさずに応じた。

「油なのか」

「初めて草生水を見つけたものは水だと思うたであろうな。榛《はしばみ》や胡麻《ごま》、菜種《なたね》なんぞの油もすべて搾《しぼ》って作る。ゆえに土の上に湧いて出ておるものを、よもや油だとは思わぬやろう。ぢゃが草生水は湧き水のごとく、汲《く》めば使える油ぢゃ」

「館の広間には、かような煤汚れはなかった」

首を傾《かし》げながら、姫と朔を順に見た。

「臭《くそ》うて使えぬもの。井戸の中を覗《のぞ》いてみよ。ぶくぶくぶく、黒い泡《あぶく》をなして湧き出でておるわ。かくも臭い水ゆえ、くそうず。草に生きる水などと唐文字《からもじ》を当てるは、よほど後の世になってからのこと」

「この地では、いつからかような油が出る」

「古いのう」と、姫はもったいをつけた。

「この燃ゆる水を油薪《ゆたん》に代わるものとして聖上《おかみ》に献上したは、天智《てんぢ》天皇の御世《みよ》ぢゃ」

「てんぢ。何年前だ」

帝の名前など知る由もない。

「そうさな、ざっと千年ほどか」

「かほどに古いのか」

「古い。あの頃は近江国《おうみのくに》に都《みやこ》があった」

まるでその頃から生きているかのような胸の張り方だ。

「なら、禁裡《きんり》の灯《あかり》はこの草生水なのか」

「考えてもみよ。殿上人《てんじょうびと》のおわす御殿で、煤も臭いも悪《あ》しき油をお使いになるはずがなかろう。今も年に一度は献上しておるけどな」

「献上しているのか」

「慣《なら》いは変えぬもの。変えぬから慣いぢゃ」

するりと、はぐらかされた。

それにしてもと、また炎を見つめる。徳利そのものが火を噴いているようだ。

「明るいなあ」

思わず呟《つぶや》いていた。懐かしいような気がする。

生まれ育った家では城下から客人があれば蠟燭《ろうそく》を奢《おご》って宴を張り、父などは菜種油の燭《しょく》をともして書を読んだり筆を持ったりしていた。臭いがさほど立たぬ菜種油は高値で、蠟燭はもっと贅沢な品だ。考えれば、久方ぶりに味わう夜の明るさだ。青姫の郷で厭々《いやいや》ながらも暮らすようになってからというもの、自ら灯をともすということをしていない。鶏の鳴く前に起きて日のあるうちは田で働き、日が沈めば長屋に帰って寝る。ただそれだけを繰り返す日々だ。農書をもっと読みたいと思えど、じっと坐っておられぬほど瞼《まぶた》が重くなる。

「千年前、これを初めて見つけた者はいかほど驚いたであろう」

灯を見つめながら呟いた。

「驚いたどころではない」姫が神妙な声で答えた。

「この郷では井戸囲いをしたが、かつてはこの地の方々で黒い泡が立っておった。油の田のごとく。雨が降れば森や川を汚して獣や魚を死なせる、悪しき憎き水ぢゃ。しかもひとたび火の気を落としてみよ。たちまち火の海ぞ」

童女のごとき声がさらに低く、ゆっくりと響く。

「草生水は火の足が速いのぢゃ。しかも消えぬ。人の住む草屋も田畑も森も呑み込んで、何日も何日も燃え続けて、辺りは骨も草の根も残らぬ焼野《やけの》になった」

火だるまになった獣《けもの》が苦しんで、駈け回るさまが目に泛《うか》んだ。

だがそこにまた、草生水の湧く泥濘《でいねい》がある。原野や森の方々で火の手が上がる。

ふと、馬の嘶《いなな》きが聞こえた。なにやら硬い、甲冑《かっちゅう》の鳴る音もする。法螺貝《ほらがい》や陣太鼓《じんだいこ》の音が鳴り響き、槍《やり》が光る。鉄砲も見える。兵だ。合戦か。騎馬の武芸者が雪崩《なだ》れ込んでくる。馬上の者は吠え合い、槍を大きく振り回し、太刀風《たちかぜ》が聞こえる。

突如として、大きな火柱が立った。巨大な炎が高く、それは高く舞い上がり、夜空を舐めている。背中が熱い。額も焼けそうだ。と、火の海の中に入っていく姿がある。

総毛立った。

行くな。

叫んで手を伸ばした。

その手を捩《ひね》り上げられ、刹那《せつな》、なにもかもが消えた。小屋の中だ。

「吾《われ》は、今」

今、何を見た。

顔を上げれば、朔と目が合った。その瞳の中に己の顔が映っている。おののいている。目をしばたたかせ、熱さと痛さに気がついた。右の手首を朔に摑まれている。

「放せ」

「今、おぬしは素手《すで》で炎を摑もうとしたのだ」

朔は指を開き、杜宇の手首を落とすようにして放した。左手で擦《こす》ればひりひりとするが、何も実感がない。

「違う、さようなことをしたのではない」

背筋を冷たさが這い上がり、波を打つ。言葉を失った。まだ熱い。また、何かに引きずられてしまいそうだ。

「杜宇」

姫は呼び、そして口をすぼめた。と、広袖《ひろそで》の腕をさっと動かした。徳利の火が消えている。

姫の手には小団扇《こうちわ》らしき物がある。何度も息を吐いた。だんだんと火の景《けい》が薄く軽くなり、遠ざかってゆく。小屋の中の様子が、姫や朔の姿が現実《うつつ》の重みを取り戻した。

だがあれは夢ではない。それよりももっとつかのまの、けれどなんと明瞭であったことか。

吾はあの景の中にいた。

頭がどうにかなったのか。拳《こぶし》でこめかみを叩いてみた。幾度も、やがて両の手で。

「杜宇、もうよい」

朔が肩に手を置いた。掌《てのひら》の大きさや指の長さが奇妙なほどわかる。手のぬくもりも。

小刻みに頷《うなず》いて返した。

姫が朔に目配せをし、丸い顎をしゃくった。衝立の向こうを指している。

「今日はもう仕舞いにしないか」朔は不承知そうだ。

「いや。今宵《こよい》ぢゃ」

朔は床几から音もなく腰を上げた。衝立の向こうに入ってゆく。いつもこうだ。常に大儀そうで、姫の指図にも周囲を憚《はばか》ることなく異を唱える。だが抗《あらが》い通すことはしない。ややあって、衝立から朔が顔を出した。顎を動かす。それを受けて姫は立ち上がり、杜宇にも目で促してくる。

背後に従《つ》いて衝立の中へ入れば烏帽子《えぼし》が見えた。

衝立の向こうにもう一人いるなど、思いも寄らなかった。気配がなかったのだ。

「いつのまに」

「ご挨拶じゃの。おことらが入ってくる前から、ここにおったわ。今日は朝から根《こん》を詰め通し、やれ、肩が凝った」

烏帽子の老人、分麻呂《わけまろ》も床几《しょうぎ》に坐しているが、提《さ》げ手つきの桶《おけ》に取り囲まれている。ざっと二十ほどはあろうか。おそらく、あの物見櫓で賽子《さいころ》の親仁《おやじ》どもが使《つこ》うていた桶だ。だが草生水だけではない。薄《すすき》や真麦、粟《あわ》の枯草《かれくさ》、桑《くわ》の枝らしき束が桶に立て入れてある。ふいに気づいた。あの小屋にあった枯草の山と同じではないか。

烏帽子の老人は顔を回《めぐ》らせ、杜宇を見上げた。

「これはおことが建てた小屋だそうじゃの。なかなか隙間が多うて重畳《ちょうじょう》」

言うや、派手なくしゃみを三つも放った。この郷の連中はどいつもこいつも真っ直ぐものを言うことを知らず、必ず皮肉を一滴二滴と垂らしてくる。

「くさめくさめ、休息万命《くそくまんめい》、急々如律令《きゅうきゅうにょりつりょう》、徳万歳《とこまんざい》、徳万歳」

姫が嬉しそうに頰を盛り上げた。

「分麻呂ぉ、陰陽道《おんみょうどう》から子供の唱《とな》える呪《まじな》いまで、ありったけぢゃの。欲張り」

「何を仰せになる。くさめのついでに霊魂が飛び出してしもうては元も子もありませぬ。ついでに悪鬼退散《あっきたいさん》も願《ねご》うておきましたゆえ、ご安堵《あんど》めされ。それはそうと、今日は捗《はか》がゆきましたぞ」

分麻呂がおもむろに取り出したのは、穂が細長く丸い蒲《がま》だ。

「蒲の穂で水の表面を撫でさすれば、これこの通り」

一つの桶を指し示した。姫がとことこと動いて覗き込み、「おお」と声を上げた。

「塵芥《じんかい》が取れておる。見よ、朔。草生水が綺麗ぢゃ。まるで墨のごとくぢゃ」

杜宇も近づいてみた。が、何がそうも姫を歓ばせているのか。黙っていれば、姫が物足りぬ顔つきになる。

「草生水は煤も臭いも悪しきゆえ、近在の国でも下賤《げせん》の家しか用いぬのぢゃ。灯といえばまず蠟燭、そして菜種油、落ちて魚油。この草生水は下の下とされておる。すなわち、このままでは他国への売物にならぬ」

「売物」杜宇は腕を組み、姫に顔を向けた。

「千年も昔に油薪の代わりになる水だと献上したにもかかわらず、未《いま》だ諸国に広まっておらぬのだぞ。すなわち油薪の代わりにならぬ代物、誰も欲しがらぬだろう」

「おお、いつもの杜宇が戻って参ったの。言わでものことを賢《さか》しらに指摘する、凡愚《ぼんぐ》の口」

ほざけ。

「わらわは違うぞ。煤と臭いをどうにかいたせばよいのであろう。ならば、しておおせようぞ。のう、分麻呂や」

分麻呂は杜宇に向かって顎を上げ、小鼻をずいと広げた。

「手前は薬師《くすし》、草木の芸を持つ者じゃ」

煤だらけの黒い鼻毛がびっしりと見える。分麻呂は膝のかたわらに置いた小さな薬簞笥《だんす》を姫に示し、「向後《こうご》は」と老人らしからぬ力強い声を出した。

「塵芥は蒲の穂で取るとして、まだ工夫のしようがあると思いますのじゃ。手始めとしては草生水に丁子《ちょうじ》、八角《はっかく》を砕いて混ぜてしばし寝かせてみようか、と。姫、楽しみにお待ちくだされ」

丁子、八角といえば唐渡りの薬種《やくしゅ》で、当然のこと値の張る品だ。蠟燭ほどの値をつけねばとても引き合わず、つまり売物としての先行きは暗い。だが算用に弱い姫は大乗り気を見せ、「分麻呂、頼りにしておるぞ」と囃《はや》すように言った。

お気の毒だが、ぬか喜びだ。

「杜宇、おことも分麻呂によう従《したご》うて、しかと助《す》けよ」

「あ」と、手足を踏ん張った。

「まさか」

「まさか、とは」

「待ってくれ。吾は米作りで手一杯と言うておろう」

「わらわも田植えを心待ちにしておる。励め」

姫はくるりと目を回し、田植えの所作を踊るように真似てみせる。

「朔、このとめどのなさ、なんとかしてくれ」

だが朔は何も返してこない。腕を組み、壁に凭《もた》れるようにして立っている。頭が肩の上にのりそうなほど傾《かし》ぎ、半眼だ。

「起きろ、館に帰るぞ」

姫は背伸びをして、朔の胸を小突いた。


背山《せやま》の桜が散った。木々は生気に溢《あふ》れ、緑の息を競うように吹いている。

杜宇は山野を巡って木の若芽や草の葉を刈り取り、元肥《もとごえ》の用意をした。今日からは田拵《たごしら》えだ。田植えをする本田《ほんでん》と苗代《なわしろ》は畦道《あぜみち》を隔てて隣同士だ。苗代の前に立ち、中腰になって苗の様子を確かめる。小さき緑の群れは稲の幼子らだ。今のところは無事に育って風にそよいでいる。胸を撫で下ろしつつ、それでも気が気でない。雀《すずめ》にやられぬよう縄を巡らせてあるが、躰《からだ》の小さな彼奴《きゃつ》らは瞬く間に動いて嘴《くちばし》で種を引き抜いてしまう。

さして気に留めずに飽くほど目にしてきた景にこれほど気を揉むとはと、半ば己に呆《あき》れつつ腰を伸ばした。米作りに失敗すればこの郷を出られぬ身だ。理由はそれに尽きるが、農の芸で恥をかいてなるものかという気持ちもある。実のところは芸などと言えるものではなく勘頼みの田仕事だが、郷じゅうがこの田の成り行きを見ている。近頃は少し市庭《いちば》を歩くだけで、方々から「田植えはまだか」と問われる。姫にせっつかれるだけでも煩《わずら》わしいというのに、皆、祭を待つ子供のように声を弾ませる。

さて代掻《しろか》きだと、畦道を跨《また》いで本田に入った。田を耕し、土の天地を返し、昨日は川から引いた水を張った。泥色の満々とした水面だ。

よし、洩《も》れておらぬ。

田の底に石を敷いたものの、土によっては水が地下に落ちて田の中に留まらぬ恐れがあった。

「よし」

声に出していた。昨夜は心配でたまらず、掘立小屋で分麻呂の手伝いをしていても上の空であった。とはいえ、分麻呂は杜宇にさほど頓着していない。独り言を吐いては手を動かす。杜宇が命じられるのは草生水の塵芥取りや薬種刻み、薬研挽《やげんひ》きという、小僧でもできる安易な仕事ばかりだ。時々居眠りしても分麻呂は気づかない。難儀なのは臭いだ。小屋の中で盛大に灯をともしているので臭いが衣について離れず、鼻の孔《あな》まで臭く黒くなっている。

「よう。連れて参ったぞ」

草を踏み分けて畦道に上がってきたのは、賽子《さいころ》の親仁と女誑《おんなたら》しだ。頼んだ馬を引き、馬の背には馬鍬《まぐわ》を積んである。どこぞ貸してくれるところはないかと相談すれば、「まかせな」と胸を叩いたのだ。そしてすかさず、いくら出すとの二の句を放った。

また銭を取るのか。

無料《ただ》で借りたら後腐れができよう。

ならば馬も馬鍬も要らぬ。代掻きくらい、吾の手でやる。

立ち去ろうとすると、短気を起こすなと衣の裾を摑んで放さない。

ちと小耳に挟んだのだが、代掻きなる仕事は田植え前の大山場らしいではないか。たとえ一反《たん》のちっぽけな田であろうと、おぬし一人の人力で行なうのはとうてい無理であろう。まあ、まかせておけ。田仕事に慣れた気立てのよい馬を見繕《みつくろ》ってきてやる。

押し引きの末、一日一貫文も取られることになった。初夏を迎えたというのに懐は寒くなる一方だ。だがなるほど、肢《あし》も丈夫そうだと馬の横面に手をやるのと、女誑しが「気をつけろ」と叫んだのが同時だった。鋭い嘶《いなな》きと共に杜宇の眼前を前肢《まえあし》の蹄《ひづめ》がかすめた。馬は竿立《さおだ》ちで、杜宇は畦道に尻餅をついていた。

鼻がもげたような気がして、慌てて顔の中ほどを摑んだ。あった。が、頭にきた。

「どこが気立てのよい馬だ。すんでのところで鼻を飛ばされるところであったぞ」

「どうどう」と女誑しが宥《なだ》めているが、馬は鼻息荒く杜宇を睨《にら》みつけている。分厚い歯も剝《む》いている。

「ゆえに気をつけろと申したに。この馬はいきなり顔に触れられると怒るのだ。のう、赤影《あかかげ》や」

「赤影と申すのか、その馬は」

まるで軍馬のごとき名だ。杜宇は賽子の親仁を発止《はっし》と睨《ね》めつけた。

「そやつ、田仕事に慣れた馬ではないだろう。どこで調達して参った」

賽子は「ん」と目玉を空へ向けてとぼける。

「役に立たねば銭は払わぬからな」

「やらぬうちからつべこべ申すな。それ、馬鍬をつけてみよ」

馬の口縄をずいと差し出された。手に取れば、「びくびくするな。馬は相手を見るぞ」と賽子は馬の躰に手際よく縄をかける。縄の先に馬鍬を装着し終えると、女誑しが「どうどう」と田の中に引き入れた。「赤影や。ただ歩くだけでよいのだ」と促すも、田の中に佇《たたず》んで微動だにしない。

「おい、やはり駄馬ではないか」

「そうも嚙《か》みつくな。馬は人語を解する」

「ああ、もういい加減にしてもらいたい」

と、馬がいきなり長い首を動かした。きょろりと左右を見、それだけでは飽き足らず足を踏みかえて躰の向きを変える。馬鍬をつないだ縄も共に動くので、慌てて馬鍬の持ち手を摑んで杜宇も身を動かさねばならない。

赤影は水田の中をぐんぐんと歩き始めた。

「そうそう、お見事」

女誑しが褒めそやす。杜宇は馬鍬が倒れぬように持ち手を握り、馬の尻を見ながら懸命に従う。こうして馬に曳《ひ》かせた鋤で田の底を掻き回し、土塊《つちくれ》を砕くのだ。土地の高低を均《なら》して水保《みずも》ちをよくするのみならず、土の粘りも出す。粘りの足りぬ田には苗を植えても直立せず、雨風に遭えば倒れてしまう。馬の尾も後ろ肢《あし》もたちまち泥にまみれ、むろん杜宇自身も脚から尻まで撥《は》ねが上がっている。それでも馬は前へ前へと進み、やがてその理由の察しがついた。田の向こうの林の下で、朔が腕組みをして立っている。久方ぶりに杜宇の見張りをしているようだ。そして馬はどうやら朔を目当てに進んでいる。朔の許へと、嬉しげに肢を跳ね上げる。杜宇はふうんと、鼻を鳴らした。

賽子め、朔の馬を借りてきおったか。

あんのじょう、朔の姿が近づくにつれ馬の尻の肉が盛り上がり、肢に力が籠もるのがわかった。猛然と速度を増している。

「おい、そうも駈《か》けては追いつかぬ。もそっとゆるりと歩かぬか」

呶鳴《どな》った刹那、粘る土に足を取られて突っ伏した。泥の中から顔を上げて薄目を開くと、朔が馬を撫でている。

「朔、おぬしの馬に神妙に仕事をせよと命じてくれ。一日一貫文の働きをしてもらわねば捗《はか》がゆかぬわ」

すると、朔はすらりと頭《かぶり》を振った。

「おれの馬ではない。初めて会《お》うた」

「一目惚れされたようだの」背後から賽子と女誑しが囃し立てる。

なぜだ。なぜ初見で吾は嫌われ、朔は好かれる。

田の中を歩きながら、杜宇はわめいた。

「好かれついでに、その馬に代掻きをするよう言うてきかせてくれ。さもなくば田植えができぬ。姫が待ちに待ったる田植えがな」

舌がざらついて泥の味がする。

朔はこなたを一瞥して、馬の耳に口許を近づけた。なにやら囁《ささや》いているようだが中身は聞こえない。と、馬はたちまち踵《きびす》を返し、ずるずると縄と馬鍬を引きずりながら田の中を歩き始めた。杜宇は泥で重い足を動かして馬鍬を立て直し、また馬の背後に従う。

振り向いて、朔に問うた。

「この馬に何と言い聞かせた」

「念仏を唱えただけだ」

にやりと薄笑いを泛べ、市庭の方角へと下りてゆく。木で鼻を括《くく》ったような返答だ。なんと小面憎《こづらにく》い男か。だが赤影という名の馬は名残り惜しげに朔の後ろ姿を見やりながらも、神妙に田の中を往来する。親仁二人は畦道に坐り込んで賽子遊びだ。

やがて西の空が赤く染まる頃、赤影も杜宇も総身が泥まみれになっていた。

畦道を行くと足許には夏草が生《お》い、緑の合間で小さな真赤が照っている。苗代苺《なわしろいちご》だ。種籾《たねもみ》を播《ま》いた頃には淡い紅紫色の花を咲かせていたのだが、いよいよ実を結んだ。

「苗代苺が実を結ぶ頃が田植えどき」と、亡き父が口にするのを聞いた憶えがある。田植えは夏至《げし》から十一日目、半夏《はんげ》が生ずる頃までに終えることがめやすだ。それより遅れては稲の育ちにかかわる。すなわち空や野山のさま、五月雨《さみだれ》の降りぶりを頼りにして日を選ばねばならない。

そこで今日、立夏の五月五日に田植えを行なうことに決めた。代掻きを済ませた田に、雨で豊かになった川の水を引いてある。苗代の苗は昨日一本一本を引き抜いた。四寸ほどに育ち、葉も二枚以上になっている。この葉や根を傷めぬように泥を洗い落とし、手に持ちやすいように三、四本ずつを藁《わら》で束ねた。

笛の音が五月晴れの空に響き、神事が始まった。

朔の先導で、姫と早乙女《さおとめ》らが畦道を進んできた。姫は蟬の羽のごとき紗《うすぎぬ》をまとい、小袖の純白が透けて見える。袴《はかま》も白だ。籤《くじ》で選ばれた早乙女は十人で、手甲脚絆《てっこうきゃはん》、白茶の麻帷子《あさかたびら》に赤襷《あかだすき》という、杜宇の村でも慣《なら》わしであった装束で身を包んでいる。ただし菅笠《すげがさ》には細工が施され、縁に赤、黄、白の紙垂《しで》が垂らしてある。その背後には烏帽子の分麻呂に田楽法師《でんがくほうし》、踊子らが水干《すいかん》に袴姿で続き、しずしずと小腰を屈《かが》めて摺足《すりあし》で歩いてくる。

先導の朔は白地に青葉を染めた絵帷子《えかたびら》に漆黒の夏袴で、横笛を吹きながら田の前で足を止めた。丸く太い音が空に吸い込まれ、静寂が降りてきた。郷じゅうの者が見物に訪れて田の周りにびっしりと並んでいるが、皆、頭《こうべ》を垂れている。

分麻呂が姫の背後に進み、広袖を銀色の襷でたくし上げた。早乙女らも跪《ひざまず》き、姫の袴の股立《ももだ》ちを取っている。膝から下の白い脚が露わになった。

「太郎次《たろうじ》、苗を持て」

朔に命じられ、杜宇は最初の数束を三方《さんぽう》にのせた。

太郎次とは田主《たあるじ》、田植えを取り仕切る者のことだ。姫の前に恭《うやうや》しく差し出したものの、ちゃんと植えてくれよと胸の裡《うち》で念を籠める。この数日というもの植え方を伝授してきたのだが、場所が広間だ。足の動かしやすい板間で、箸を苗に見立てての所作であるのでまったく心許ない。

よろしいか。泥土の中に、しかと苗の根を挿《さ》してくだされ。

何度も念押しをしたので終《しま》いには疎まれて、「もうよい。下がりゃ」と手を振られた。

だが姫は早乙女らを従えて泥田の中に入り、すいすいと進んでゆく。長い方形の中央で足を止め、手にした苗を天に向かってかざした。

「山におわす田の神よ。その黄金《こがね》の御眼《おんまなこ》、あんらんやかに見開き、降りて田に棲みたまえ。くつろぎたまえ。揃いたる早苗の稲霊《いなだま》を納受《のうじゅ》したまいて、穏やかに御守《おんまも》りたまえ。春暮れは歳変わりて水変わり、木の芽咲き栄えて、一の人の播く種、下ろす種、根の深く茎に太く、飯に炊けば蓬萊《ほうらい》の山を成させたまえ。御《おん》守りたまえ」

太鼓が一打ち、さらに二打三打と続き、姫が腰を屈めて一本の苗を田に植えた。早乙女らも躰を動かし始める。笛鼓《ふえつづみ》も賑《にぎ》やかに始まり、畦道をぐるりと囲んだ田楽法師、踊子らが足を踏み鳴らした。腕を上げ膝を曲げ、見物衆も拍子を合わせて唄い踊る。

朔は今日は笛方であるらしく、どうやら舞わぬらしい。それは内心、少しばかり惜しいような気がした。なにかにつけて気に障る男だが、あの舞いはもう一度見たかった。

そろそろ吾も植える番だと杜宇も袴の股立ちを取り、苗籠《なえかご》を抱えて田に下りた。「な」と声が洩れ、「何をしておる」と足を速める。だが姫は音曲《おんぎょく》と見物衆の騒《ぞめ》きで声が届かぬのか、夢中になってか顔を上げもしない。

「姫、なんという植え方をする」

ようやく近間で声を張り上げた。姫は躰を立て、泥の撥ねた頬を笑みで一杯にする。

「どうぢゃ、わらわの早乙女ぶりは」

「違う、違う。長い方形の田になにゆえ円形に植える」

「それはおことが勝手に四角い田を造っただけのこと。これが田神の迎え方。神が円居《まどい》て悦んでおぢゃるのがわからぬか」

「仔細《しさい》らしき。田植えは初めてのくせして」

「やれ、わらわは腰が痛《いと》うなった。朔、朔はいずこ」

呼びつけて背におぶわせ、畦道へと引き返してゆく。

「姫、お見事なる田植えぶり」分麻呂が褒め上げ、女どもが「手水《ちょうず》を」と水桶や手拭いやらを差し出している。

杜宇は田の中で突っ立ち、頭を掻き毟《むし》った。

姫は田の中央から発して渦巻き状に苗を植えたのだ。早乙女らはまだせっせと渦巻きを広げている。ぐるぐる。もはやどうしようもない。


草取りの最中、顔を上げた。

山中のどこからともなく、香気《こうき》が下りて漂《ただよ》っている。朴《ほお》の花の匂いだ。灰白色の幹はすっくと直立し、高い枝先に大きな楕円形の葉を広げる。その枝の先端に咲かせた黄白色の花は、見事な大輪だ。背山をふり仰げば、ところどころに仄《ほの》かな紫色が見える。あれは桐《きり》の花だろう。梢《こずえ》を紫《むらさき》に染めて、清々《すがすが》しい芳香を放つ。

早苗は泥色の田にしかと根づいて、辺りが一様に青くなった。苗の間から水面が覗《のぞ》いていた時分は、空を流れる雲を映していた。その頃、蛙《かわず》の声を聞きながら一度目の草取りをした。やがて稲が育って密集し、今は緑だけだ。田の四方の隅にも苗を植えたので隙間はない。わずかな風にも田のどこかがそよぎ、風が吹き渡れば一斉に波を打つ。

だが今日は油照りで、稲に埋まっての草取りは息苦しいほどだ。稲の芒《のぎ》にはしじゅう刺されて、手は傷だらけになっている。それでも黙々と躰を動かす。引き抜いた草を背中に負った籠に放り込み、渦巻き状に後退《あとじさ》ってゆく。

先だって農政書を開いて驚いた。田神を迎えるために苗は渦巻き状に植えるのが古式で、ゆえに元来は田の形が丸く、畦道も放射状についていたようだ。姫の言う通りだった。汗を袖で拭いながら立ち上がると、今日も市庭が見える。珍しく静かだ。午下《ひるさ》がりの暑さで往来する者も少なく、郷じゅうが昼寝をしているかのようだ。

そういえばと、杜宇は市庭の白い景を見下ろした。

ここの濠川《ほりかわ》も渦巻き状に巡っている。中心に何があるのかと田から出て、眉上に掌をかざした。祠《ほこら》でもあるのかと思ったが違う。

公孫樹《いちょう》が大きな枝を広げている。郷の真心《ましん》だ。


日が暮れて夕餉《ゆうげ》を取った後、山中の小屋へ足を運んだ。中に入っても分麻呂はうっそりと黙したままで、薬研を挽いている。

「分麻呂、草生水を少し分けてもらえまいか」

「姫のお許しは得たのか」

「まだだ」

「何に用いる」

「虫篝《むしかがり》だ」

「はて、それはいかなる」

「田の畦道で焚く、虫除けの火だ」

分麻呂はそこで初めて目を上げ、「よかろ」と言った。

「好きなだけ持ってゆけ」

「よいのか」

「姫が御自ら祀り、苗を植えなさった田じゃ。否《いな》とは仰せにならぬじゃろうて」

「姫のことはよくわかるのだな」

安堵も手伝って、揶揄《やゆ》まじりになった。

「わかる。姫のお考えになることはすべて」

「忠臣だ」

そう言っても、分麻呂はすんとも笑わず薬研を挽き続ける。杜宇は床几に腰を下ろし、「なあ」と訊いた。

「姫は何者なのだ」

「姫は姫じゃ。満姫《みつるひめ》」

満姫。その名を初めて耳にした。

「この郷の生まれか」

「都じゃ」

そんな気はしていた。

「やんごとなき家の生まれか」

「むろん。じゃが母上の生家が政《まつりごと》にかかわって謀略《ぼうりゃく》に遭い、没落した。唆《そその》かされて、無闇な夢を見たのであろうの」

「齢は」

しばし黙し、「さあ」と継いだ。

「十五の声を持ち二十歳《はたち》の見目を誇り、知略は三十、肝は四十、神意を汲む力は七十の神女のごとし」

「恐ろしいな」

まさにそうかもしれぬと思う己がいる。それが恐ろしい。

「朔は」

「見ての通り武芸の者ぞ。父親は異国人じゃ」

絶句した。なるほど、そう言われればあの背丈に瞳の色も腑《ふ》に落ちてくる。

「さほど驚くことではあるまい。鄙《ひな》の地ではいざ知らず、京大坂では異人など珍しゅうもない。大《おお》大名の家人《けにん》として召し抱えられ、日本の姓名を名乗る者もたんとおる。葡萄牙人《ぽるとがるじん》に阿蘭陀人《おらんだじん》、高麗人《こうらいびと》」

頭の中で何かが蠢《うごめ》いた。

たしか一年ほど前、そうだ、寛永十三年の仲夏、兄の許に触書《ふれがき》が回ってきた。

江戸の公儀は異教を厳しく排除する方針へと転換し、異国人との間に生まれた者を国外に追放するという法令を定めた。かような者がおる家は神妙に名乗りいでよとの達しであったが、高柳村《たかやなぎむら》には異人が足を踏み入れたことすらない。ただ、城下では何人かがひっ捕えられたと聞いた。父親が異人であるのみならず、祖父や曾祖父という者も残らずだ。

「朔に限ったことではない。この郷は出入りが自在じゃが、ここでしか生きられぬ者も多いでの。ゆえに入ってくる者を厳しく吟味《ぎんみ》し、神意を問うて生死を決める」

杜宇は頷いたなり、後が続かない。いつか賽子の親仁が口にしていた。郷の衆は皆、芸によって「選ばれし民だ」と。だがその前に大きな関があったらしい。生死を分ける関。

吾は嬲《なぶ》られたのではなく、真に殺されるところであった。そうと気づくと、ざわざわと血の気が引いてゆく。

分麻呂は「おことも共に考えてくれぬか」と、膝を回した。

「何をだ」

「草生水を売物にせねばならぬ。外の銭を稼いで、郷の支えにせねばならぬ」

「考えよと言われても、油のことなどわからぬ」

「農の芸に励んでおるではないか。天の自然《じねん》を相手にしておるのじゃぞ。なかなかできることではないと、手前は感服しておるのじゃ。この油の臭いと煤を取り除く術《てだて》も、おことならなんぞ妙案を思いつこう。引き受けてくれぬか。この老いぼれ一人ではどうにもならぬのじゃ」

烏帽子が動いて頭を下げた。

姫から望まれた為事《しごと》をどうかして成し遂げたい、その一心なのだろう。そのために分麻呂は草生水を分けることを嫌がらず、問われるまま姫と朔の素性を明かし、こなたの懐柔《かいじゅう》にかかった。頭さえ下げている。下げることができる。姫のためなら。

「わかった。共に考えてみよう」

気がつけば諾《うべな》っていた。吾ながら容易《たやす》い人間だ。久方ぶりにねぎらわれ褒められ、気をよくしている。篝火の明かりに吸い寄せられる虫の姿が過《よぎ》った。裸火に飛び込んで焼け死ぬのだと知っていても、それでも明かりに近づいてしまう。

分麻呂は「忝《かたじけな》い」と顎を引き、懐から何かを取り出して掌を差し出した。

「進呈いたす」

貝だ。紅が入っている蛤《はまぐり》だろう。だが紅は格別高値であるので、滅多なことでは使えない。杜宇の母も嫁入り道具のそれを後生大事に持ち、唇に点《さ》した姿を見たのはほんの数度だった。

貝の蓋《ふた》を開いてみると、薄茶色の練物《ねりもの》が埋まっている。

「夏蓬《なつよもぎ》を摘んで作っておいた。傷薬じゃ」

分麻呂は目玉をふわと動かし、杜宇の手を見やった。

館の長屋へ帰る夜道、山中のせせらぎで蛍火が飛び交っている。蛍の正体は草だという言い伝えを思い出した。しかも腐った草だ。それが暑さに蒸れて蛍を生ずるのだという。

歩きながら、考えた。草生水も虫篝用の油としてなら近在の百姓に売れるのではないか。いや、薪なら山に入っていくらでも採れる。わざわざ銭を使うなら、まずは干鰯《ほしか》などの金肥《きんぴ》が欲しいはずだ。

そんなことをとつおいつしながら歩く。姫や朔の顔も灯るように泛んでは消える。分麻呂の語った話を鵜呑《うの》みにするでないと己を制しつつ、いや、辻褄《つじつま》は合うと思い直したりする。

夏夜の冷気を割って、ほととぎすの声が鋭く響いた。

本尊掛けたか。

早朝といわず夜といわず、よく鳴く鳥だ。真名《まな》もさまざまで、杜鵑、時鳥、そして杜宇とも書く。杜宇はたしか蜀《しょく》の国に現れた男の名で、民に農耕を教え、傾きかけた国を立て直した。父はその故事を知って吾にこの名をくれたのであろうか。まさかその息子が家を滅亡させる逃散者《ちょうさんもの》になろうとは。

蛍火が三つ、まとわりついて離れない。

五　旱《ひでり》

川の畔《ほとり》で、赤影《あかかげ》が気持ちよさそうだ。

朔《さく》が桶《おけ》で水をかけ、背腹《せはら》から尻、四本の肢《あし》まで素手《すで》で撫《な》でている。その動きは素早いのに的を射ているのだろう、赤影はうっとりと目を閉じる。

賽子《さいころ》の親仁《おやじ》らがどこぞから連れてきた赤影を、朔は金子《きんす》を出して買い取ったらしい。館《やかた》の長屋の裏に小さな厩《うまや》を建て、しじゅう一緒にいる。走る姿は目にしたことがない。馬が疾走できる一本道がこの郷《さと》にはないからだが、赤影はそもそも農耕の馬であるのでさほど走らせなくともよいのだろう。朔が手綱《たづな》を引いて野山を歩き、草を食べさせ、こうして川で躰《からだ》を洗ってやっている。

朔が「右」と命じ、赤影は「あいよ」とばかりに右の前肢《まえあし》を持ち上げた。次は左、そして後ろ肢だ。

「息の合《お》うておること、餅を搗《つ》くがごとき」

水を汲《く》みながら冷やかしてやったが、肢許《あしもと》に屈《かが》み込んだ朔はもとより、爪を洗われている赤影もこちらを見向きもしない。

なんだなんだ、吾《われ》など目にも入らぬか。

杜宇《とう》が舌を打った拍子に朔が立ち上がり、桶を高く持ち上げて赤影の頭から水を浴びせた。赤影は鬣《たてがみ》を激しく揺らし、水の飛沫《しぶき》が無数に光る。こなたの顔はびしょ濡《ぬ》れだ。

「おい、濡れたぞ」

嚙《か》みついたが、朔はいつものごとく即答するということをしない。小馬鹿にしたような一瞥《いちべつ》を投げるのみだ。やっと口を開くと思えば一言、

「すぐに乾く」

杜宇はしとどに濡れた鼻先をぐいと突き出した。

「違うだろう。それは吾の言うことであって、おぬしはこれは不調法を働いた、すまなんだと頭の一つも下げるのが筋であろう」

「濡れるのが厭《いや》なら、離れて水を汲めばよい」

「さような料簡《りょうけん》であるから、姫も気を損じるのだ」

掘立小屋で分麻呂《わけまろ》の手伝いをしながら聞いたことには、姫が赤影に興《きょう》をそそられて「乗せてくりゃれ」とせがんだようだ。だが朔は「断る」とにべもなく、姫はそれでも引かない。意地になって「乗せろ」「厭だ」と押し問答となり、それが因《もと》で二人はしばらく口をきかないらしい。

まるで玩具《もちゃすび》を取り合う幼子の口喧嘩《くちげんか》、他の者なら他愛もない笑い噺《ばなし》になろうが、姫は根が執《しゅう》念《ねん》深いでの。

分麻呂は肩をすくめていたが、なるほど、それかと腑《ふ》に落ちたものだ。その数日前、姫が一人で日盛りの中を歩いてきて、畦道にしゃがみ込んだことがあった。鮮やかな黄色の広袖《ひろそで》に袴《はかま》は藤色だ。

杜宇、知っておるか。

その日も草取りに忙しく、なんのことやらと思いつつも「知らぬ」と生返事をした。すると「知らずば教えてやろう」と、鈴を振るような声に滑稽《こっけい》なほど力を籠《こ》める。

朔は澄まして大人《たいじん》を装うておるが、なんの、あれほど料簡のけちなやつは他におるまい。我欲に凝り固まった、我利《がり》我利人《がりじん》ぢゃ。

それだけではもの足りなかったようで、傲岸人《ごうがんじん》、横柄人《おうへいじん》、偏屈人《へんくつじん》と並べに並べてこき下ろし、だんだんと声が大きくなった。

おのれ、独り占めにしおって。今に目にもの見せてやるわ。

激昂《げっこう》している。稲の間からひょいと顔を出してみれば、黄色と藤色の手足を突っ張らせて仰《あお》向《む》いていた。顔から喉許《のどもと》まで真赤に染めて膨《ふく》らませ、憤然《ふんぜん》と畦道を引き返してゆく。

なんだ、ありゃ。

それからも、朔は姫の求めに応じてやっていないようだ。姫に対してこうも我を折らぬとは珍しい。

「姫がどうした」

朔は涼しい顔をして威圧してくる。まったく、吾にはいつも高く構えて抑えつけにかかる。こいつは尊大人《そんだいじん》だと、姫の悪口に一つ付け加える。

「吾は毎日、ここで汲んでおるのだ。おぬしらが割り込んできたのではないか」

「なぜ水汲みをする。田には川から流れを引いてあるのだろう。館裏の濠川《ほりかわ》からも引いておるではないか」

不思議そうな面持ちを繕《つくろ》っているが、わざと訊《たず》ねているに違いない。腹黒人。また一つ加えた。もう取り合わぬことにして、水汲み作業に戻った。どのみち、この郷では口では勝てぬ。朔や姫のみならず、賽子を振る親仁らにまで太刀打《たちう》ちできぬ。村の者と言葉の応酬《おうしゅう》になっても負けた例《ためし》などなかったというのに、ここでは馬にまで見下げられる。

朔と赤影に背を向け、二つの桶を棒の両端に吊り下げた。「よいとせ」と腹に力を入れて持ち上げる。水を零《こぼ》さぬように、そのまま中腰で畦道を進む。

しとしとと降り続く時季は田も満々と水を湛《たた》え、やがて青田《あおた》となり、蛙《かわず》の声が妙に嬉しかったものだ。水馬《あめんぼ》が小生意気にも、すすいと泳いでいた。草取りに追われるほど、すべてが生気に満ちていた。

晴れた夕暮れには、草生水《くそうず》を使って虫篝《むしかがり》を焚いた。臭《にお》いと煤《すす》も風が除いてくれる。草生水の燃える火は想像を絶するほどに強かった。炎は尽きず揺れ続け、闇の中の火色はひときわ美しい。夜っぴて火の番をし、虫の死骸《しがい》を片づけた。焼け死んだ虫は土に返した。

だが雷鳴《らいめい》と共に梅雨が明けると、空が雨を忘れたかのように降らなくなった。田はたちまち乾いた。山の川と館の濠川から引いた水は途中で流れが途切れ、まず草が黄変して乾いた。そして稲の茎が勢いを失い、葉もうなだれている。膝を超えるほどに育った今、最も水を欲しがっているはずであるのに、天を睨《にら》めど一粒も落ちてこない。そして撒《ま》けども撒けども、田の土は湿りもしない。

肩と背中の重みに耐えつつ川の畔に戻れば、朔と赤影の姿はとうに消えている。桶を手にして片膝《かたひざ》をつき、また水を汲む。もはや無駄な水やりかもしれぬ。それでも毎朝、こうして川水を汲む。

何度も行き来して、総身が汗みずくだ。たかが一反《たん》だが、徒労感たるや三千歩にも感じる。畦道に腰を下ろし、大息を吐いて大の字になった。夏草がむっとするほど青い匂いを立てている。雲一つない空だ。忌々《いまいま》しいほどに晴れている。陽射しにじりじりと灼《や》かれるのにまかせ、目を閉じた。

高柳村《たかやなぎむら》の田畑は大丈夫であろうか。

ふいに気に懸《か》かった。いずこも年季の入った田であるので、吾が案じてはおこがましいというものか。だが、こういう年は危ないのだ。旱魃《かんばつ》は百姓の命取りになる。

その昔、杜宇が生まれる遥《はる》か昔のこと、村は酷《ひど》い旱魃に見舞われた。すると灌漑《かんがい》用の水を巡って水喧嘩が起きる。我勝ちに水を取ろうとして、ふだんは仲良く田植えを手伝い合う隣家同士で諍《いさか》い、兄弟、縁戚まで巻き込んだ争いになった。

そこで梅雨明け前になると、杜宇の生家、安住《あずみ》家に村の衆が集まり、何人かの水番を決める慣《なら》いができた。水の番人だ。空模様を見て水門を開き、皆に水を分け与える。巡回してどの田にも公平に水が行き渡っているか、目配りもする。山の傾斜《けいしゃ》に段々と拵《こしら》えた田には、下の低地から順に水を取るとの決め事も設けた。上の田が先に川水を取ってしまえば、下の田に水が回らなくなる。

だがある年、その決め事を守らぬ者が出て、下の田はいずこも干上がった。皆は血相を変えて責めたが、上の田の者は胸を反《そ》らして嘯《うそぶ》いたという。

水を返せと言われても、ひとたび田に入れた水の返しようを知らぬ。方法を教えるなら、返してやる。

泣き寝入りだ。当時の名主、杜宇の何代か前の先祖も為《な》す術《すべ》がなかったか、ある日、事が起きた。上の田の者が夜になっても家に帰らず、翌朝、青田の中で見つかったのだ。棒に縛られ、案山子《かかし》のごとく立たされていた。撲殺された後、田に晒《さら》されたらしかった。その後、下手人がどうなったかは伝えられていない。おそらく一人ではなく、大勢がかかわったような気がする。

水源たる川や池がいくつもの村落にまたがる場合、事はもっと深刻になる。切羽詰まった者が勝手に田の入口の水門を開けたり、闇に紛れて川の堰《せき》を切ったりする。水を盗《と》られた村は黙っていない。手に鍬《くわ》や竹槍《たけやり》を持っての戦《いくさ》となった。

生家にはそんな水争い、水戦を記《しる》した文書があった。日頃は善人との評判が高き者でもいざとなれば得手勝手な振舞いに及ぶのが人の常、善人はいつでも悪人に転ぶものゆえ、名主たるもの心して水を治むるべし、ことに水の番は努々《ゆめゆめ》怠るべからず。そんな戒《いまし》めが記されていた。杜宇の場合、水争いの懸念はない。青姫の郷で田にかかわる者は一人しかいない。にもかかわらず田は白く乾いている。己が不甲斐ない。

「杜宇」

今、誰か呼んだか。

目を開くと、朔が覗《のぞ》き込んでいた。顔が近い。彫りの深い顔を不愛想に歪《ゆが》めている。

「炎天の下で、ようも寝るものよ」

草の上に手をついて半身を起こすと、くらりとした。

「寝てなどおらぬ」

いや、夢の中で呻吟《しんぎん》していたのか。頭を振れば、ごろごろと鈍い痛みが動く。黙って立ち上がった。今、何刻《なんどき》だろう。

「目を覚ませ。行くぞ」

朔は顎をしゃくった。またも権柄尽《けんぺいず》くの指図だ。

朔に誘われて、市庭《いちば》へと下りた。

暑い盛りというのに、今日も天地が鳴るほどの賑《にぎわ》いぶりだ。

檜葉《ひば》の緑で桶を飾った水の振り売りに色とりどりの古布の立ち売り、干魚や青物、酒、菓子。売る者、買う者が楽しげに喋りながら行き交う。鍋釜や桶を商う見世《みせ》の前では、半裸で風流踊りを披露する芸の者もいる。

杜宇の目には皆、何にも縛られていないように見える。生国も育ちも違う者らがこの郷で出会い、自らの芸によって喰い、またどこかへと流れてゆく。居つく者もある。年貢さえ納めれば、行くも去るも当人次第だ。何年も顔を見せぬ者がまたふらりと訪れることもあると、分麻呂は言っていた。

中には坊主もおじゃる。求道者《ぐどうしゃ》でも骨休め、魂休めの場が要るのじゃな。土地に縛られるのは百姓だけじゃ。跡目を倅《せがれ》に譲って隠居の身となれば遊山《ゆさん》を兼ねた神仏詣《しんぶつもう》での旅にも出られるが、それはよほどの分限者《ぶげんしゃ》に限ってのこと。田畑がある限り、耕し続けねばならぬ。

一軒の茅葺《かやぶ》きの見世の前で朔が足を止めた。竹を組んだ縁台《えんだい》が見世先に出してあり、そこへ腰を下ろす。

「ぼうと突っ立つな。坐れ」

隣を示されて腰を下ろした。汗にまみれていたので頭から川水をかぶったのだが、もうほとんど乾いている。見世から女が出てきて、「酒かい」とどちらにともなく訊いた。朔は杜宇に確かめもせず「ん」と頷《うなず》くので、「腹を埋めるものもくれ」と杜宇は言い足した。

「やだねえ、喰うの」女は腰に手を当てた。

「腹が減っておるのだ。なんでもよい」

「なんでもいいなんてもんは、あたしゃ拵《こしら》えないよ。とろろ飯でどうだえ。貝汁をつけてやる」

首肯《しゅこう》すると、杜宇を睨んだまま引っ込んだ。齢はいくつか上に見えるが、この郷の女は皆、どことなしに偉そうだ。ほどなく片口と椀を二つ運んできた。これまた朔は黙って二つの椀に注《つ》ぎ、一つを持ち上げて呑み始める。こなたも喉が渇いている。白く濁った酒を口に含んだ。酒精《しゅせい》がするりと通り、胃ノ腑へじわりと届く。角の取れた気負いのない酒だ。匂いもうるさくない。

「うまい」

思わず洩《も》らしたが、朔はどうとも答えず呑んでいる。口許は椀で見えず、だが眼の玉は上方を向いている。視線を辿《たど》れば館の西方の山、森、林、いやその中腹に墾《ひら》いた田か。この市庭からも見える。稲が無残に乾きつつあるさまが。

「姫に頼んで、雨乞いをしてもらおうかと考えたこともあったのだ」

言い訳めいたことを口にしていた。

「だが、田開きと田植えであれほど派手に神を招いてこの体《てい》たらくだ。もはや祭祀《さいし》に奉《たてまつ》る銭もない」

　朔は黙っている。

「吾はいったい、どこでしくじったのか」

　朔はなおもしばし黙し、「しくじったのか」と問い返してきた。

「しくじった」

「さても珍しき。旱《ひでり》のせいにせぬのか」

　茶にされるのが厭で、「むろん旱のせいだ」と語尾をかぶせた。

「予測できぬことではなかった。ゆえに二つも流れを引いた。その造りようが巧くなかったのだ。おそらく。日がな田を見ておれば、稲の根が吸う前に水が土中に落ち、田の底に吸われてしまうのがわかる。鍋底が抜けたかのように水が逃げるとなれば、田の底の拵えが拙《まず》かったとしか考えられぬ」

「今さら掘り返すこともできぬの」

「いかにも。農の芸は引き返せぬのだ。種籾《たねもみ》選びから苗代《なわしろ》作り、田植え、草取り、虫追い鳥追い、すべては季節の巡りに従って進めることだ」

　つまるところ天には抗《あらが》えぬ。土地に縛られ、天にも縛られる。

「ここでは教えを請う相手もおらぬ。農書に書いてあることはもはや諳《そら》んじている。まず、水を専《もっぱ》らにする事也。かようなこと、百姓の子なら子守唄がわりに聞いて育つ。だが己で墾いてみれば、かほどに難しいことかと思い知らされた」

そして朝になればまた、徒労の業を繰り返している。気が滅入るばかりだ。

二杯目を注ぎ、一気に呷《あお》った。

「まだ諦められない。稲を枯らしてしまいとうない」

本音が出た。

背後で気配がして、女が大椀を二つ両手にして運んできた。縁台の上に置く。貝汁に驚いた。巨《おお》きな蛤《はまぐり》がぱくりと口を開き、海老の頭や小鮑《こあわび》までぶっ込んである。もう一方は麦飯に山の芋をおろしたものをかけ、山葵《わさび》が添えてある。

「喰いな」

そう言われても箸がない。言えば、女は耳の上に差したものをひょいと抜いた。手がふさがっていたので耳に差してきたらしい。受け取って、さっそく貝汁を啜《すす》った。ぷんと磯臭く、しかし贅沢にも醤油を奢《おご》っている。ものも言わず、貪《むさぼ》り喰っていた。とろろは粘りが滑らかだ。麦飯も香ばしく、瞬く間に椀の底が見えた。

ふうと腹を撫で下ろすと、女と目が合った。ずっとそばに立っていたようだ。

「ねえさん、この郷でこうもうまいものを喰ったのは初めてだ」

女は当然だと言わぬばかりの面持ちで杜宇を見下ろした。勝ち気な目をしていて、目の下には雀斑《そばかす》が散っている。答えもせず、さっと椀を引き上げて行った。腹がくちくなると不思議なもので、屈託が薄れている。朔を見やれば少々呆《あき》れているようだ。杜宇の椀に酒を注ぎ、自らもまた口に含んでいる。

「そういや、姫の逆鱗《げきりん》に触れたようだの。そのうち意趣返《いしゅがえ》しされるは必定《ひつじょう》ぞ」

からかうと、朔は「いや」と事もなげだ。

「もう、された」

「されたのか」

「武の長から外された」

「真《まこと》か」

「どうということもない。武の芸の者とはいえ、この郷では見張りに立つことくらいだ。まあ、我らが暇であることこそ泰平《たいへい》、配下の者はおれがおらぬでも芸を磨くに怠《おこた》りなく、勤めもしかと果たしておる。おかげでおれは、赤影とのんびり方々を歩ける」

「なら、意趣返しになっておらぬではないか。姫はそのうち気づくぞ」

「ゆえに姫の目のあるところでは、がっくりと肩を落とすようにしておる。長を外されて意気消沈の体《てい》だ」

「なにゆえ、姫を赤影に乗せてやらんのだ」

「落ちるからだ」

「落ちぬようにしてやればいいだけだろう。雑作《ぞうさ》なきこと」

「気づかぬのか。姫は必ず己で手綱を握りたがる。赤影は相手を選ぶ。姫が赤影の腹を無闇に蹴りでもしたらどうなるか」

　そういえば、石ころ一つない雪道で転んでいた。馬を操れるとはとても思えぬ。

「赤影は農耕に使役されてきた馬であるしの。人を乗せることには慣れておらぬよの」

「いや。あれは農耕馬ではない。人を乗せ、戦場《いくさば》を駈《か》けてきた馬だ」

「そうなのか」杜宇は酒椀を膝脇に置いた。

「躰の肉の付き方、筋の張り方、そしてあの鬣も目を惹《ひ》くほどに雄々《おお》しいではないか。あれは軍馬《ぐんば》だ」

「が、用済みになって売られた」推測を口にすると、朔は「あるいは」と目をすがめた。

「逃げてきた」

　そう口にするや、紛らわすようにまた酒を注ぐ。

「おれは酔わぬ」

「そのようだな」と、杜宇もまた呑む。

「異人は酒がめっぽう強いのだそうだ。おれにもその血が流れているゆえ酔わぬのだろう。なんだ、その顔。とうに知っておるのに驚きおる」

「いや。おぬしが自らを語るなど初めてゆえ驚いた。分麻呂から聞いてはいた。姫はやんごとなき家の生まれで、おぬしは異人の子である、と」

「やんごとなき家か」

突如として笑いだした。

「違うのか」

「やんごとなき家にもいろいろある。ただ、おれの出自は分麻呂の申す通りだ。父はこの国に商いに来ておった、遥か西洋の者だと聞いた。国は知らぬ。日本の戦の世では領地、領主が目まぐるしく変わったらしいが、それと同じことが西洋でも起きていたようだ。母は遊女《ゆうじょ》ではない。行商人の娘だ。互いに好き合《お》うて一緒になった。それは幼心にも両親の姿を見ていたから憶えている」

風流踊りの者らが練り歩いてきた。銅鑼《どら》を打ち鳴らし、異国ふうの琴《こと》をかき鳴らす。

「だが父の母国が平戸《ひらど》に開いていた商館が閉鎖《へいさ》され、父は交易の場を明《みん》や南方の国に移すことにした。公儀《おかみ》はすでに異国船の入港を限り、明朝以外の船は長崎のみとしていた頃らしい。そのうち次々と他国との交誼を断ち、来航を禁じ始めた。父はもはや日本に商機なしと見限ったのかもしれぬ。母は当然のこと、父に従って海の外に出ることを決めた。おれたちを連れて」

「おぬし、いくつだったのだ」

「十になっていた。あの頃は異国へ出る者も珍しくなかったのだ。ゆえに船が一杯で、両親は赤子の弟を抱き、おれを乗せることは諦めた。今となれば、船賃を用意できなんだのかもしれぬと思うこともある。赤子なら船賃はかからぬゆえ」

朔は手を叩いて女を呼び、酒を追加した。片口が二つ、銘々の膝脇に置かれた。

「必ず帰ってくるから生きていておくれ、約束ですよと母は言った。祖父におれを託したのだ。祖父は信心深い行商人だった。おれを連れて諸国を歩き、念仏を唱えながら商いをした。そばにいるおれが苛々《いらいら》するほど真っ正直な商いで、ひどく貧しかった。宿に泊まるほど稼げるわけもなく、たいていは寺の世話になった。そこで祖父は死んだ。呆気《あっけ》なかったが、やれやれという気持ちだった。おれはこんな見目をしている。人の多い上方《かみがた》ならいざ知らず、鄙《ひな》びた村では尻に尾が生えているのではないかと恐れられ、忌まれた。身を守る術《すべ》を身につけ始めたのはその頃からだ。おれは祖父を守らねばならなかった」

「祖父《じい》様が亡くなって、独りで生きてきたのか」

「しばらく寺で養われた。尼寺《あまでら》でな。庵主《あんじゅ》様がそれは慈悲深いおひとで、おれに文字を教え、横笛も教えてくれた」

「舞いは」

「寺を出たのち神楽《かぐら》をやる芸の者と旅をしたことがある。いつしか一緒に舞うようになっていた。流浪《るろう》しながら、それでも母と弟にはいつか会えるという望みは捨てていなかった。だが四年前のことだ。海の外で五年以上暮らした者の帰参が禁じられた。母と弟はもう帰ってこられぬ」

杜宇は口に出すかどうかを迷い、結句《けっく》は朔に目を合わせていた。

「おぬしも気をつけねばならん」

　昨年発せられた触《ふれ》によれば、異人の血が入っている者も捕えられる。その後いかなる処遇に遭うのか、杜宇は知らない。朔は杜宇をまじまじと見返して、「おれを案じておるのか」と呟《つぶや》いた。

「己の心配をしろ。今のままでは年貢を納められんぞ」

　見世を出た後、賽子の親仁どもが遊んでいる場を通りがかり、輪にまじって過ごすうちまた酒盛りとなった。

「姫がやんごとなき生まれだとは、分麻呂の願望めいた作り事よ。杜宇はまったく何でも信じる。脇が甘いのだ」

　朔は腹を抱えている。そうも可笑《おか》しいか。ひょっとして笑い上戸《じょうご》か。

「朔、そうも言うてやるな。杜宇は苦労知らずであるのだ」

　女誑《おんなたら》しが庇《かば》ってくれる。

「で、姫は真は何者なのだ」

「神女が突如として孕《はら》んで産んだ子であろう」

　女誑しが言うと、石を操《あやつ》るのが得意だという男が「違う、違う」と真顔になった。

「姫は加賀《かが》の武将の娘だ。あの城の垣はおれが組んだ」

「いいや、堺の豪商の孫娘ぞ。あの家の蔵の鍵はおれにしか開けられぬ」

賽子の親仁がにやりと前のめりになって、「賭けるか」「おう、乗った」と袖を肩まで捲《まく》り上げる。何で勝敗をつけるのかわからぬまま日が暮れ、夜空に月がかかっている。誰も彼もが横になって寝てしまい、「おれは酔わぬ」と豪語していた朔など真っ先に酔い潰《つぶ》れた。起きているのは船を操るという男と杜宇だけだ。

「どうだ、おれの素性を語ってやろうか」

「いや、もう腹一杯だ」

「まあまあ、つれないことを申すな。今宵《こよい》はよい物を持ち合わせておる」

懐から革袋を取り出した。陶製《とうせい》の丸い鉢だ。そこに酒を入れ、「やってみろ」と勧められた。受け取って啜《すす》る。

「どうだ」

「どうだと言われても、酒だ」

「そんなはずはない。この器《うつわ》は異国の蘭引《ランビキ》と申して、酒の気を集めて溜めるのだぞ。元の酒の数分の一になるが、そのぶん途方もなく乙な味になるはずだ」

「なら、己の舌でたしかめろ」器を返した。船の男が口に含む。首を傾《かし》げる。

「なんの変哲もない」

杜宇も首を傾げた。

「そういえば、気を集めて溜めると言ったか」

船の男は唇を突き出してむくれている。

「気を集めるには、火で熱しなければならぬのではないか」

「燗《かん》か」

「いや、待てよ。ただ熱するだけでは集められぬはずだ。この器に蓋《ふた》のようなものは付いておらなんだか。いや、蓋についた気をどう集めるかだ」

ぐるぐると堂々巡りをして、考え込んだ。船の男が「杜宇」と呼んだ。

「蓋はある。ただしこの鉢ではのうて、三段重ねの一番上に付いておった」

「それだ。その組み合わせを使《つこ》うて火にかけねば、酒の気は集められぬ」

「おぬし、物知りだのう」

目を丸くしている。

「分麻呂が似たような物を持っておるのだ。これより遥かに大きな、そうさな、丈は二尺に近いほどに大きいものだ」

「あの爺さん、己で酒を造っておるのか」

「薬だ。薬草に水を加えて熱している。蒸溜とか言うそうな。そういえば分麻呂もランビキと呼んでいたような」

「ややこしそうだ。この鉢に入れたらたちまち妙なる酒に変わると思うたものを。大枚叩《はた》いてつまらぬ物を購《あがの》うた」

「まあ、器としては使える」

また酌み交わす。もう味もわからぬほど呑んでいる。けれど今日は久方ぶりに笑った。それはたぶん酒のせいではない。


翌日、早々に水やりを済ませて掘立小屋に入った。

分麻呂は大きな壺《つぼ》の上に前屈みになり、肘《ひじ》を大きく張って何かを持っている。この暑いのに水干《すいかん》、袴姿を崩さず、広袖は襷《たすき》がけ、烏帽子《えぼし》もつけたままだ。「脱いだらどうだ」と言えば、「気軽に申すな。それは素裸で往来を歩くより恥ずかしいことじゃ」と怒っていた。

そばに近づくと、「酒臭い」と顔を顰《しか》められた。「やはり」と口をおおった。分麻呂は顔を上げもせず笊《ざる》を動かしている。目の細かい笊だ。

「分麻呂、草生水を濾《こ》しておるのか」

「さよう。何を加えても悪臭は増すばかり、煤も増えた。加えて駄目であれば引いてみようと思い立っての」

文机《ふづくえ》の上には大きな紙があって、加えたものの名と量がびっしりと書き込んである。丁子《ちょうじ》に八角《はっかく》、龍脳《りゅうのう》、桂皮《けいひ》、桔梗《ききょう》に葛根《かっこん》、杏仁《あんにん》、茯苓《ぶくりょう》、人参《にんじん》。ありとあらゆる薬種を試したらしい。鹿の角や一角、熊胆《くまのい》といった高価なものを加えていたのは、杜宇も手伝いながら見ていた。しかもそれぞれ分量を変え、一匙《ひとさじ》、三匙、五匙と増やし、だがいずれも「臭《にお》い甚大《じんだい》」「煤莫大」との記述が並んでいる。

「涙ぐましいほど努力しておるのに報《むく》われぬ者が、ここにも一人」

溜息と共に呟いていた。この小屋自体が燻《くす》ぶっている。姫にやはりお祓《はら》いでもしてもらうかと、首を回した。

「今、なんぞ申したか」

「いいや。それより、吾が代わろう」

「よい。これは手前の為すべきこと」

「それでも根を詰め過ぎだ。しばし休まれよ」

ようやく説き伏せ、杜宇が笊を手にした。分麻呂は気が気でないのかそばから離れず、「丁寧に、大切に」と口出しをする。「わかっておる」と言いながら柄杓《ひしゃく》で草生水を笊に移し、笊を揺すった。

「豆を選《よ》っておるのではないぞ。静かに傾けて、しばし待つ。そう、今度は逆に傾ける。また、手前に」

斜めにした笊の端から雫《しずく》がぽたりぽたりと、大壺の中に落ちる。濾された油だ。干した蒲《がま》の穂で塵芥《じんかい》を取るのは杜宇の役目だが、笊の網目に残った夾雑物《きょうざつぶつ》は思いの外《ほか》多い。

「分麻呂、これはよい方法かもしれぬ」

「さようか。そう思うか」

ようやく床几《しょうぎ》に尻を下ろす気配がする。杜宇は「思う」と返し、また柄杓で草生水を掬《すく》って笊を傾けた。雫の落ちる音がする。

ん、と首を傾けた。笊を平らにしてみる。しばらくして雫が落ち始めるが、斜めに傾けた方が遥かに速い。当たり前だ。当たり前だが、つまり傾けることで油が動くということか。

いくども繰り返すうち、田の景《けい》が泛《うか》んだ。もしかしたら。

「こうしてはおられぬ。分麻呂、ちと用ができた」

だが烏帽子の頭を小屋の壁につけ、鼾《いびき》まで聞こえる。相当に疲れが溜まっているのか、息の音が苦しそうだ。笊を脇の桶の上に置き、膝を叩いた。

「え。なんじゃ、今、何刻《なんどき》」と、慌てふためいている。

「四半刻《しはんとき》も経《た》っておらぬ。すまんが、吾は田に戻らねばならぬ。起きてくれ」

「なんと。休めと言うたその口で起きろと言うか、この年寄りに」

「たしかめねばならぬことがあるのだ。そうだ、何か丸い物をくれぬか」

「丸い物とは」

「鞠《まり》のような」

「鞠ならそこにあるが」

文机の向こうの葛籠《つづら》を目で指した。蓋を外せば、いくつもの鞠が入っている。最も小さい物を摑んだ。それでも孔雀《くじゃく》の刺繡《ししゅう》がほどこされた美しい品だ。

「借りてもよいか。いや、汚すかもしれぬゆえ買い取る。すぐには払えぬが」

「汚れはかまわぬ。そも蹴鞠に使う物ゆえ」

分麻呂は指で目頭を擦《こす》り、ふわあと大きく伸びをした。

「たとえ一睡でも甦《よみがえ》ったわ。さ、もう良いから行け。おぬしがおると酒臭《くそ》うていかん。臭いのは草生水だけでたくさんじゃ」

立ち上がり、手を左右に動かした。鞠を抱えて戸口に向かい、「そういえば」と振り向いた。

「分麻呂、ランビキを試してみてはどうだ」

「蘭引」

「ほれ、そこにでんと据えてある」

小屋の隅に置いてある蘭引はやはり三段の器に分かれており、一段目と二段目の器には細い管のような物が付いている。今まで気にも留めなかったが、つくづくと奇妙な形だ。何にも似ていないが、管は生きものの触手のごとくに見える。

「これは貸せぬぞ」

杜宇を睨みつけた。

鞠を抱えて山道を走り抜けた。館の裏に下り、濠川沿いにまた駈ける。

昨日の酒のせいか、たちまち息が上がった。それでも走る。山手へと入り畦道を下り、田の前に辿り着いた時は腰を折り、背中で息をしていた。参った。昨日は呑み過ぎた。日中から夜更けまで延々と、最後まで酒碗を持っていたのは杜宇だった。一斗は呑んだやもしれぬ。一粒の米も作れぬくせに。

ようやっと息が整って、田の端に立った。姫がぐるぐると丸く植えた田であるが、畦道との間に一尺余の踏み場は取ってある。枯草《かれくさ》は抜いてしまったので、端から端までちょうど一本筋だ。杜宇は屈み、鞠を転がした。乾いた土の上を転がりゆくのを畦道で追う。やはりだと思いながら追い続けた。ようやく鞠が動きを止めたが、田の端まで行き着いていない。拾い上げて、土に触れた。ここは湿っている。

畦道を引き返し、左右中央を見渡せるところで立ち止まった。

やはり平坦ではなかった。土地を平らに均《なら》したつもりが、山の傾斜がしぶとく残っていたのだ。ゆえに長方形のうち、山手の地中から下手に向けて水が流れてしまっている。

山手の稲は乾いて枯れ、下手《しもて》の稲はこの暑さだ。いずれ、じゅくじゅくと土が蒸れ、根が腐りそうだ。

土の様子を、稲の根を掻《か》き分けてでも確かめるべきであったというのに。

どうすればいいと頭を抱えながら、田の中央に目を凝《こ》らした。なぜだろう、いつもは同じに見えるそこにまだ青みが生きているように思える。入ってみる。尋常な碁盤の目状の植え方であればすぐに辿り着けるものを、ぐるぐるとした渦巻き状であるので躰も入れにくい。葉や茎、根を傷めぬように慎重に足を運びながら、ようやく中心に達した。ごくりと唾を呑み下し、酒臭い息を吐きかけぬように注意しながら稲に顔を近づけた。

茎はまだしっかりと立ち、新しい茎が分《わ》かれて生えて株も大きい。葉にはまだ瑞々《みずみず》しい青みが残っている。屈んで土に指を伸ばしてみた。乾いていない。湿り過ぎてもいない。

立ち上がりざま、茎の中に小さな穂さえ見つけた。

無事だ。生き残り、育っている。

空を仰いだ。

六　蝶

水面を鳥影がすいと横切る。

中央で生き残った稲はわずか十三株、されど茎《くき》を増やし続けている。空に向かって気を吐き、あるいは横へと腕を広げる。その姿は緑の鬣《たてがみ》のごとく雄々《おお》しく、まるで風に育てられてでもいるかのようだ。

杜宇《とう》はしみじみと、目を細めた。

一本の茎から出る穂は一本だ。その茎が逞《たくま》しいほど穂が大きくなり、米粒が多く穫《と》れる。

「全滅は防げた」

独り言《ご》ちた。だが郷《さと》に納める年貢は一石《こく》だ。馬鹿な思い込みで自らを追い込んでしまったのだが、この十三株ではとうていそれに及ばない。「一株で二千粒稔《みの》ったとして」と、腕を組んだ。一升の米粒の数は「虫や鮒《ふな》」と言い慣《なら》わされてきた。ムシヤフナ、つまり六万四千八百二十七粒だ。となれば今年の収穫はと目玉を斜め上に動かして胸算《むなざん》ずるに、たちまち出た。

「四合。たったの」

田を墾《ひら》いてからこのかたの苦心惨憺《くしんさんたん》を思えば啞然《あぜん》として、がっくりと顎が落ちる。目に泛《うか》ぶのは姫の丸顔だ。底意地の悪いあの目をして、轟々嘲笑《ごうごうちょうしょう》することであろう。年貢を一石納めると申したは、杜宇、おことよの。え、米俵はいずこにある。わらわには見えぬが、さても奇なり。

他人を嬲《なぶ》るのがなによりの好物なのだ。吾《われ》は絶好の餌《えさ》を差し出した挙句、朔《さく》にまたも見下され分麻呂《わけまろ》に憐れまれ、市庭《いちば》を歩けば指をさされるだろう。

農の芸を毫《ごう》も持たぬのに大口を叩きおった奴。口ほどにもない奴。できぬ奴。

背中に刻印される。

いや、と杜宇は俯《うつむ》いたまま頭《かぶり》を振った。

たとえ四合でも米は米。この手が一から育てた米だ。生まれて初めて、独りで土から手がけた。

掌《てのひら》でぴたぴたと頰を叩いた。己が励まさずして、誰が励ましてくれよう。

郷《さと》の奴らを見ろ。賽子《さいころ》だ、石だ鍵《かぎ》だ船だ女だと芸を誇れど、己がそう言い張っておるだけではないか。分麻呂の薬師《くすし》の腕も、朔の武芸の本領とやらも知れたものではない。まして姫の祭《さい》祀《し》はどうだと、田をずいと見渡した。大仰《おおぎょう》に田の神を招《まね》いたはずであるのに上手《かみて》の株は枯れ果て、下手《しもて》の株は腐りおったではないか。

だが姫にそれを言い立てたとて、たらりりらと居直るに決まっている。

おことの祀《まつ》りが足らぬゆえ、神には届かなんだのぢゃ。

どうどうたらりら、らりどう
この郷では、悪果《あっか》はすべて他人のせい、居直るが勝ちなのだ。己を卑《いや》しめ見下げたが最後、本物の弱者ができあがる。

勢いをつけて立ち上がった。田の隅に白鷺《しらさぎ》が舞い降り、長い嘴《くちばし》でそこかしこを突《つつ》いている。蛙《かわず》も鳴いている。何かが目について畦《あぜ》へと上がった。伐採した木々を積んである場に近づいてゆく。ほとんどの材は草生水《くそうず》小屋に使ったが、わずかばかりは残っている。杜宇はそこに石を組んで囲っておいたのだが、石積みの色が奇妙だと眉を顰《ひそ》めた。

長雨で薄く苔色《こけいろ》を帯びていたのに、明るい黄色に変じている。周囲も何本かの木々が同様で、幹が黄色だ。不審に思いながら数歩進めば、黄色が動いた。石積みが波を打ち、幹がゆらりとくねる。たじろいで目を凝らした途端、黄色の点が無数に飛翔《ひしょう》した。

蝶だ。

聞こえるはずのない羽音が聞こえた。あまりにもびっしりと、石や木を覆《おお》っていたからかもしれない。思わず首をすくめた。毛虫に這《は》われるような気色悪さだ。

蝶の群れはたちまち陽射しに溶けてしまい、行方が知れなくなった。

翌朝、身支度をして田に出ようとした時、板戸《いたど》がすらりと動いた。

朔の仏頂面《ぶっちょうづら》が顔を覗《のぞ》かせるや、分麻呂の姿も見える。そのままずかずかと入ってきて、さらに朔の配下が続く。誰かを両脇から抱えており、板間の上に下ろした。襤褸《ぼろ》のような男だ。面貌《おもざし》も判然としない。瞼《まぶた》から頬、唇、顎から首まで赤く腫《は》れ上がって呻《うめ》いている。

「どうした」

朔に訊《き》いたが、分麻呂がくぐもった声で答えた。

「今朝がた、小屋の外で倒れておったのじゃ」

身形《みなり》から察するに、郷の者ではないようだ。諸国を旅してふらりと帰ってくる者も少なくないが、たとえ粗衣《そい》であろうと郷の者はどこかしらこざっぱりとして垢《あか》じみてはいない。おそらく姫がそれを望むのであろうし、一芸を以《もっ》て任ずる者らはこうも荒《すさ》んでしまわないだろう。男の小袖《こそで》と袴《はかま》から察するに武士の風体《ふうてい》に見えるが腰に二刀を佩《は》かず、総髪の頭から草鞋《わらじ》に至るまで泥色が染みて饐《す》えた臭《にお》いを発している。山歩きに慣れていない者の成れの果ては、我が身にも憶えがある。

「こやつ、何者だ。詮議《せんぎ》は済んだのか、籤《くじ》は」

分麻呂は「いいや」と、扇《おうぎ》で口許《くちもと》を覆った。

「おそらく浮浪の牢人者《ろうにんもの》じゃろうが、舌まで腫れておるうえ熱を発しておって、何を問うても答えられぬ。この腫れ具合は山中の草木にかぶれたものと診立《みた》てた。もしくは、流行《はや》り病やも」

「流行り病」思わず後じさった。

「思いつく限りの薬は用意してまいったゆえ、これとこれは煎じて服《の》ませよ。こちらは塗り薬」

分麻呂は口早に命じて布袋を押しつけたかと思うと踵《きびす》を返し、逃げるように出てゆく。平素は床几《しょうぎ》に腰かけて動かぬというのに、とんだ素早さだ。

「おい、待て。吾に押しつけるのか」

分麻呂の背に噛《か》みつけば、「杜宇」と朔が遮《さえぎ》った。

「介抱しろ」

顎先で命じられ、むっと睨《ね》めつけた。

「朔、なにゆえ即座に殺さぬのだ」

「知りおることどもを、吐かせるだけは吐かせねばならぬ。始末はそれからだ」

この者の躰《からだ》は細身、足腰から察しても草ノ者《くさのもの》ではなさそうだがと、朔は言い添えた。まるで今日の空模様をふと口にするかのように。

あの夜が閃《ひらめ》いた。侵入者の吾を縊《くび》り殺そうとするのに寸分の躊躇《ためらい》もなかった男だ。田の中でかくも美しく舞い、酒に酔って笑《わろ》うていたのもこの男だ。だが、この首の骨をへし折ろうとした。それが朔だ。

「流行り病に罹《かか》っておるかどうか、吾の身で試すのか」

半信半疑で問うていた。朔は無言で立ち去った。認めたということだ。

濡《ぬ》れ手拭《てぬぐ》いで、男の総身を冷やし続ける。もう三日三晩になる。

「水桶《みずおけ》をくれ」

板戸を叩けばしばらくのち、外の心張《しんば》り棒を外す音がする。朔の配下の警護兵が戸の前に控えている。頼んだ物は届けられ、飯も届く。空腹はいっこう覚えぬが、喰わねば介抱できぬ。頼む。他の何でもよい。流行り病でだけはあってくれるな。それだけは。

この男を助けるためなどではなく、己を助けるために薬湯《やくとう》を服《の》ませ、躰を冷やし続けている。だが四日目を迎えた今朝、男の顔や胸、手脚に不気味なものを見つけた。発疹《ほっしん》だ。ぷつぷつと奇妙に鮮やかな丹赤《にあか》で、蛇苺《へびいちご》の突起を思わせる。男は顔を歪《ゆが》め、爪を立てて方々を掻き毟《むし》る。狭い息の間で「痒《かゆ》い」「痒い」と呻く。

杜宇は己の目の下を掻いた。介抱するうち、自身も痒いような気がしてくる。熱は発していない。袖を捲《まく》り胸や脚も確かめたが、赤い発疹も出ていない。ただ、気がつけば指先で突起をまさぐらずにはいられない。

もし流行り病であれば。そして吾にうつればどうなる。

胴震《どうぶる》いした。二人して穴の中に放り込まれ、もろとも焼かれるのだろう。あの草生水をかけられて炎に悶絶《もんぜつ》する。痛い、熱い、苦しいと、火穴の中で身悶《みもだ》えする。生きながら焼かれるのだけは御免だ。せめて先に息の根を止めてくれ。ぶざまに懇願《こんがん》する己の姿が見える。

恐怖の想はなけなしの覚悟を呼ぶこともなく、日ごとに酷《むご》さを増してゆく。頭の片隅ではもうわかっている。郷に病が広がるのを防ぐためにはそれが最良の策というもの、皆は起きたことなど何も知らずに日常を送る。

そういえば、杜宇の姿を見かけぬな。

親仁《おやじ》どもの口にかかるかもしれぬが、誰もそれ以上は知ろうとしない。そしてさほど時を経ずして、杜宇という者がいたことすら忘れ去られる。

吾が墾《ひら》いて耕した田はどうなろう。見放され、やがて荒野になり、そこに種が舞い落ちる。根こそぎ抜かれ、皮を剝《む》かれて生身を引き裂かれた木々だ。小楢《こなら》に橡《とち》、栗《くり》、楓《かえで》、樫《かし》や椎《しい》の子孫が、あるいは兄弟、仲間が続々と芽を出し若木となり、かつての林を形作る。陣地を取り戻す。

杜宇は思い知らされた。

何にも縛《しば》られぬ、自在なる愉楽の日々。その正体。

「暑い」

天窓を喘《あえ》ぐように見上げた。閉め切られているので息苦しくてたまらない。男の発する熱、熱を帯びた息、呻き、そして便桶《べんおけ》の臭いも耐え難い。脳天を直《じか》に突いてくる臭いで、眼玉まで痛い。用便の際は男の半身を起こして支え、桶に跨《また》がらせて用を足させている。微《かす》かに「か」と聞こえる時がある。「忝《かたじけな》い」と言っているのだろう。

「いいや。お手前に死なれては困るのだ」

口の中で呟《つぶや》く。

ほとんど横になっていないので介抱しつつ板壁に凭《もた》れて片膝を立て、目を閉じる。田仕事に明け暮れた日々が遠ざかり、ずっとこの板間に囚《とらわ》れていたような気がしてくる。

黒々とぬめった油の井戸の中を落ちてゆく夢を見た。


明くる朝、男の腫れが少し引いていた。突起も縮《ちぢ》み、赤みも枯れてきたようだ。躰は寝ながら掻き毟ってか、じゅくじゅくと汁が浸《し》み出している。

杜宇は板戸に取りつき、「着替えを」と叫んだ。

「快方に向かっている。これは流行り病にあらず」

確信はないが、さもありげに言い足した。

ここから出たい。出してくれ。万一、流行り病であったとしても知ったことか。ここから出られるならば、郷じゅうが赤いぽつぽつに覆われてもがき苦しもうとかまわぬ。姫が厄を祓《はら》えばよいではないか。かような時こそ力を使え。真に神を招《よ》べるのであれば、招んでみろ。

着替えの衣と朝膳、新しい便桶を受け取って振り向けば、男が瞼《まぶた》を押し上げるようにしてこなたを見ていた。口を開き、咽喉仏《のどぼとけ》をゆるりと動かしている。何かを呑み下すかのような一拍、もう一拍が過ぎ、「さよう」と言った。

「流行り病ではない。蝶だ」

掠《かす》り声を絞り出すように告げた。宣託を受けたような心地で男を見つめ返す。

「蝶が因《もと》と申すか」

「蝶の群れに襲われた。黄蝶だ」

黄色と聞いて、あの日だと思った。

「毒蝶であったのか。刺されたのか」

「蝶は刺さぬ。だが群れに襲われて、前が見えぬほどの鱗粉《りんぷん》を浴びた。毒針に刺されたごとき痛みだった。咽喉許が狭《せば》まり、息ができなんだのだ。狂い死にするかと思うた」

切れ切れに言いながら爪を立て、目の下を掻く。傷口がさらに破《やぶ》れて血色の汁が溢《あふ》れ、男の指先を濡らす。

流行り病ではなかった。この男は毒蝶にやられたのだ。かぶれたか。杜宇は「ああ」と安堵《あんど》の息を吐《つ》いた。命拾いをした。しかし板戸はいっこう動かない。警護兵に苛立《いらだ》って足を踏み鳴らした。

「朔を呼べ。因がわかったのだ。毒蝶だ、流行り病ではない」

叫べど誰も現れない。

「聴けぇ。吾をここから出せぇ」

板戸を叩き続けた。振り向けば、男も床に手をついて半身を起こしている。膝でにじり、膳の上に手を伸ばした。その刹那《せつな》、腕を振り上げて飛びかかってきた。

「見つけたり」

杜宇は身を躱《かわ》し、男は勢いのまま板戸に躰を打ちつけている。

「気がふれたか」

だが男は身を立て直すや、またも右肘を持ち上げて襲いかかってくる。箸《はし》だ。箸を手にしている。ぐさりと突き立てるつもりだと察し、じりじりと壁沿いに動いた。男は間合いを詰めてくる。

顔が歪んでいる。笑っているようだ。

「見つけたり、見つけたり」

腫れた瞼の下で光るその目は爛々《らんらん》として、譫言《うわごと》のように繰り返す。杜宇は男から目をそらさぬまま微かに腰を落とし、便桶の柄《え》をひっ摑んだ。突進してくる。桶を横ざまにしてその脇腹を打った。糞尿がぶち撒《ま》かれ、男が足を滑らせてたたらを踏む。飛びかかって馬乗りになり、拳《こぶし》を打ち込んだ。

掻き傷が裂けて血と糞にまみれても、男は笑い続けている。

蝶の毒で狂いおった。

何人かが入ってきてひき剝《は》がされても、杜宇は男を撲《ぶ》つのをやめられなかった。

ああ、もう泣いてしまおうか。

あの日、大刀《だいとう》を携えて寺の堂裏に戻れば、相手は消えていた。

また稽古《けいこ》をつけて進ぜるゆえ、精進されよ。

拙者《せっしゃ》を愚弄《ぐろう》したうえ、卑怯《ひきょう》にも逃げおったのだ。拙者は度を失《うしの》うた。寺の小男に相手の素性《すじょう》を糺《ただ》し、すぐさま名主の安住《あずみ》家へと駈けた。当主の又兵衛《またべえ》に次第を訴え、「弟を出せ」と命じたが信じられぬ平静さで述べるではないか。

「武の稽古でさような怨《うら》みを持たれては、土井《どい》様のお名にかかわりましょう」

違う違うと、拙者はなお頭に血を上らせた。

「事は武士のありようにかかわるのだ。無礼を働かれて黙って引き下がっては、面目が立たぬ」

「忘れてくだされば、吾は他言《たごん》いたしませぬ。御恩《ごおん》は必ずやお返し申しましょう」

金子《きんす》包みを差し出すではないか。金で事を穏便に済まそうとする性根や卑し、許せぬと思った。

「あの弟にして、この兄。百姓めが」

だが又兵衛は悠揚《ゆうよう》としている。

「土井様。貴殿の五代前は、丹波郷《たんばごう》の田を耕しておられたのではありませぬか。百姓を侮《あなど》られぬ方がよろしいかと存じまするが」

郷廻りの新任の素性などとうに把握しておるぞと、匂わせた。

「それでも弟を討つと仰せなら、ご随意《ずいい》になされるがよろしい。されど愚かなる弟はもはや、この村にはおりますまい」

「出奔《しゅっぽん》を知りながら見逃したというか。ただでは済まさぬぞ」

「覚悟しておりまする。そのうちすごすごと戻って参りましたならば、いかようにでもお取り計らい下されませと御番所に突き出す所存、行方《ゆくえ》知れずとなりましたならばそれもしかるべき届《とどけ》をお出し申しまする」

弟が武家と悶着を起こしたというのに揺るぎもしない。名主の威《い》たるもの千里を走り、軽輩《けいはい》の武家など鼻であしらいかねぬと聞いていたのは真であった。

お前のごときがいかに騒ごうが、この安住家は潰《つぶ》れぬ。

「おのれ」

不遜《ふそん》なる態度、物言いに、総身の血が黒く逆上した。刀の鞘《さや》を払い、腕に斬りつけていた。

それでも又兵衛は動じない。羽織の袖が切れて落ちても拙者から目を逸《そ》らすことなく、泰然と対峙《たいじ》している。その姿に拙者はまたも憤《いきどお》った。気がつけば取り押さえられ、城下の御長屋に引っ立てられていた。

上役《うわやく》は拙者の訴えに取り合《お》うてくれなんだ。

「土井久四郎《きゅうしろう》、そもそも丸腰で村内を歩いておったその方の手落ち、士道《しどう》不覚悟である」

厳しい叱責《しっせき》すら受けた。耳を疑った。まさにその上役に指南《しなん》を受けていたのだ。

村々の事情に精通するにはまず百姓どもに声をかけよ、交われ。日のあるうちの見廻りには大小も要らぬ。刀を遣《つか》わずして人心を治めるが真の武士。

「幸いにして安住家の当主の傷は浅く、事を荒立てぬと申しておる。そちが腹を切らぬよう、嘆願の文もよこして参った。しばし謹慎《きんしん》いたして頭を冷やせ」

このお人は又兵衛から内済《ないさい》の金子を受け取ったに違いない。そうと察すれば、口惜《くちお》しさと惨《みじ》めさで口中を軋《きし》ませるしかなかった。

当然のこと、郷廻りの役からは外され、無役となった。縁談も失った。上役には娘御しかおらず、入婿《いりむこ》する話が調っていたのだ。それも破談となり、朋輩が婿に入るらしいと耳にした時の絶望たるや、そこもとらには想像だにできぬであろう。

今頃は祝言を挙げているはずであったのだ。茶を運んで参る時の横顔、淡い赤に染まっておる頰、白くしなやかな指先、うなじ、微かに香る花の匂い、あの声。

拙者は、将来と今と過去を失った。ゆえに出奔した。怨敵《かたき》を斬って捨てるまでは死なぬと決めて。


あの侍が土井久四郎という名であることを、詮議の場で初めて知った。

新任の郷廻り役など、気にも留めていなかったのだ。

「言を尽くすも惨めなる流浪を経てここで巡り合うたは、神仏の思し召《おぼめ》し」

対坐する久四郎は凄《すさ》まじく肩を怒らせ、杜宇を見据えてくる。

総身を水で洗われ、腫れのほとんども引いたその瓜実顔《うりざねがお》は美男のうちに入るだろう。寺でこの者と打ち合ったのかと記憶を辿《たど》れば、なるほどこんな武家であったような気もしてくる。今は目の端が吊り上がり、唇は醜《みにく》く歪み、掻き傷から浸み出た汁が固まって黄変しているが。

「いつ、杜宇に気づいたのぢゃ」

姫が訊《たず》ねた。今日は白鷺や流水や薄《すすき》が刺繍《ししゅう》してある白小袖で、その上に軽やかな薄衣を重ねている。袴は灰がかった紅色だ。

杜宇と久四郎を車座でとり囲んでいる詮議の連中はやはり十数人、分麻呂に賽子の親仁ども、質商《しちしょう》の番頭、飯屋の女の顔も見える。当然のこと、朔も姫の背後に坐している。いつものように面倒そうな面つきで、久四郎が何を口にしても毫《ごう》も動じない。我関せずを貫《つらぬ》けるのは非情であるからだと、杜宇は鼻を鳴らした。

かような男、二度と信じぬ。

「そこの男が、杜宇と呼んだ」

久四郎は朔を目で指した。

「まさかと思うたが、腫れた瞼の下からまなざしを潜《くぐ》らせ、介抱する男の顔を盗み見た。間違いなかった。昨夏よりこのかた一瞬も忘れられぬ顔だ。天機《てんき》は巡ったのだ。拙者は己の恢復《かいふく》を待った」

　賽子の親仁が手の中で賽子を弄《もてあそ》ぶ。

「杜宇よ。己を仇敵と憎んでやまぬ男の命を救うたか」

「救われたのではない」久四郎は声を撥《は》ね上げた。

「蝶にやられただけのこと、この男の介抱を受けずとも死んだりはせなんだ」

息も絶え絶えであったおぬしを寝ずに介抱した吾に向かって、ようもぬけぬけと。杜宇は舌を打った。

「用便の手助けをするつど忝いと礼を申したは、あれは吾に気づいたことを隠すためであったのか」

　久四郎が「違う」と、歯を剝き出した。

「仇《かたき》めと言うておったのだ。仇め、今に見ておれと呪《のろ》っておった」

　朔が倦《う》んだように首を回し、「どうする」と姫に呼びかけた。

「このままでは埒《らち》が明かぬぞ」

「そうだよ。さっさと籤を引かせたらどうだえ」

　飯屋の女が腰を浮かせた。見世《みせ》の商いが上がったりだと言わぬばかりで、鼻の穴を膨らませている。他の者らも同意を示した。姫は重々しく頷《うなず》き、配下の女たちに「籤を」と命じた。

る。

車座が一筋に変わり、姫の周囲に集まった。鳩《はと》のごとく頭を寄せ合い、なにやら談合している。

真ん中にぽつりと、久四郎と杜宇が対坐している。

「籤とはなんだ、なにゆえかようなものを引かされる」

久四郎がわめく。朔が大股で近づき、一瞬で黙らせた。声は聞こえなかった。だがよほど脅されたのか、神妙に口を噤《つぐ》んでいる。杜宇に今にも摑みかかってくるような気配は変わらない。

杜宇は安住家の無事を思っていた。

さすがは兄者《あにじゃ》。かくも見事に家を守りなすったとは。

胸の裡《うち》に凝《しこ》っていた暗い想像が一つ晴れた。二度と戻れぬ身であるけれども、己の所業が生家を滅ぼしたとあっては罪が深過ぎる。懸念が晴れれば、痛みだけが胸に残ったことに気がついた。心底、申し訳ないと思った。

兄者、詫《わ》びても詫びきれぬ。

「ほう、なるほど」

皆の頭が上下左右に揺れ、それぞれがまた車座になる。

「久四郎とやら。籤を引くがよい」

姫の配下の女が三方《さんぼう》を捧げ持って、久四郎の膝前に置いた。白い紙縒《こよ》りは三本、その先は折り畳んだ紙で隠されている。久四郎はまるで切腹するかのような所作で一本を引いた。実際、生きるか死ぬかを分ける籤だ。

「玉結び、三つにござりまする」

女が高らかに告げた。広間が「おお」と、どよめいた。久四郎は蒼褪《あおざ》め、姫を見やる。背後の朔を見ているのかもしれない。

「久四郎」

姫は丸い顔を微動だにせず、唇だけを開いた。

「玉結び三つの籤をおことは引いた」

「念を押すな、くどい」

久四郎が苛立《いらだ》てば、朔が再び大股で近づいてきた。すいと久四郎のかたわらに身を屈《かが》めたかと思うと、もう身を翻《ひるがえ》して姫の背後に戻っている。対坐する久四郎の左頰には鮮血が滲《にじ》み、顎へと滴《したた》っている。瞬く間の仕業で、鎌鼬《かまいたち》にでもやられたような切れ方だ。

「玉結び一つの籤を引いておれば、今日死ぬはずであった」

姫が明かせば、久四郎が目を剝く。だが言葉は発しず血を拭いもしない。

「玉結び二つの籤を引いておれば刀を貸し与え、果し合いを許した」

それが神意、あるいはこの車座の総意ということか。いずれにしろ、果し合いは見世物にされたのだろう。

「玉結び三つは」

するとと皆が「おお、三つは」と、囃《はや》し始める。結果を知る者には、さぞ面白いひとときだ。

久四郎はといえば膝上の拳をきつく握《にぎ》り締め、目を閉じてしまった。拳が震えている。

「三つは、杜宇と共に米を作る」

どうぢゃ、よき思案であろうとばかりに姫が頬を盛り上げた。

「なんだと」声を発していたのは杜宇だ。

「仇と思うて吾をつけ狙うやつと、米を作れと言うか」

「おことも久四郎も命を拾うたではないか。何が気に入らぬ」

「無理だ、無理に決まっている」

片膝を立てて抗《あらが》ったが、詮議が決して覆《くつがえ》らぬこともわかっていた。

「元はと申せば、おまえが招いた禍難《わざわい》ぞ。播《ま》いた種は己で刈り取れ」

荒唐無稽な籤引きを正論で締めくくった。木に竹を接《つ》いで反論を封じ込めるのは姫のやりくち、常套《じょうとう》手段だ。

「訊ねたき儀がござる」

久四郎が低く呟いたのが聞こえた。

「一生、ここで百姓をせよということであろうか」

「いや。年貢を納めおおせた暁《あかつき》には、去るも残るも勝手次第。それがこの郷《さと》の決まりぢゃ」

「郷」

「ここは青姫の郷」

久四郎が微かに眉を動かした。しばし黙し、やがて意を決したかのように顔を上げた。

「相わかった。従う」

耳を疑った。正気の沙汰ではない。いや、久四郎は田の中で存念を果たすつもりだ。そうに違いない。

「姫、いつもながら見事なご詮議、祝着至極《しゅうちゃくしごく》に存じまする」

分麻呂はほほと追従《ついしょう》笑いを放ち、姫は上機嫌で広間を退出する。

「京から菓子が届いた。一服、点《た》ててくりゃれ」

「さては御所そばの、あの菓子屋の粽《ちまき》にござりまするか」

「さなり、わらわの大好物」

久四郎も朔の配下に促されて場を立ち、市庭の連中も賑《にぎ》やかに出てゆく。さあて見ものだ、見ものだ、みごと仇を取るか、返り討ちに遭うか。葦簀《よしず》小屋に巣くう雀《すずめ》さえ田を見上げ、顚末《てんまつ》を面白がるのだろう。絶好の暇潰し。

広間には朔と杜宇が残った。朔が顎をしゃくって呼んだ。黙って前に立てば顔を近づけてきた。耳朶《じだ》に息がかかる。

「久四郎を探れ」

「どういうことだ」

「あの男は草生水小屋の脇で倒れていた」

真意を測りかね、朔を見返した。

「だが、草ノ者ではないのだろう」

それは詮議の場でも明らかだ。言葉数が多過ぎる。

「ただの仇持ちではないか」

その仇が己であるにもかかわらず、他人事《ひとごと》のように言っていた。朔に対して強がったのもあるが、つまるところ久四郎は吾と同じく平凡な人間なのだ。愚かに浅慮《せんりょ》を重ねて人生をしくじった、ただの逃散者《ちょうさんもの》。

「判然とせぬゆえ探れと申している」

「なら、殺せばよかったに」

「殺してしまえば手蔓《てづる》を失う」

「手蔓」

朔は察しろとばかりに顎を上げた。

「敵は誰か、知っておかねばならぬ」

腑《ふ》に落ちず目を瞬《しばた》かせた。もしや、と思った。

「あの籤、玉結びはすべて三つであったのか。天《はな》から、奴を泳がせるつもりであったのだな」

吾をまたも危険に晒《さら》すのだ、この男は。今、ここで絞め殺してやりたい。

朔は「馬鹿な」と、顔を離した。

「籤に細工はせぬ。なればこそ、運命《さだめ》」

もう行けとばかりに、犬を追うような手つきをした。


いつ襲われるかと背後にびくつきながら、稲の世話などできるものか。

しかもこの男を探らねばならぬとは。

目だけを動かし、久四郎の姿を見やった。袴の裾をからげて草引きをしている。まるで諦念《ていねん》したかのように、毎日黙々と励む。日が暮れて西空が赤く染まれば、蜩《ひぐらし》の声を聞きながら館《やかた》の裏に戻り、躰を洗ってから市庭に下りて腹を埋める。

「へえ」飯屋の女は目を丸くする。

「一緒に飯を喰うとは、度胸だねえ」

「仕方あるまい。共に米を作るということは、こういうことだ」

「どういうことだ」賽子の親仁どもがたちまち集まってくる。

「面倒をみる。年貢を納めるまでは」

不貞腐《ふてくさ》れて居直った。肚《はら》の中は違う。

まったく、この男はなんという籤を引いてくれたのだ。玉結び一つであればあの日のうちに始末され、吾は日常を取り戻していた。玉結び二つであっても、果し合いをすれば吾は負けなんだ。姫は「命を拾うたではないか」などとほざいたが、剣術の腕は吾が勝っている。

久四郎は頑なに口をきかない。市庭の者らは二人を眺め回し、なお喜ぶ。この二人、いかなる顛末《てんまつ》になろうか賭けようぞ。

好きにしろ。それ以上の想像は止《や》めた。なにせ頭が重い。眉間から脳天まで固く詰まって、ろくろく回らない。

長屋に戻って横になった。

朔の命で、久四郎とは長屋の自室で共に暮らしている。板間の端と端に臥《ふ》しているものの、いつなんどき首を絞められるか殴り殺されるかと、常に身構えている。ほんの二間《けん》ほどしか離れていないのだ。いつ殺《や》られるか。死は目前にある。いつも怯《おび》えている。思いきって目を閉じれば、動悸が耳の後ろで搏《う》ち続ける。ぶち撒いた糞尿はいつのまにか洗い浄《きよ》められていたが、夜の暑気で臭いが戻ってきた。介抱でろくに寝ぬままであったのに、なお寝られない。

だが久四郎は毎日神妙に田仕事を手伝い、殺気すら封じ込めている。それがかえって怪しい。吾を油断させたその隙を逃すはずがない。

こうしてじりじりと夏の陽射しに焼かれれば、眩暈《めまい》がする。

だが稲はついに穂を出し、開花を見た。

ようやくここまで辿り着いた。久方ぶりに胸のすく思いがする。久四郎とは、稲の十三株を挟むようにして立っている。

「年貢はいかほど」

田の中で初めて、久四郎が口をきいた。

「一石だが、今年は四合しか納められぬ」

「一石なのか。他に田は」

「ここだけだ」

「ならばこの郷は、米で成り立っておらぬのか」

田の下手に進み、市庭を見下ろしている。いつものごとく賑わっている。青物、干物、古着に衾《ふすま》、扇《おうぎ》、桶に笠、酒や瓜、水、むろん米麦粟稗《あわひえ》も取引され、舞う女も馬子《まご》も飢えることなく暮らしている。分限者《ぶげんしゃ》はいないが喰い詰めている者もいない。皆、ほどほどに等しい。

久四郎の介抱を命じられたとき、この郷のありようを支えているものの正体を思い知ったつもりであった。徹底した排除《はいじょ》だ。郷の平安を脅《おびや》かす者は生かさず、侵入させない。ゆえにこの奇跡が続いている。

敵。

朔が言ったあの「敵」とは何者であろう。そうだ。周辺の大名小名は、なにゆえこの地に手出しをしないのだ。大義名分を掲げたいかなる戦《いくさ》も、つまるところ所領《しょりょう》の奪い合いではないか。いったい、いつから人は土地を我が物にしたのだろう。山は山のもの、海は海のもの、土は土のものであるのに。

　重い頭で考えたが、口には出さない。久四郎には明かしてよいこととならぬことがある。万一、仇討《あだう》ち以外の存念があれば。

　久四郎が引き返してきて、深々と息を吐いた。

「四合しか納められぬとあらば、借米《かりまい》になろう」

　郷廻り役らしいことを、賢《さか》しらに指摘する。

「承知しておる」

「拙者《せっしゃ》は来秋までこの郷から出られぬというわけか。たった一石のために」

　杜宇はしくじりを責められるのが最も嫌いだ。語気を強めた。

「米作りがいかほど難しいか、そこもとも知っておられよう」

「それがしは百姓にあらず」

　久四郎も口を歪めた。

「五代前は耕しておったのだろう。来年の苗床作りから、しかと腕を振るっていただく」

「くだらぬ」

　装っていた神妙を脱ぎ捨て、憤然《ふんぜん》と田を出てゆく。やはり朔の穿《うが》ち過ぎだ。心のさまを易々《やすやす》と露《あら》わにする者に、他の存念の立てようはない。安堵しつつ、うんざりと頭を掻いた。

　来年の秋まであの男と田仕事をし、夜は怯え、かつ探らねばならぬとは。

晩秋九月に至って、十三株は黄金色に稔った。久四郎に手伝わせて刈り、天日に干し、脱穀《だっこく》した。

年貢納めの日を迎え、館は市庭の者でごった返している。

「年貢は米に限らぬのか」

久四郎に訊かれ、「いかにも」と頷いた。

「年に一度、各々の生業《なりわい》で得た品なり金子なりを貢《こう》じるのが決まりだ」

広間には堆《うずたか》く樽《たる》や桶が積まれている。朱漆《しゅうるし》の広蓋《ひろぶた》には水引をかけた巻物に反物《たんもの》、上透きの紙束に硯《すずり》、筆、墨も見える。海の幸に山の幸、青物赤物、この季節ゆえ栗や茸《きのこ》、梨、柿、葡萄《ぶどう》が多い。賽子の親仁らは身軽ななりで、ということは己が決めた金子を差し出すのだろう。酔いどれて遊んでばかりに見える連中がいつどこで稼いでいるのか、杜宇の与《あずか》り知らぬことだ。

帳面をつけているのは烏帽子《えぼし》の分麻呂と姫の配下らで、朱筆を遣いながら「おめでとう」と言祝《ことほ》いでいる。

「豆州《ずしゅう》の猿渡時助《さるわたりときすけ》、楮《こうぞ》を千束《せんぞく》納めたり。おめでとう」

当人は誇らしげに胸を張り、姫から紙垂《しで》つきの一枝を渡されている。

「今年は郷里に帰るのか」

「正月は国の方が暖かいでな。春になればまた戻ってくるで」

「三嶋社《みしましゃ》の宮司殿《ぐうじ》によしなに伝えてくりゃれ」

「かしこまってござる」

分麻呂がまた声を上げる。正絹一疋《しょうけんいっぴき》、唐渡《からわた》りの薬種に種苗《しゅびょう》、器《うつわ》や布、色とりどりの珠を埋めた剣《つるぎ》や種子島《たねがしま》も納められてゆく。そのつど、久四郎が瞠目《どうもく》する。信じられぬ光景なのだろう。杜宇にしてもこの年貢納めを目《ま》の当たりにするのは初めてだ。去年は館がなにやら賑やかだとくらいにしか思っていなかった。

列はなかなか前に進まない。

「これらの年貢はどう扱われるのか」

前に並んだ久四郎が呟いた。杜宇は「吾の後ろには立つな」と言ってある。せめて起きている間は身を安んじさせねば、気が細るばかりだ。

「商いの者らが仕入れ、諸国で売り捌《さば》く。市庭で費消され、むろん館に備蓄される物もあろう」

誰かが米俵を納めたことが、分麻呂の言挙げで知れた。三俵納めたようだ。商人から購《あがな》う米は不味《まず》い、古くて馬糞の臭いがすると姫は口をへの字に曲げていたが、あれがそうか。しかし晴れやかに「おめでとう」と祝ってやっている。今日もあでやかな装いで、鶴と松が一面に刺繡された白緑《びゃくろく》の小袖に袴は鮮やかな鴇色《ときいろ》だ。

「米を年貢にしておる者もおるのか」

「他国から購《あがの》うてきたものだ。ここで田を作るは吾のみ」

「なにゆえ田を作ることになった」

「姫の思いつきだ。話せば長くなる」

「姫は、女領主なのか」

「頭領ではあるが、それも籤で選ばれただけのことであるらしい。たしか、三年経《た》てばまた籤が引かれて頭領が代わるはずだ」

そういえば、その三年はいつなのだろう。

人いきれがようやく薄れ、杜宇の番になった。三方にのせた四合の米を差し出せば、分麻呂は「今年は果たせなんだか」と烏帽子の頭を傾《かし》げた。恥じて黙した。

「田の様子が捗々《はかばか》しゅうないと耳にしておったが、四合穫れたのじゃな」

目を合わせれば責める色合いは寸分もなく、ねぎらう声音《こわね》だ。

「借米になるぞ。利息がかかるゆえ来年は二石を納められよ」

「承知」と頭を下げれば、「杜宇、四合の米を納めたり。おめでとう」と声を張り上げた。さほどめでたくもないので、伏し目がちに姫の前へと進む。背後には朔の姿もある。

「これ、分麻呂。おめでとうではないやろう」

緑の榊《さかき》につけた白い紙垂が、ぱたぱたと音を立てる。

「杜宇の年貢は、米を作って姫飯《ひめいい》を皆に供することであったはずぢゃ」

姫に物言いをつけられれば、分麻呂はたちまち狼狽《ろうばい》する。帳面を見直し、「これはしたり」と赤面した。

「仰せの通りにござりまする。この者、いかに懲《こ》らしめましょうや」

たった今、杜宇にかけた情《じょう》を簡単に放り投げた。まったく、ゆえにこの郷の者らは信じられぬというのだと、朔をも睨《にら》んだ。朔は横を向き、今日も退屈そうだ。

「姫飯を炊いてみせよ。神と郷の者らに供せ」

姫は断固として喰いたいらしい。が、米を作るのに懸命で姫飯の炊き方など調べもしていない。だいたい、厨《くりや》のことなどまるでわからぬ。

「今年は生米で納めさせてもらいたい」

「ならぬならぬ。姫飯で納めねば、来年の年貢は三石ぢゃ。三石の姫飯」

「また無茶を言う。三石もの米を炊けるわけがなかろう」

わざとなのだ。吾にだけ難儀を降りかからせる。

「なら、四合であれば炊けるな。さすれば、来年は米俵で納めてもよいぞ。どうする。どっちにする」

かたわらに立つ久四郎が、ふいに杜宇へと顔を向けてきた。

「姫飯。炊ける」

「真か。おぬし、さようなことができるのか」

力強く首肯《しゅこう》し、姫に向かって「しばし時をいただきたい」と申し出た。

「杜宇、よき輩《ともがら》を得たの」

姫は浮き浮きと扇を広げた。

七　姫飯《ひめいい》

館《やかた》の厨《くりや》は土間だけで十余坪はあろうか。

竈《かまど》は豪壮な五ツ口で弓形に二列も並び、周囲には竈神や三宝荒神《さんぽうこうじん》が祀《まつ》られ、緑の榊《さかき》に紙垂《しで》の白いひらひらが所狭しと捧げられている。天井《てんじょう》はなく、荒々しく組まれた小屋裏は煤《すす》で黒ずみ、煙抜きの天窓から覗《のぞ》く晩秋の空だけが明るい。

土間を上がれば板之間になっており、足踏みの縁が張り出している。

杜宇《とう》の生家でもそうであったが、味噌などは大竈で三日三晩大豆《だいず》を煮る大仕事、女衆《おなごし》らは縁に腰かけて火の番をしていたものだ。母はといえば板之間の囲炉《いろり》の前で針仕事をし、鍋の音が変わった、湯をさしなされなどと指図《さしず》していたのを朧《おぼろ》に憶えている。真菜板《まないた》を据《す》えて包丁を遣い、配膳の支度をするのも板之間で、村の年寄りや女房らが訪ねてくれば囲炉で煮炊きをしながら話し相手になっていたものだ。母は杜宇が七つになるかならぬかで病を得て亡くなった。

あの胸の匂いは厨の湯気の匂いだったのだと、今頃になって気がつく。

この館の板之間にはさらにもう一段高い広間が続いており、壁の一面は水屋箪笥《みずやだんす》だ。朔《さく》や分《わけ》麻呂《まろ》ら館の者はここで一日二度の膳を摂《と》るのが専《もっぱ》らで、前後左右を詰めれば一どきに五十人は坐せるだろう。杜宇も郷《さと》に入ったばかりの頃は何度かここで飯を喰ったがむろん無料ではなく、節季《せっき》ごとに安くはない賄料《まかないりょう》を徴収された。田に出る日の糅飯《かてめし》にも逐一《ちくいち》銭がかかるので、今は市庭《いちば》で腹を埋《う》めている。ゆえにこうして厨を眺《なが》め渡すのは、今日が初めてに近い。

ここで姫の姿は見かけたことがないので、自室に膳を運ばせているのだろう。平素は何を喰らっておるのやら、京の菓子を云々《うんぬん》していたことがあるので、さぞ口が奢《おご》っているに違いない。そもそも、炊いた姫飯《ひめいい》を年貢にさせるなど、この期《ご》に及んでもまだ料簡《りょうけん》が知れぬ。

祭のごとく賑《にぎ》わった年貢納めの翌日、杜宇は厨の裏庭で米を搗《つ》いた。庭は川の細い流れに面しており、台所番は川端に屈《かが》んで鍋釜や器《うつわ》の類を洗い、蔬菜《そさい》の土を流す。軒《のき》からは開いた魚や柿のたぐいが連々と干してあり、空の鳶《とび》が鋭く鳴くのがうるさいほどだ。

籾《もみ》すりは済ませてあったので臼《うす》を用いて棒で搗いたのだが、たちまち腕がだるくなった。

「足踏み式の碓《からうす》でやれば速《はよ》うて、楽なものを」

独り言を零《こぼ》せば、久四郎がすかさず横槍を入れた。

「四合もの精米、ご苦労だの」

この男、執念《しゅうねん》深いうえに皮肉屋だ。

「四合を馬鹿にするな」

「馬鹿になんぞしておらぬ。米一粒にも七神《しちがみ》が宿るというではないか。田の神に日の神、水の神、風の神に土の神、そして道具の神と知恵の神」

賢《さか》しらに並べ立て、「いや」と顔を横に倒した。「知恵の神はどうかの」

「吾に知恵が足らぬと言うか」

「あの田で四合の米しか穫《と》れなんだのだろう」

「おい、今度四合と口にしてみろ」

搗き棒を振り上げたが脅《おど》しにもならず、久四郎は嘲《あざけ》り笑いを泛《うか》べたままだ。

「しかと搗いて糠《ぬか》を除け」

指図まで飛ばす。しかも搗いた米を検分し、「色が悪い」「欠けておる」「搗きが足りぬ」と米粒をはねる。ようやく「よかろう」と米を引き取った久四郎は水でシャクシャクと洗い、釜に移した。

「一晩、水に浸《つ》け置く」

「一晩も浸けるのか」

「米粒に水を吸わせるのだ」

「なにゆえ」

「強飯《こわいい》を蒸すにも粥《かゆ》を煮るにも、まずは水に浸け置くではないか。さようなことも知らずに米を作っておるのか」

一言も返せない。使用人の多い家で生まれ育ったこの身、飯拵《めしごしら》えの手順には暗いのだ。久四郎は時折、左頰を指でおさえながらさらに言う。

「強飯は甑《こしき》で蒸すゆえ硬い。ゆえに強飯。やわらかな姫飯は煮て作るもの、いわば粥だ。そもそも、水気の少ない硬粥《かたがゆ》を姫飯と呼ぶ。硬粥より水気の多いものは汁粥、そこに菜や魚、芋を入れたものは雑炊《ぞうすい》だ」

「待て。姫飯は粥のことなのか。いいや、姫は嚙《か》めば嚙むほど甘いと言うておったぞ。粥は嚙むものではなく啜《すす》るものであろうが。おい、姫の求めと違うものを作っては徒事《ただごと》では済まぬぞ」

「姫飯は硬粥。間違いない。今や江戸のご城下では、箸を差せば立つほどに硬い粥をこそ飯と呼ぶ。市中の民《たみ》の衆も皆々白い飯を食しておる。田舎者には思いも寄らぬであろうがの」

「おぬし、江戸に下ったことがあるのか」

微《かす》かな羨望《せんぼう》が混じってしまい、杜宇は咳払《せきばら》いをする。

「包丁方《がた》を務める者に聞いたゆえ確かだ。郷廻り役たる者、田のみにあらず、竈の灰に至るまで熟知するが務め」

「おぬし、聞き齧《かじ》りで姫飯を炊くのではあるまいな。まさか、わざとしくじる気か」

この男、いかなる奸計《かんけい》を巡らせておるか知れたものではない。

「しくじっても拙者《せっしゃ》に利はない。まあ、まかせておけ」

片頰の傷が動いた。笑ったらしい。

「飯炊き、始めよ」

姫が扇《おうぎ》を高く掲《かか》げた。まるで戦場《いくさば》の采配《さいはい》のごとく大仰《おおぎょう》だ。今日は白緑《びゃくろく》の袿《うちぎ》に萩《はぎ》の濃紅《こいべに》の表衣《うわぎ》を襲《かさ》ね、表衣には陣太鼓《じんだいこ》や槍《やり》、法螺貝《ほらがい》が色とりどりに刺繍《ししゅう》してある。袴《はかま》は松葉色だ。

久四郎《きゅうしろう》は板之間に向かって一礼すると釜を持ち上げ、最も小さな竈にかけた。

姫の命《めい》によって小袖《こそで》に白襷《しろたすき》をかけ、頭にも白鉢巻《しろはちまき》だ。蝶《ちょう》にやられた腫《は》れや掻《か》き傷、杜宇が撲《う》ち据《す》えた痕《あと》も癒《い》え、左頬《ほほ》には一文字の傷痕が残るのみだ。朔はいかなる刃を使ったものか、微細で深い傷をつけたらしい。しかし見事なほど真っ直ぐな線だ。これがなぜか久四郎の顔貌《がんぼう》を精悍《せいかん》に見せ、台所番の女たちを浮つかせている。くすくすと顔を赧《あか》らめて互いをつつき合い、杜宇も同じ白襷白鉢巻であるのにこなたには目もくれない。

姫の背後の朔はといえばいつも通りの疎々《うとうと》しさで胡坐《あぐら》を組み、分麻呂は逆にそわそわとして落ち着かぬ様子だ。杜宇の晴れ舞台とでも勘違いしているのか、時々、励ますように頷《うなず》いてよこす。都合が悪くなれば平気で裏切るくせに、安い情は深いらしい。今さら吾《われ》ががんばったとて何の突っ張りにもならぬ局面なのだが、賽子《さいころ》の親仁《おやじ》ども揃《そろ》って板之間に詰めかけ、「炊けるか、炊けぬか」で賭けている。

板之間にはさらに見物が増え、市庭《いちば》ほどに賑やかだ。飯屋の女は懐手《ふところで》をして突っ立っている。女誑《おんなたら》しの親仁が気づいて女を手招きをした。

「おまえまで見物か」

「まあね。お手並み拝見さ」

動いて、親仁どもに並んだ。遊び女《め》や遊芸の者らは鼓《つづみ》、小太鼓を打ち鳴らす。

久四郎は釜に木蓋《きぶた》をのせ、「姫飯は水加減が難しゅうござる」と板之間に顔を向けた。

「洗う前の米一合につき水は、そうさな、二割増しと心得られよ。米の出来具合によって頃合いのよい水加減は異なるゆえ、いろいろと試してのちにお教えしたいのだが、なにせ四合しか米がない。ゆえに一か八かの勝負に出ることにした」

師匠《ししょう》気取りでまた四合をあげつらい、場を笑わせる。口吻《くちぶり》は嫌らしいほど流暢《りゅうちょう》で、かつ爽《さわ》やかだ。杜宇に見せたあの凶気《きょうき》を見事なまでに隠しおおせている。

「とにもかくにもその分量の水に一晩浸けたものを、今から炊く。杜宇、火を盛大に熾《おこ》せ」

名も呼び捨てか。むっとしつつも焚口《たきぐち》の前に片膝をついた。火はすでに熾してある。薪《まき》に火吹きの竹筒、消し壺《つぼ》など火の道具も一式脇に置き並べ、ただし附木《つけぎ》はすぐさま裏庭の塵芥桶《じんかいおけ》に隠した。草生水《くそうず》の油を浸《し》みこませてあったからだ。草生水に気づかれてはならない。得々と飯炊きの術《すべ》を開陳《かいちん》する姿からして久四郎が草ノ者《くさのもの》などだとはとても思えぬが、朔が怪しんでいる以上、用心するに如《し》くはない。

竈の中には燃えやすい藁《わら》や細枝、そして薪を組んであり、竹筒に息を吹き込んで大きな薪へと火を移してゆく。炎はまだ弱く、しかし大きな薪が赤くなるにつれ竈全体に熱が回るのが額《ひたい》や頬でわかる。

「久四郎、まだ火を強くするか」

「まだまだ。焚口に火が返ってくるほどまで燃やせ」

息を吸い込んで頰を膨《ふく》らませ、ぶううと吹く。焼けた藁が灰になって舞い、炎が立つ。薪の位置を少し動かしてやり、背を丸めて火を吹き続けた。

「杜宇を見よ。あれぞ火吹き男、里神楽《さとかぐら》のひょっとこぢゃ」

姫が皆を笑わせているが、ちっとも面白くない。だいたい、この郷に入って面白いことなど起きた例《ためし》がない。田仕事が上手く運んでいる時はふと愉快《ゆかい》に感じることもあったが、一寸先の闇に落ちた。人目のある日中はまだしも、長屋の自室では今も久四郎と共に起き臥《ふ》ししている。ことに夜は剣呑《けんのん》だ。寝込みを襲われはせぬかと気が抜けず、はっと目を覚ますたび己の首や腹、四肢《しし》を撫《な》で回し、生きているのか死んでいるのかを確かめねばならない。ぶざまなことだ。死が間近にある境遇に鈍《にぶ》くなりつつ、やはり恐れておののく。

死にたくない、しくじったまま死にたくない。死にようまでしくじりとうない。

杜宇は横目で久四郎を睨《にら》み上げた。

この男を取り込み、米作りに精を出させるのだ。来秋、二石《こく》を収穫して郷に納めおおせたらば、ここを出る。こやつが果し合いを申し込んでくるは必定《ひつじょう》だが、その前に逃げてやる。今はそう決めている。逃げて京《みやこ》に上るのだ。京で生き直す。一から。

「かように一気に火を強め、釜の中をグツグツと煮たたせるが肝要《かんよう》。おお、吹きこぼれてまいった。この匂い、音をよう憶えておかれるがよい」

久四郎は土間の隅《すみ》から漬物石の小さいのを一つ二つ拾い上げ、木蓋の上にのせた。それでも蓋がカタカタと鳴り、煮汁がシュウシュウと吹き零《こぼ》れる。台所番の女どもが釜に向かって首を伸ばしては顎を引くので、今日は蒲公英《たんぽぽ》というより頭の黄色い鳥に似ている。田の中を抜き足差し足でうろついては虫をつつく猩々鷺《あまさぎ》だ。

「吹きこぼれておる白い湯は米の煮汁だ。粥と同様の粘《ねば》りけがあるゆえ、かつてはこのお粘《ねば》を取り除いては捨て、あとは蒸すのが常法《じょうほう》であった」

おう、お粘ときたか。

「が、何があってもこの蓋を取ってはならない。杜宇、火を弱めよ」

へいへい、仇《かたき》に襲われようとも蓋取るな、ときた。杜宇は大きな薪を焚口から出し、消し壺に突っ込む。

「お粘を捨てず、蓋取らず、余熱でしばし蒸す」

女の一人が、「土井様《どい》」と遠慮がちに口を開いた。

「姫飯なるものを炊くはいかほど難しいかと思うておりましたが、かように手間なく炊けるとは驚きにござります」

「それには理由《わけ》がござる。上方《かみがた》はいざ知らず、江戸では在所から一旗《ひとはた》揚げに出てまいる者が多い。今は大名らがこぞって江戸屋敷を普請《ふしん》しておるゆえ、大工《だいく》、左官《さかん》、人足《にんそく》が足りぬほどなのだ。年々男は増え、しかしおなごは足りぬ。独り身の男が汗水流して働いて長屋に帰り、自ら米を洗《あろ》うて飯を炊く。とてもではないが釜に首っ引きでお粘を取るような手間暇はかけられぬ。時折、七輪の火を気にかけはしても、煮える米は放置したのであろう。さすれば、あら奇妙、公方《くぼう》様も驚く甘い白飯が炊きあがっておったというわけだ。嘘か真《まこと》か知らねど、これが新式の炊き干し法である」

「江戸者は米が好きだと聞くからのう」

賽子の親仁は姫飯が成功する方に賭けたのか、口の端を緩《ゆる》ませている。

「米が喰いとうて、田畑を捨てた者もおるのだろうて」

女誑しと鍵の親仁は仏頂面《ぶっちょうづら》であるので、失敗に賭けたようだ。

姫は待ちくたびれたか脇息《きょうそく》にもたれて扇を使い、朔はいつものごとく居眠りだ。分麻呂はよほど興味を惹かれてかいつのまにやら下段に移り、竈の釜に向かって顎を突き出し、鼻の下を伸び縮みさせている。

四半刻《しはんとき》ほども経《た》つか経たぬかのうちに久四郎は釜に顔を寄せ、耳の後ろに掌《てのひら》を立てた。

「ピチピチ言うておる。これが仕上がりの合図ぞ」

台所番の女どもは一斉に釜の方へと首を倒す。

「ほんに聞こえます、聞こえます」

「この機を逃せば飯が焦《こ》げる。ちなみに、この蓋は軽すぎる。少々吹きこぼれても動かぬよう、ぶ厚く重いものを拵えられるがよかろう」

「さっそくに」

「さあて。仕上げをご覧《ろう》じろ」

久四郎は自信満々の体で蓋を取った。もわりと湯気が立ち昇る。女どもは歓声を上げ、さっそく杓文字《しゃもじ》で櫃《ひつ》に移した。

「四合でも、思うたより嵩《かさ》がござります」

それは重畳《ちょうじょう》。

「あれまあ、粒がしっかりとして、山盛りにいたしても崩れませぬ」

土間の女たちが姫に向かって器を持ち上げた。神饌《しんせん》用の小さな器だ。「おお」と、板之間に歓喜の声が上がる。姫付きの女たちがその間を静々と下りてきて、折敷《おしき》に器をのせさせた。そのまま奥へと姿を消し、台所番が厨の竈神や三宝荒神にも捧げている。次は朱漆《しゅうるし》に紋《もん》の入った木椀《もくわん》に高く盛られているので、いよいよ姫に供すのだろう。素木《しらき》の箸が添えられ、上段へと運ばれてゆく。

「皆にも配ってやるがよろし」

姫の指図によって小さな椀蓋によそわれ、手から手へと渡されてゆく。

「まだ食すでないぞ。姫がよいと仰《おお》せになるまで待つのじゃ」

分麻呂は誰かに出し抜かれるのが気が気でないようで、えっちら動き回っている。いつのまにやら杜宇の前にも箸と椀蓋が差し出され、立ったまま受け取った。手の中のものをしげしげと見れば、米の一粒一粒の形がくっきりと明瞭だ。なんだ、誰だ、蛆虫《うじむし》を煮たごとくだと申したのは。粥のような水気はなく、濡《ぬ》れておらず乾いてもいない。天窓からの光で湯気《ゆげ》がまだ見え、艶光《つやびか》りしているさまに魅入られた。

「粒々の、なんと白きことよ」

大仰に褒《ほ》めそやす姫の声が響いた。

「姫飯は白くなければならぬ。清浄なる白。白いほど美しいのぢゃ。美しきものは、めでたい」

板之間を見回して告げ、箸を手にした。何粒かを小さな口に入れ、頬と顎をゆっくりと動かしている。皆も食べ始めた。といっても姫の椀ほどの量はないので一口で終え、互いに顔を見合わせている。杜宇も食してみた。

飯粒に弾みがあり、餅のような嚙みごたえがある。舌触りはなめらかで、嚙めば嚙むほどに、

「甘い」

思わず洩《も》らした声に、久四郎が「さもあろう」と片頰を持ち上げた。が、板之間の者らはまだ黙って姫を注視している。

「これぞ姫飯ぢゃ」

満月のごとき丸い顔をさらに膨らませた。つまり認めた。皆はやんやと騒ぐ。姫は上機嫌だ。

「久四郎、でかした。これは美味ぢゃ。かつて京で食したものよりよほど美味。ああ、胸の空くことよ。京の者どもに新式の姫飯を知らぬのかと、鼻を明かしてやる。お上の御膳にお湯煮ばかりではお気の毒、美味なる姫飯をあがらしゃるよう女房どもに命じてつかわす」

途中から何を言っているのか不明になった。分麻呂が一人、「姫もまたお賑々《にぎにぎ》にならしゃいますなあ」とはしゃぎ、朔は欠伸《あくび》を嚙み殺し、他の者らは姫飯の味をあれこれと頓着《とんちゃく》している。

「強飯より軟らかい、粥よりは硬いのう」

「こうも旨《うま》い飯なら、お菜も漬物も要らぬわえ」

幾重もの人垣《ひとがき》が久四郎をとり囲んでいる。郷の者は流行《はや》りが好きだ。飯屋の女は腕に覚えがあるゆえ雞《け》知《ち》をつけそうなものだが、「うちの店でもやってみようか」と乗り気を見せた。

「でも旨い飯だと、たんと米が要るねえ。ちょいと土井様とやら、この炊き方だとどのくらい嵩が増えるんだい」

「そうさな。米一合で飯椀に二、三杯ほどか」

「汁粥より嵩が低いじゃないか」

「だが水気が少ないぶん腹保《も》ちがする。しかもこの炊き方であれば夏も腐《くさ》りにくい。強飯のように握り飯にもできる」

「ならさっそく、米屋に三升ほど搗かせてみよう」

そしてまた、皆で「旨かった」と舌を鳴らす。なまじほんの少しを味わったばかりに憧憬《しょうけい》をかきたてられてしまったようだ。久四郎は手柄顔だが、その米は吾が作ったのだと杜宇は言いたい。が、誰も気にも留めていない。

雪が降る前に、田を拵え直すことにした。

「明日から田を水平にする」

夜、自室で久四郎に伝えた。居所は端と端であるので、声を張るのが慣《なら》いになってしまった。

久四郎は市庭で行燈《あんどん》を調達し、この頃は毎晩、紙を広げて書きものをしている。怪しいと睨んで奴が雪隠《せっちん》に立った隙《すき》に盗み見したことがあるが、算術らしき数字や図が無雑作に書き並べてあるだけだ。

これまで朔には何度か報告を求められたが、「わからぬ」としか答えられない。ただの仇持ちだ。それ以上の探索は吾の手に余る。

「ん。南の下手《しもて》は一尺嵩上げせねばなるまい」

「勘定をしたのか」

「得意なのは飯炊きばかりではない」

ふうんと、杜宇は鼻白《はなじろ》む。

「水路も造り直した方がよいぞ。あれでは腐ったり涸《か》れたりするのも道理だ。稲作りは水の駆《か》け引きぞ」

「承知しておる。知っておることを偉そうに講釈されると、実に気が悪い。改めてくれ」

「川から取った水は田の東から入れて全体に回し、南で水を抜く」

「だから、すでにさようにしておる」

「畔塗《くろ》りが足りぬのだ。川に近い付近は念を入れよ。それからあの稲の植え方。四角い田にぐるぐると渦状《うずじょう》に植えては、四隅が無駄ではないか。童《わらべ》の遊びでもあるまいに、呆《あき》れる」

「吾のせいではない。姫が田植えでやらかしたのだ」

だが久四郎は抗弁にとりあう素振りも見せず、手招きをする。「吾を呼びつけるな」とぼやきつつも尻を上げて端から端へと動き、正面に腰を下ろせば紙を差し出された。

「四間《けん》おきに溝《みぞ》を切る」

田のつもりらしい四角がまず描いてあり、その中に長方形の枡《ます》が横にいくつも並んでいる。

「この溝で田に水を回し、同時に水捌《は》けをよくし、手入れをする道にする」

「さすがは郷廻り役どの」

揶揄《やゆ》してやったが、久四郎は動じない。

「杜宇。ここはよい土地ぞ。氾濫《はんらん》するほどの大きな河がなく、水に困るほどでもない。土も粘り、色からして悪くない。尋常《じんじょう》に田を拵え直して尋常に世話をいたせば、田一反につき二石の米など易々《やすやす》と作れるはずだ」

「わざわざ言われずとも、吾も高柳村《たかやなぎむら》の帳面づけを手伝っておった身だ。田の上中下は知っておる」

「豊作なら倍の四石も夢ではないのだぞ。年貢を納めさえすれば余禄《よろく》は百姓《ひゃくしょう》のもの、米を市庭で売って金子《きんす》に換えればよい。いや、それよりなにより、市庭の者らがおぬしの米を待っておるではないか」

飯屋の女は大量に米を搗かせて姫飯を炊いたが、白さ、艶、味、いずれもあの日の飯に比べようもない出来であった。久四郎の方式通りに何度試しても上手くいかず、そこでようやく気がついたらしい。籾すりからいかほど日数が経っているか、米俵の置き場所も味を左右する。そしてなにより米だ。米に違いがあるのではないか。

おかげで杜宇も立つ瀬を得た。

「畔脇には畑を拵えて大豆《だいず》、小豆《あずき》を作ろう。稲の虫除けになるうえ、生《な》れば市庭に卸《おろ》せる」

「畑は作るつもりであったのだが、手が回らなんだのだ」

草生水小屋を普請《ふしん》させられ、分麻呂の手伝いも命じられた。今は久四郎の目を憚《はばか》り、小屋にも油井《ゆせい》にも近づかぬようにしている。

「今は二人おる。やれる」

久四郎は断言した。

こやつが言うのだから間違いない。ふとそんな気になった。己の不安をいかに宥《なだ》めて飼い馴らそうと、他人の一言に勝るものはない。

いや、もうそろそろ手足を伸ばして眠りたいのだ。それだけだ。

田に稲藁《いねわら》をふり撒《ま》き、苗床《なえどこ》にする田の用意も終えたら雪の季節になり、やがて除夜《じょや》を迎えた。この郷で二度目の除夜だ。大太鼓が地面を響かせるほどに鳴り、館前の砂地に坐した。かたわらには賽子の親仁どもや飯屋の女、そして久四郎もいる。今や久四郎は郷にすっかりと馴染み、市庭を歩けば向こうから声がかかるほどだ。

先だっては連れ立って、遊び女を置く見世《みせ》に入った。杜宇は村の祭の夜這《よば》いしか知らず、買うのは初めてであった。年増の化粧の臭いには閉口《へいこう》したが、神社裏や藁小屋でまぐわうのとはまるで違った。こなたはただ仰臥《ぎょうが》しているだけで手練手管を尽《つ》くしてくれ、「ああ、やだよう、ぬしさんのは」とよがりながら上下左右に動いてくれる。衝立《ついたて》を隔《へだ》てた向こうには久四郎がおり、相娼《あいかた》はずいぶんと若いようだ。「久様、久様」と啜り泣いていた。

長い莚《むしろ》を肩で分けて見世外に出て、久四郎を待つ。まもなく現れた奴はすっきりと爽やかな顔つきで、杜宇を見るや片眉を上げた。ぶらぶらと市庭の中を通りながら、「驚いた」と久四郎が呟《つぶや》く。杜宇は笑いながら背を叩いてやった。

「いやはや、玄人《くろうと》は玄人だけのことはある」

「違うのだ。相娼の女、知った顔であった」

「見知りか」

いつのまに、と身構えた。

「台所番の娘だ。夜はあの見世で稼いでおるらしい」

「へえ」間抜けな息を吐《つ》く。

「ここは好きに生きてよい郷なのだな。誰が何をして稼ごうが、誰もかまいつけぬ。それがたとえ閨《ねや》の芸であろうと」

冬の月は冷えて冴《さ》え返っていたが、身も心も軽かった。

朔の穿《うが》ち過ぎではないのか。この頃、そう思うことが増えた。不審な動きはなんら見せず、根掘り葉掘り訊《たず》ねることもしない。むしろ米作りにすべての気を注《そそ》いでいるように見える。時折、赤影《あかかげ》を連れた朔の姿が田の近くにあれば顔色を変えるので、よほど脅しが効いているのか。それとも、米を作りおおせれば吾と果し合い、存念を晴らせる。その一心で今は観念しているのか。いや、青姫の郷のありようにとまどい、腑《ふ》に落ちぬまま、どこか惹《ひ》かれているような気もする。吾がさようであったように。

夕空の大松明《おおたいまつ》が火の粉を舞い上げ、薪が盛んに爆《は》ぜる音を立てる。しゃらんと鈴が鳴り、雪白の広袖の表衣に朱色の長袴をつけた姫が舞い始めた。「お松様」と呼ぶ歳神《としがみ》を迎える儀式だ。その背後で同じ装束《しょうぞく》の娘らが六人、姫と同様、垂髪《すべらかし》に白鉢巻、そこに緑の玉串《たまぐし》を挿している。ゆるゆると姫が舞うに合わせ、娘らは鈴を鳴らす。

鼻から風を吸い込んでみた。やはりだ。あの臭気がしない。ということは、今年の松明には草生水を浸ませていないらしい。

久四郎の背後には市庭の娘らが押し合いへし合いをしており、肩や背中に触れては嬉しそうに忍び笑いをする。

「久四郎」と呼ぶ声が聞こえ、賽子の親仁らが肩を揺すっている。

「美男も面倒なことだのう」

冷やかしているようだ。だがいかほど親しくなろうが、親仁どもも飯屋の女も草生水のことは一切口にしない。吾にも初めはそうだった。

おそらく草生水は結界《けっかい》なのだ。

この者を郷に受け容《い》れると決まれば、油井を見せる。売物にもならぬあの油のどこがそれほど大事なのかは、杜宇にも判然とせぬままだ。分麻呂を探せば、大松明の下で烏帽子が見えた。

しかし今夜は拝んでいない。舞う姫を見つめて、さも誇らしげだ。


田神祀《たがみまつ》りを終え、苗代《なわしろ》作りに入った。

「米作りは苗作りで決まる」

久四郎の熱心は変わらず、指図がましさもいや増している。

「丈夫な苗ができれば、収穫は半分約束されたようなものぞ」

草を丹念に抜き、苗代を走る虫を指で潰《つぶ》して回る。

「おことは立派な百姓になれる」

皮肉を投げても、「それもよいかもな」と神妙に返すので張り合いがない。夕暮れまで二人で働いて春を過ごし、苗は一寸ほどに育った。苗と苗の間隔を空かすため、間引きも行なう。

「ここまで育てば、要らぬの」

雀《すずめ》は杜宇らが館に引き上げたのを見澄まして籾をつつきにくるので、仕事の最後には薄布を苗床にかけるようにしていた。薄布を巻いて小脇に抱えれば、久四郎がそれをよこせと手を出した。

「この郷は桜が散る時分にも霜《しも》が降りる日があると聞いた。冷気にやられれば苗が弱る」

久四郎に教えられるつど、己の去年のしざまがいかに粗雑《そざつ》であったかを思い知らされる。四合の米が穫れただけでも僥倖《ぎょうこう》と言わねばならぬほどだ。


草引き、間引き、虫取りを繰り返し、米屋で米糠《こめぬか》を購《あがな》って肥《こやし》にし、土手の草を刈る。刈った草も田に敷き詰めれば、いずれ枯れて草肥《くさごえ》になる。五月に入ればいよいよ田植え、その前に畔塗りだ。

「田の水が洩れぬよう、周囲の土を練《ね》って塗る。ただし溝に水を入れてはならぬ」

いつのまにやら、久四郎は杜宇の農書を読破したようだ。去年も泥まみれになって畔塗りをしたが、久四郎の言う仕方はより丹念だ。

「溝の一部を砕いて土を田の側に寄せれば、そこが水の道になる。川からの取水口を開いて水《みず》道《みち》に水を通し、畔塗りしたい箇所に水を回してゆく」

杜宇は田に寄せた土を鍬《くわ》の先で崩しは練り、裸足で踏んではこねた。足裏で土がとろりと粘りを帯びてきたら一刻ほど待ち、鍬で土を畔側に上げてゆく。

「鍬の背で固めてゆくのだ。かように、ビタビタと叩け」

久四郎は左官のごとき所作《しょさ》で土をあしらってみせ、畦《あぜ》の壁を塗り固めている。

次の日からは田の夏草刈りだ。

「春の草は放置しても枯れる。蓬《よもぎ》や薊《あざみ》も田に水を張れば放っておいても枯れて消える。だが芹《せり》や稗《ひえ》、疣草《いぼくさ》は水を好んで旺盛《おうせい》に育つゆえ、稲が負けるのだ。こやつらは今のうちに除いておかねばならぬ」

何日も田の中を這いずり回って草を選び、抜くべきものは根こそぎ抜いた。土色がすっきりとしたところに水を浅く入れる。風が吹くたび漣《さざなみ》が立ち、水の匂いがそよぐ。顔を上げれば背《せ》山《やま》の木々は青み、五月の雲は緑を帯《お》びた白だ。

なんとも言えぬ心地で杜宇は伸びをした。

「いよいよ田植えか」

去年のあの衣を吾もつけよう。澄んだ浅葱色《あさぎいろ》に朱色の腰帯を締め、そこに細い拍子木を垂らせば二人が苗を植えるたび音が鳴る。久四郎は嫌がるかも知れぬが。

「今年の神事も姫に頼むのか」

「神事をなおざりにするわけにはいかぬ。だがあの古式。また田の中央から渦巻きに植えられたらかなわぬ」

「今年は溝を掘って枡状《ますじょう》にしてあるゆえ、渦巻きにしとうてもできぬはずだ。なんなら拙者《せっしゃ》がかけ合ってみようか」

久四郎の申し出に乗りそうになって、いや、いやいやと頭を振った。

「姫と朔は一筋縄ではいかぬぞ」

「そういえば、姫は京に上っておるのではないか。留守のはずだ」

なにゆえ、かようなことを知っておる。黙って久四郎の横顔に目を這わせれば、疑念を読んだかのように手を上げた。

「台所番の娘がそう申しておっただけだ。間違いかもしれぬ」

「おぬし、いつのまに厨に行った」

「厨でのうて、あっちだ」

足を動かし、市庭を見下ろしている。三日前も共に遊んだばかりだ。

「吾はいつも相娼が違うが、おぬしは久様久様の娘ばかりだの。惚れられたな」

「遊び女《め》だぞ。惚れると見せるも芸のうち」

女に困らぬ奴に限って飄々《ひょうひょう》としている。

その日の夜、親仁どもが酒を持って訪れた。

「質商《しちしょう》で銭を借りてくる」

久四郎に伝えて自室を出た。実際、その用を済ませ、そのまま館の中で朔を捜した。いない。配下の者と廊下で行き逢ったので「朔は」と訊ねると、「用向きは」と目つきを鋭くする。

「姫が留守だと聞いたゆえ、田植えの神事はこなたで催《もよお》す。そう伝えておきたいだけだ」

しばらく待てと言うので待ち、まもなく配下が引き返してきて「会う」と言う。背後に続いた。館の東翼まで歩き、潜《くぐ》り戸の閂《かんぬき》を引いている。外へ出た。誰のものとも知れぬ藁草履《わらぞうり》に足を入れて後ろに従う。草生水の井戸の棒杭《ぼうくい》が細い月と星あかりで微《かす》かに見えるが、ほとんどは闇にまぎれている。獣臭《けものくさ》い臭《にお》いがして、どうやら馬小屋らしい。何頭もの気配がして、鼻息や尿《しし》を放つ音もする。赤影もここに棲《す》んでいるのか。だが配下は裏手に回り、板戸の前で足を止めた。その向こうに飼葉《かいば》小屋らしき建屋がある。

「入れ」配下に命じられた。

板戸を押して小屋に足を踏み入れる。朔が顔を上げた。床几《しょうぎ》に腰を下ろし、脚を組んでいる。かたわらには脚付きの卓が置いてあり、書物が何冊も広げてあるのが見えた。蠟燭《ろうそく》の灯《ひ》が揺れている。

配下の者に伝えたことを繰り返すと、「承知した」と小さく応えた。三畳ほどの小屋であるのに木箱のたぐいがそこかしこに積まれ、獣の皮や弓矢もある。

「そこに」顎をしゃくられ、木箱の一つに腰を下ろした。

「わかったか」

「久四郎のことか」

黙って先を促してくる。

「いや、何も」

「今、あやつは一人か」

「そこまで迂闊《うかつ》ではない。賽子の親仁らが一緒ゆえ抜けてきた。なあ、朔。おぬしの穿ち過ぎではないのか。不審な動きはせぬし、郷について感心することはあるが怪しい真似は働かぬ」

「気を抜くな」

「そうも命じるのであれば、吾の問いにも答えてもらおう。草生水を、なぜああも隠す」

「おぬし、かようなこともわからぬのか」

朔は組んだ脚の上に頰杖をつき、長い息を吐く。

「燃ゆる水だぞ。油だぞ。望めば京も江戸も焼き払ってしまえる」

「ゆえに内密にしておるのか」

「逆だ」

朔は事もなげに言った。

「遥か昔から京の帝、時の将軍にも献上し、いざとなれば兇暴甚大《きょうぼうじんだい》な火を操《あやつ》れる郷であるぞと相手方に伝えてきた。手を出さねば郷も静かにしておる、とな。それが青姫の郷代々の意志であった。やがて戦《いくさ》の絶えぬ世になり、数多《あまた》の武将が天下獲りに血道を上げ、天下が定まらぬようになった。献上の慣いはいつしか途絶えた。郷が忘れられたことは、むしろ好都合だった。今の徳川《とくがわ》家の古老の中には耳にした者もあろうが、果たして真に受けておるかどうか。草生水の真の値打ちを知っておるのは我らだけだ。真っ当に扱えるのも我らのみ。でなければ、もっと早くこの地を獲りにくるはずだ。そう思っていた」

朔は低い声で語り続ける。

「米が穫れぬ土地は誰も欲しがらなんだという事情もある。ゆえに郷ではあえて田を墾《ひら》かなんだ」

「あえて」

「そうだ。だが世は巡る。去年、島原《しまばら》で大乱が起きたが、向後《こうご》は天下をゆるがす戦はもう起きぬだろうというのが大方の見方だ。姫も、おれもそう思う。となれば、武家の考えも変わる。戦がなければ所領を増やせぬではないか。巨利を得られる異国との交易も禁じられた。であれば、不毛《ふもう》の地を開墾《かいこん》してでも田を造るしかない。そう気づいた者らがいる」

「新田を墾けば、それが富になる」朔の言葉を口の中で繰り返していた。

「石高制《こくだかせい》が続く限り、米こそが富だ。向後、ますます米の世になろう」

しばし俯《うつむ》き、頭の中を繰り直した。

「郷は宗旨《しゅうし》替《が》えをしたのか。吾に米を作らせているのも、そのためか」

「馬鹿な」朔は乾いた笑声を立てた。

「稲作りに適した土地だと知られれば、ここを欲しがる者を増やすことになろう。おぬしが作っておるのは兵糧米《ひょうろうまい》の備《そな》えだ。商いの道を敵に絶たれれば、郷はたちまち飢えることになる」

ふいに、大きな火柱を思い出した。

火の海だ。あれは夢で見たのだったか。

「敵、か」

「この数年、諸方《しょほう》に商《あきな》いに出た者らの言うことには、山間《やまあい》に途方もなく豊かな郷があるとの噂が流れておるらしい。実際、不穏な輩《やから》がしばしば郷に入ってくる。今のところ、おぬしと久四郎以外はすべて始末したが、雇い主の正体がわからぬままだ。狙いもな」

草生水を狙っているのか、それとも土地か。いや、狙うとすれば両方だ。米が作れる土地と、油の井戸。

遠くで杜鵑《ほととぎす》が啼《な》いている。

「守るものははっきりしている」

杜宇は「そうだな」と、顎を引いた。

誰にも支配されぬ、この青姫の郷そのもの。

朔は「もう行け」と、手の甲を見せて振った。

「久四郎に怪しまれる」

「元々信じてはいないだろうが」

「なら信じさせろ。調略しろ」

外に出た時、背筋がすくりと波を打った。初夏の夜は薄寒い。


稲の葉の緑が濃くなった。

田の水が不足せぬように世話をすれば、稲は根元から新しい茎を出して扇形を成す。その後、茎はあらゆる方角に向かって増え、伸び、杜宇は久四郎と共に草刈りに精を出す。

「稲の株元まで光と風が入るように刈るだけでよい。草を刈り過ぎると、水の中の虫は稲だけを喰うようになる」

「去年は刈り過ぎたらしい」

自嘲《じちょう》めかせば、久四郎は「今年、成功すればよい」と励ましてくる。二人で畔を見回り、土竜《もぐら》にやられて水漏れを起こしている箇所をどちらかが見つける。すぐに二人で手当てをする。梅雨が明けても田はいつも満々と水を湛《たた》えている。

暑い日が続き、久四郎も赤銅色《あかがねいろ》に灼《や》けた。歯だけが白い。暮れかかる空の下を館へと帰り、井戸端で躰《からだ》を洗ってから市庭へと繰り出した。今宵《こよい》も祭のごとき賑わい方だ。振り売りの男から真桑瓜《まくわうり》の切ったのを買い、しゃぶりつきながら歩く。代はすべて、女を買うのも杜宇が持つ。

「借りたままで忝《かたじけな》い。米を市庭で売り捌《さば》いたら返す」

「利息をつけるゆえ、心配無用」瓜の汁で顎が濡れたのを筒袖でぬぐった。

「なあ、杜宇。館を出て、市庭の中に居を移さぬか」

「かまわぬが、なにゆえだ」

「あの長屋も無料《ただ》ではないのだろう」

「そうさな。高くはないが、取られてはいる」

借金は膨らむ一方だ。質商の番頭がまた利息の計算が曖昧《あいまい》で、杜宇も計算を途中で投げてしまった。いずれにしろ、今年は豊作は間違いない。市庭で米を売れば、それで片がつく。

「市庭の中に一間《ひとま》借りれば、厨のことくらいは拙者がいたす。その方が気も楽だ」

「館の長屋は気づまりなのか」

久四郎も袖で顎を拭い、ぽつりと言った。

「いつも見張られているような気がしてならぬ。いや、拙者がおぬしを襲ったゆえであることは承知しておる。それは今はまだ詫《わ》びる気にはなれぬ」

あまりに正直な言いように、とまどった。塵芥桶に瓜の皮を投げ捨て、「いや、そもそもは吾がすべての契機を作ったのだ」と頭を掻いた。つい本音が出た。

「いかにも。だが、近頃はおぬしを気の毒に思うておる」

「吾をか」久四郎を見返す。

「姫や朔はおぬしをいまだ余所者《よそもの》扱いしておるではないか。他の者らとは明らかに扱いが違う。おぬしを弄《もてあそ》ぶようなところがあろう。あれは感心せぬ」

いつのまにか市庭の中央に立っていた。大公孫樹《おおいちょう》の枝の下だ。みっしりと青い葉を繁らせた梢《こずえ》は茜色《あかねいろ》の空にも届かんばかりだ。市庭の見世にはぽつぽつと灯がともり始めている。

「だいたい、拙者をおぬしと引き離すでもなく、同じ部屋に住まわせたままであるのはいかなる料簡だ。いや、拙者が申すのも奇妙なことだが、おぬしの身を守るためにも別々にするのが常道《じょうどう》ではないか」

「たしかに」

「あれは我らを見張るためだ。拙者はともかく、おぬしのことも信じておらぬのだ」

いや、信じていなければ草生水のことを明かすはずがない。

「朔という男は得体が知れぬ。しかも、いつもどこかで我らを見ている。あの目の色がたまらぬ。拙者がいかほど田仕事に心を傾けようと姫飯を炊いてみせようと、朔は拙者を忌《い》み嫌うておる」

忌み嫌っておるのではなく疑っているのだと言いたくなるのを呑み下せば、咽《のど》の奥が変な音を立てた。

「朔は姫と揉めてから武の長を外されたのだ。鬱憤《うっぷん》が溜まっておるのだろう」

「そうなのか」久四郎は眉《まゆ》を顰《ひそ》めた。

「てっきり、武の長かと」

「いや。今は違うはずだ」

「では、誰が」

「よう知らぬが、姫が指図しておるのだろう。いずれにしても、この郷の武人に大した仕事はない」

嘘でないことは言いやすい。実際、朔が今も武の長でないのか復帰したのか、実のところを知らぬ。

「市庭で家を借りる件は考えてみる。この郷での暮らしもあと数ヵ月、精々《せいぜい》楽しまねばな」

「無理はしてくれるなよ。襤褸《ぼろ》家《や》でよいのだ」

「いっそ田のそばに掘立小屋でも建てるか。吾はなかなか巧《うま》いのだ。分麻呂が」

そこで口を噤《つぐ》んだ。「どうした。分麻呂が如何《いかが》した」と、久四郎が促してくる。

ここはおぬしが建てた小屋だそうじゃの。なかなか隙間が多うて重畳。

危ない。うっかりとそれを喋《しゃべ》ってしまうところであった。吾の口の、なんと迂闊《うかつ》なことよ。

「分麻呂がいつか建ててくれと言うておったのだ」

「何のために。分麻呂は薬師《くすし》であろう」

「さあ。薬草を干すのに使いたいのだろう」

言葉を費すほど、あの小屋の中の景《けい》に似てくる。薄《すすき》や真麦、粟《あわ》の枯草《かれくさ》、桑の枝らしき束《たば》が桶に挿してあった。

「そういえば、分麻呂が草摘みをしておるのを見たことがない」

「薬種屋《やくしゅ》から仕入れているのだろう」

「ここには自前のものはないのか」

「吾らが米を作っておるではないか」

久四郎は微かに笑んで返し、「さあて、飯屋に行こう。いや、饂飩《うどん》にするか」と歩き出した。

ようやく放免された。杜宇はその背中を見ながら首をすくめ、溜息を小分けにしながら歩く。根のない嘘を吐《つ》くことの、なんと難しいことよ。つい、どこかしら真《まこと》の景を拠《よ》りどころにしてしまう。危ない。田仕事の何倍も疲れた。

八　上々

館《やかた》を出て市庭《いちば》で暮らすようになって、二十日ほどになろうか。

そもそもは田のそばに掘立小屋を建《た》てようと考えたのだが、朔《さく》に相談をすれば「人目のある場にしろ」と言われた。

「だが市庭に住めば、郷《さと》の者らと会う機会が格段に増える。久四郎《きゅうしろう》は郷の事情を探りやすくなるぞ」

「何を探るかを探れ。目を離すな」

相も変わらず顎《あご》で指図《さしず》をされ、だが逆らえぬ。広場にほど近い路地に朽ちかけた長屋を見つけ、誰も住んでいないという。そこを借間《しゃくま》することにした。田に出る時も市庭で過ごす時も常に久四郎と一緒だ。たまには一人で出歩きたいと思うのはこなたの方で、久四郎は平気な顔をしている。杜宇《とう》への存念も今のところは気振りにも見せず、米作りに一心《いっしん》を傾《かたむ》けているかのようだ。

梅雨明けの田のそばには畑も拵《こしら》え、大豆《だいず》と小豆《あずき》の育ちも順調だ。大豆は蝶《ちょう》に似た紫の花、小豆は小さな黄色の花弁を渦巻《うずま》かせ、秋の収穫が待ち遠しい。

田仕事の合間には野山や川縁《かわべり》で草を摘《つ》む。蕗《ふき》や薊《あざみ》、独活《うど》、蓬草《よもぎぐさ》などを市庭で売り捌《さば》き、あるいは鍋釜、桶《おけ》、笊《ざる》と交換した。ことに歓ばれるのは野萱草《のかんぞう》だ。蕾《つぼみ》は汁に入れると美味《うま》いらしく、青物屋が喜んで引き取ってくれる。掻巻《かいまき》は古物が売られているが襤褸《ぼろ》のわりに高値であったので板間に莚《むしろ》を敷いた。蒸し暑い今の季節はそれで充分だ。

飯の支度は久四郎が引き受け、しかし古長屋に竈《かまど》などあろうはずもなく、煮炊きは長屋前の路地だ。すると石積みの親仁《おやじ》が巧《うま》い具合に石を組んでくれた。魚や貝が手に入れば石組の竈に鍋をかけ、野の草を手でちぎって放り込む。親仁どもが気に入ってしじゅう路地を訪れるので、皆で火を囲んで喰《く》らい、呑《の》むようになった。

緋色《ひいろ》の夕空の下では山々や森が黒々として、館も宵闇《よいやみ》に沈む。やがて星空が涼風を下ろしてくる。

「この郷の暮らしは気が晴れる」

久四郎が空を見上げてしみじみと呟《つぶや》けば、親仁どもは揃《そろ》って膝《ひざ》を打つ。

「皆、したいようにして生きておるでの」

郷を褒められると嬉《うれ》しいらしい。

「他国でならぬ堪忍《かんにん》をして懸命に稼ぐのも、この郷で骨休めする楽しみがあってこそじゃ」

「さようさよう。誰にも気兼ねせず、あくせくせず、よって明日の憂《うれ》いもなし」

流浪《るろう》民も逃散者《ちょうさんもの》も、ひとたび郷に受け容《い》れられれば安穏《あんのん》な日々を等しく享受《きょうじゅ》できる。

先だっては飯屋の女までが様子を見にきた。

「杜宇、路地でなんてこと、おっ始《ぱじ》めてくれた。こちとら商売上がったりじゃないか」

「飯を喰ってるだけだが」

女は腰に手をあてて憤慨《ふんがい》しながら、鍋の中を覗《のぞ》く。

「団子汁かえ」

「久四郎の得意だ。笠子《かさご》と野蒜《のびる》、芹《せり》をぶち込んである」

「毒見してやるよ」

「いや、とっくに喰ってる。心配ご無用」

「まあ、まかせな」強引に輪に加わり、次に訪れた時は酒徳利《さけどっくり》を手にしていた。

若い衆がやってくる日もある。皆、よく喰い、酒も底なしだ。何人かは塒《ねぐら》にも帰らず路地で腕枕だが、むろん放置する。杜宇と久四郎は火の始末をして中に入り、まだ眠くなければ灯《あかり》をともす。燈火は松脂《まつやに》をこねたもの、あるいは松の根《じん》を市庭で購《あがな》って石鉢《いしばち》で焚《た》くのがもっぱらだ。

この頃の久四郎は市中を回る貸本屋で書物を借りては読んでいる。杜宇は墨《すみ》を磨《す》っての書きものだ。

日々の田仕事に空模様も記《しる》し、とはいえ、いずれ何かの役に立てようという神妙な思いつきではない。筆で書き記すこと自体を無性にしたくなっただけだ。なぜだかはわからない。ただ、日中、汗みずくになって土と水と稲に接していると、夜は文字が慕《した》わしくなった。夏の終わりの空に立ち並ぶ雲の白、木下闇《このしたやみ》に沈んだ青。山や森や林を渡る風は光って、草を摘む男二人の肩を可笑《おか》しげに撫《な》でてゆく。鳥や蝉《せみ》の声は風情な日もあれば、ただ暑いだけの日もある。そんなことを綴《つづ》るだけだ。

けれど、この郷には真に「青姫」が棲《す》んでいるのだなあと思う。

自在なる魂が。

分麻呂《わけまろ》を一度、薬種屋《やくしゅ》の前で見かけた。市庭に出ているのは珍しいが、久四郎が一緒であるので草生水《くそうず》のことは訊《き》けぬ。息災かと声をかければ、おなごのような手つきで頰《ほほ》を掌《てのひら》で摑《つか》んだ。

「歯が痛いのじゃ。眠れぬ」

煮過ぎた茄子《なす》のような顔色をして、烏帽子《えぼし》もくたびれて傾いている。

「薬師でも歯痛《はいた》を治せぬのか」と久四郎が不思議そうに呟き、杜宇は「野草を摘んできてやろうか」と訊いてやった。分麻呂は恨めしそうに二人を順に見上げる。

「おぬしらは潑剌《はつらつ》としておるの」

頭を振り、とぼとぼと通りを引き返して行った。

夏越《なごし》の祭をまもなくに控え、今日から三日がかりの浚《さら》え日だ。

郷の者が総出で井戸や水路を浚い、広場や通りも水溜まりのできやすい窪《くぼ》みに土を入れて均《なら》し、棕櫚《しゅろ》の箒《ほうき》で掃《は》き浄《きよ》める。杜宇と久四郎は賽子《さいころ》の親仁どもと共に水路の受け持ちだ。泥や木の葉を大箕《おおみの》で掬《すく》っては桶に溜め、それを若い衆らが郷の外れの川岸へと運び出す。

「水草は取り過ぎねえように適度に残せ。小魚どもの巣であるからの」

賽子が仲間に指図すれば、「知れたことを。何年、浚え日を迎えてきたと思うておる」と石積みが口を尖《とが》らせる。

「おぬしに言うたのではないわ。杜宇と久四郎に、よ」

「杜宇は初めてではなかろう」

船の親仁がいきなり腰を伸ばしたものだから大箕の泥水が四方に飛び散った。やれ、濡《ぬ》れた女誑《おんなたら》しが怒り、やれ、眼に入ったと鍵破《かぎやぶ》りが不平を鳴らす。肩を小突けば相手も小突き返し、たたらを踏んで踏み止《とど》まったかと思えば飛びかかって押し倒す。

「負けて吠え面《づら》かくな」

「なんの。泣かせてやる」

狭い水路の中で親仁五人が組《く》んず解《ほぐ》れつ、泥水と藻《も》にまみれての取っ組み合いだ。水嵩《みずかさ》は大人の膝丈くらいであるので尻餅をついても濡れるだけのこと、この暑気では暴れているうちにたちまち乾《かわ》く。だいいち、下帯を締め込んだだけの裸だ。

杜宇の前方で泥浚いを続けている久四郎が、中腰のまま振り向いた。久四郎と杜宇も下帯のみだ。

「まるで童《わらべ》だの」

小声で眉を下げている。杜宇もつられて苦笑する。

「老けた童ども」

久四郎は目を細め、身を戻した。杜宇も大箕の中のものを桶に空けては、また屈《かが》む。

「で、おぬしは去年もやったのか」

前方の久四郎が訊いてくる。「何を」と、久四郎の尻に訊き返す。

「この浚え日だ」

「いや。今年が初めてだ。去年は声がかからなんだ」

互いに俯《うつむ》いて手を動かしながらのやりとりだ。

田仕事といいこの水路浚えといい、身を屈めて行なう仕事のなんと多いことか。百姓などいつも俯いて頭を下げている恰好《かっこう》だ。来る日も来る日も、何十年も丹精をして老いて、挙句がくの字に折れ曲がる。吾《われ》が田仕事よりも剣の稽古《けいこ》を好んだのは、あの姿の所以《ゆえん》であったのかもしれない。剣術では背を立て首を立て、相手と真正面に向き合える。

久四郎の引き締まった背中の筋や尻、腿《もも》の肉は精悍《せいかん》に動き、背筋を伝う汗が落ちて光る。

「杜宇は夫役《ぶやく》を免《めん》じられたのだな」

「郷の者と認めてもろうてなかっただけのことだ。ここでは夫役を受け持つことが矜《ほこ》りであるゆえ」

尋常な土地では、領民には年貢納めの他に種々の雑役が課せられる。橋の普請《ふしん》や川堤《かわづつみ》の築造などを領主に命じられるたび、人手を出さねばならない。それが農繁期であれば相当な負担となるので、兄の又兵衛《またべえ》は交渉《かけあい》のためにしじゅう代官所に出向いていた。

だが青姫の郷では逆さまだ。

「今日のような総働きに出るのは一人前の証《あかし》、老いも若きも日頃の稼業を止めて嬉々《きき》として参じる。公儀や大名といった上つ方《うえつかた》から命じられての労ではのうて、自らの郷を自らで手入れをするという心なのだろう。小うるさいだけの役人が目を吊り上げて尻を叩くこともないゆえ、親仁どものように遊び半分でも誰も咎《とが》めぬ」

水路の底を浚えばずっしりと腕に重い泥が溜まっていて、小刻みに大箕を動かして水を落とす。気がついて、「お」と洩《も》らした。

「そういえば久四郎はその、小うるさいだけの役人であったか」

「なり損ねたがの。おぬしのせいで」

身を屈めているので声はくぐもって響くが、戯言《ざれごと》めかした口調だ。

「互いさまだ」こっちもすかさず返してやる。

若く青い藻を手で摘《つま》んで水の中に戻し、塵芥《じんかい》と泥は桶に投げ入れる。水路は道に沿って巡っているので、やはり渦巻き状だ。このぐるぐるの造りは今も奇妙に思う。城下の道を直線にせぬのは敵に攻め込まれにくくするため、それは道理だが、渦巻きの中心には本丸たる館を置くのが定法だ。敵が本丸に至るまでに撃退する、そのためのぐるぐるではないか。だがここの館は郷の中心ではなく、市庭の北に築かれている。

顔を上げて館を見やった。今日は背後の山々もひときわ青い。母屋は唐破風《からはふ》屋根の玄関を持ち、その左右に長屋の棟が長く緩《ゆる》く弧《こ》を描いている。最初は山間《やまあい》に似合わぬ豪壮《ごうそう》な構《かま》えだと唸《うな》らされたが目が慣れてしまったのか、今はさほどに感じない。むしろ、こうして陽射しの強い昼日中《ひるひなか》に眺めれば随分と古びた館だ。瓦屋根の隙間からは草が生えて銀色の穂を揺らし、板壁のそこかしこも反《そ》って色を変えている。まるで時の流れに取り残された老鳥のようだ。それでも羽を擡《もた》げ、大きく広げている。市庭に向かって。

胸にふと萌《きざ》し、杜宇は裸の腕で額《ひたい》の汗を拭った。

青姫の郷の主は、郷の民なのだ。ゆえに館は彼らを守る陣容《じんよう》を敷いている。

顔を回《めぐ》らせて館の西に眼差《まなざ》しを投げれば、緑の田の向こうに朔の姿が見えた。

朔も肚《はら》が黒いが姿は良い男だ。上背《うわぜい》があり、身ごなしは隙がないばかりか美しい。赤影《あかかげ》を歩かせては草を食《は》ませている。暇そうだ。館の中も掃き浄める日であるので、今頃、姫と分麻呂は指図に大わらわだろう。朔は役に立たぬと看做《みな》されて外に追い出されたものか、それとも勝手に抜け出してきたものか。たしかに、竹箒を持たせても憮然《ぶぜん》として突っ立っているだけのような気がする。ならば市庭に下りてきて、共に水路を浚えばよいのだ。己で久四郎を探りやがれ。だが、朔はふだんもまったく顔を出さない。

来れば共に火を囲ませてやるのに。酒を呑めばいつまでも笑《わろ》うておる上戸《じょうご》であるのに。おぬしもたまには、愉快《ゆかい》に過ごさぬか。

背後が騒がしい。振り向けば、若い衆の何人かが桶を担いでぞろぞろと戻ってくる。田を墾《ひら》く際に雇った顔もまじっており、どのみち今日も途中で飽きて投げ出すのであろうと睨《にら》んでいたが、ひとまずは働いているようだ。赭《あか》く灼《や》けたどの躰《からだ》も汗でてらてらと照っている。

「久さん、これ」

久四郎の前で足を止め、若い衆の一人が右腕を突き出した。久四郎が「ん」と顔を上げて掌の中を覗き込む。杜宇も大箕を抱えたまま近づき、久四郎の脇に並んだ。

「甲州金《こうしゅうきん》だの」と、杜宇は口を出した。

青姫の郷で目にするのは慶長《けいちょう》に入ってから公儀鋳造《ちゅうぞう》させた銭、そしてこの甲州金だ。戦《いくさ》の世の武将であった武田信玄公《たけだしんげんこう》が鋳造させたという金貨で、甲斐国《かいのくに》が幕府御支配地となった今でも使われ、金座《きんざ》もある。むろん杜宇の生家でも使っており、平素は革袋に詰めて蔵の中の銭函《ぜにばこ》に納めるのが家の決まりであった。甲斐国をはじめ武田家の領地には金山が多く、その富が武田家の強さを支えていたことは金貨に縁のない村の者でも知っていた。

なにより、甲州金は金貨としての値打ちが高い。しかも若い衆の掌にのっているのは一分金《いちぶきん》だ。これが四枚で一両にもなる大金だ。杜宇が暮らす長屋の半年分の借間賃がまかなえる。

久四郎は若者をすらりと見上げた。

「よきものを見つけたの」

「いや、これは久さんが掬った泥から出てきたものだ」

「それが如何《いかが》した」

若者は困惑した面持ちで目瞬《まばた》きを繰り返している。久四郎は鈍《にぶ》い、鈍い。杜宇はまたも口を添えてやることにした。

「久四郎の掬うた泥から出てきたのであるから、この金貨はおぬしのものではないかと言うておるのだ。黙って懐《ふところ》に入れることもできたであろうに、今どき珍しい正直者ぞ」

若者を少し持ち上げてやった。ただ、黙って懐に入れることができても、それを市庭で遣えば噂になる。ゆえに久四郎に申し出ることにしたのだろう。

「なるほど」久四郎の横顔に品のよい笑みが広がった。

「殊勝なる心がけ、感服つかまつった。だが泥の中にかほどに小さきものを見つけ、拾い上げたのはおぬしぞ。それがしはまったく気づかなんだのであるからな。おぬしが取っておくがよい」

ほらみろとばかりに、背後の何人かが若者の肩を叩いた。「よかったな」「まことによいのかなあ」当人は鼻の脇をもじもじと掻《か》く。

「かまわぬよ」

久四郎は一文無しのくせに余裕綽々《よゆうしゃくしゃく》だ。おぬしの暮らしの面倒は誰が見ておる。吾だぞ。

しかも借金だぞ。いや、ちょっと待てと、杜宇は間に割って入った。

「金貨が水路に身投げしたはずもなし、落とした者がおるはずだ。困っておるやもしれぬ。まずは館に届けるが筋であろう」

だが久四郎はこなたを見やりもしない。

「この汚れ具合からして、いつ落としたものやら、とうに諦めをつけておるだろう。姫にお訊《たず》ねしてもよいが、拾うた者の運だと仰せになると思うぞ。それがしに気がねなど要らぬ。取っておけ」

若者の眉間が一気に開き、周囲の若い衆らを見回した。

「おれ、金貨を持つのなんぞ初めてだ」

「奢《おご》れよ」「応《おう》」歓び勇んで桶を担ぎ上げた。皆でえっさほっさと運びながら、まだ笑っている。久四郎にわざわざ申し出たことは賢明であった。こうして公《おおやけ》にしたことで、若者の運は皆に共有される。

「な、言った通りじゃないか。久さんなら取り上げたりしねえって」

「そうだ、そうだ。杜宇なら半分よこせって言いかねぬがな」

今、なんと申した。

「まったく、杜宇の頭の固いことったらねえな。すぐに館がどうのと伺いを立てたがる。己で決められねえんだ。小物だ」

呆気《あっけ》に取られた。久四郎は泥浚えに戻っており、きゅっと下帯を締め上げた尻しか見えない。背後から肩を叩かれ、首を回せば賽子の親仁どもだ。

「若い衆もちゃんと見てるってことよ。気にするな」

さも楽しげに顔を見合わせ、「板橋の修理もせななるまいな」「さようであった」「日の暮れぬうちに」と水路から上がった。

「木は挽《ひ》いてあるのか」

「朔が命じて運ばせてあるそうな」

「さすがは手回しがよい」

急に忙《せわ》しげな動き方だ。杜宇は連中の背に向かって舌打ちをし、鼻から何度も息を吐いた。

「澄んできたのう」

久四郎がいつのまにか躰《からだ》を立てており、惚れ惚れと見渡した。

夏陽が木々の緑を透かし、水面を青々と染めている。

蜻蛉《とんぼ》が行き交い、風も秋になった。だが真夏のように暑いかと思えばやけに冷える日もあって、天候が定まらない。ただ、稲の茎は増えて扇《おうぎ》のごとく、茎の節の間もよく伸びている。胸を撫《な》で下ろすや、稲の茎に虫を見つけた。

「久四郎、稲子《いなご》だ」

茎から剝《は》がすように摘《つま》み、立ち上がった。

「大きいぞ。炒り煮にしてくれぬか」

腕を振り上げ、田の端にいる久四郎に示した。が、「無理だ」と素っ気ない声が返ってくる。

「稲子、好かぬのか」杜宇も大声で訊いた。

「空の下を見ろ」

顔を上げれば、薄雲がかかっていた。雲は動いている。目を見開いた。

「群れか」

稲子の群れに喰い荒らされれば、田は丸裸になる。腕の肌が粟立《あわだ》った。久四郎が口の脇に手をあて、「ぼやぼやするな」と叫んでよこした。

「藁箒《わらぼうき》を十本用意してくれ。竹竿《たけざお》も十本だ。それがしは人を集める」

杜宇は市庭に駈け下りて藁箒と竹竿を購い、久四郎は親仁どもや若い衆を駆り集めてきた。

「先陣十人、後陣十人に分かれて進む。くれぐれも稲を傷めぬようにしてくれ」

箒と竿を手に手に、皆は「応」と勇み立った。先陣は藁箒で水を振りかけながら進み、後陣は竹竿で稲を打って稲子を追い払う。夜は去年のように、田の四方に虫篝《むしかがり》を立てた。今年はむろん草生水は使えない。薪《まき》をくべて火をつけ、大きな炎にした。

若者が畦道《あぜみち》で大声を上げた。

「久さん。羽虫は篝火に飛び込むが、稲子がしぶとい」

「案ずるな。手はある」

　久四郎は落ち着き払っており、皆を見回した。

「網で捕れるだけ捕って集めてくれ。籠《かご》にしばらく閉じ込める。杜宇は畦で火を焚《た》け」

「相わかった」

　親仁どもの手を借り、粗朶《そだ》を組んで火を熾《おこ》した。久四郎は若い衆らを引き連れ、籠の中の稲子を火に向かって一気に投げ込んだ。小さな火花が無数に立ち、抗《あらが》って飛び上がる。が、弱っているのか煙に巻かれて火中に落ちる。若い衆と親仁どもは「やった」と歓声を上げた。

「だが久さんよ。こやつらは殺せても、田の中にはまだ幾百倍もいやがるぜ」

　賽子が苦々しく田を睨むと、久四郎は「臭《にお》いを用いる」とやはり田を見る。

「獣《けもの》を追うには、仲間の獣を焼いてその臭いを森へ流すが上策。鳥もだ。鳥を追うには一羽を焼いて竹竿に突き刺し、高く掲《かか》げるであろう」

「そういえば、柿の実をやられぬように鳥の死骸を掲げる里があるの」女誑しが呟いた。

「鳥も臭いを嗅《か》ぐのであろうか」

「いや。鳥は眼であろう。海の波間に光る獲物の背鰭《せびれ》や尾を見て、空から急降下しやがる」

　船を繰《あやつ》る親仁が言い、「なら、虫は」と思案げな声だ。

「死の臭いを嗅ぐのか、あるいは見るのか」

　久四郎は火を見下ろしたまま黙している。火の色が揺れ、横顔は光と翳《かげ》のまだらだ。今夜は月がない。刹那《せつな》、目許《めもと》がにやりと動いたような気がした。

「何かを察するのだ。ここにおれば死ぬるとわかれば逃げ出す。逃げぬ者は死んでもよいのだろう」

しばらく沈黙が続き、若い衆の誰かが「さすがは久さんだ」と声を高めた。

「一匹残らず捕まえて焼いてやろうぜ」

それから七夜を費やして鐘や太鼓を打ち鳴らし、獲っては焼くを繰り返した。日中は藁箒で掃き取る仕方も続けている。だが陽のあるうちはまだ暑気が残っているので、田に出てくる者は数人に減った。久四郎は若い衆らと共に田の下の川に水を汲《く》みに行き、ついでに躰も洗うという。杜宇は木蔭《こかげ》に移って躰を休めることにした。さすがにくたびれた。去年はさほど虫に苦しめられなかったので、覚悟も足りなかった。樹冠《じゅかん》の大きな楡《にれ》の木の幹に背をあずけて足を投げ出し、目を閉じる。すぐに眠気に引き込まれ、だが時々は目を開けて久四郎の姿を確認する。

「久さん、やだなあ。あの子とはそんなんじゃねえですよ」

風に乗って声が上がってくる。若い衆は久四郎にすっかり心酔しているふうだ。それに比べて、吾の安物扱いされること。杜宇は寝ながら鼻を鳴らした。

おぬしらは知らぬだろうが、吾は朔から密命を帯《お》びておるのだぞ。久四郎なんぞより、よほど立場が上なのだ。位《くらい》が違う。大いに違う。

「杜宇」

呼ばれたような気がするが、空耳だ。枝の間から聞こえる。

「杜宇、起きゃれ」

後ろ手をついて身を起こせば、枝の下に古い茄子のごとき顔がある。

「分麻呂、どうした」と訊くや、しいと口の前に指を立て、手招きをするではないか。

「かような所におるとは珍しい。歯痛は」

「まだ痛い。それよりも、もそっとこなたへ来やれ」

筒袖《つつそで》を引っ張るので、幹の向こう側へと四つん這いで動いた。

「なにごとだ。かようなところに隠れるようにして」

「隠れておるのじゃ。おことの長屋を訪ねるわけにもいかぬではないか」

広袖の両腕を胸の前で合わせ、声を潜める。

「これを使《つこ》うてみぬか」

広袖が動き、細長い鬱金染《うこんぞ》めの布包みをさし出した。「これは」と結び目に指をかければ、

「ならぬ」と止める。

「ここで包みを解《ほど》くでない。竹筒じゃ」

筒の中に何かが入っているような重さだ。「水か。煎じ薬か。にしては、大ぶりの筒だな」

と横に振れば、また「ならぬ」だ。

「泡が立つ。そっと持て、そっと」

「分麻呂、しかと説明してくれねば受け取れん」

胸前に突き返すと、「できたのよ」と口だけで答えた。

「できたとは」古茄子の顔をとくと見返し、「まさか」と目を瞬《しばたた》いた。

「できたのか、煤《すす》と臭いの出ぬ」

草生水。

「売物になる」

草生水。

「杜宇、声を控えてくりゃれ。頼む」

分麻呂はさらに顔を近づけてきて、「試してみてくれぬか」と囁《ささや》いた。たしかに、歯の悪そうな臭いを発する息だ。杜宇は黙って息を詰める。

「田に稲子が出て大騒ぎしておると耳にしたでの。稲子を追うには、酢を混ぜた油を田に撒《ま》くとよいと、小耳に挟んだことがある」

「酢や油を田に撒くのか。稲子を追えても葉がやられそうだ。いったい誰の入れ知恵だ。姫か」

「いや、聞いたのではのうて読んだのやもしれぬ。油について記述した医書じゃ。油は薬でもあるでな」

気乗りがしない。だが分麻呂は詰め寄ってくる。

「これを油屋《あぶらや》で購《あがの》うた鯨油《げいゆ》だと称して使うてみてくれぬか。誰も気づかなんだら、臭いは取れたということじゃ」

「田で試すのか。姫に命じられたのか」

「姫には申し上げておらぬ。朔にも。おことだけに、折り入っての頼みじゃ」

首を傾《かし》げて、分麻呂を見つめた。

「手前は鼻が利かぬ」

分麻呂は唇《くちびる》を揉《も》むようにして呟いた。

「いつからか、鼻が利かぬようになってしもうた。薬師でありながら、己ではわからなんだ。ゆえに、とうとう臭いのせぬものを作れたと思うて姫を小屋にお招きした。ところがいつもの悪臭、いや、もっと酷《ひど》いとお叱《しか》りを受けた。何度も何度もさようなことを繰り返して、ようやく己の鼻が悪いと気がついた。薬を煎じて服《の》めど、いっこう恢復せぬ。焦って苦しんで、ある日、思いついた。これは、おことの申した蘭引《ランビキ》、あれで蒸溜《じょうりゅう》してみたのじゃ。蒸溜、わかるか。いや、ともかく大切に大切に集めた草生水ぞ。煤の出方は格段に減っておる。となれば、臭いも相当に減らせておるはずじゃ。しかし姫に披露する勇気をもはや持ち合わせておらぬ。此度《こたび》もしくじったら、この御役から外される。それだけは免れたい」

言葉尻が震え、鼻の穴から一筋も二筋も垂らしている。

「わかった。分麻呂、わかったから泣くな」

「引き受けてくれるか」

「引き受ける」言いながら懐に包みを納め、背後を窺《うかが》った。水桶を抱えた若い衆が一人、二人と田への道を上がってきたのが見える。

「早《はよ》う行け。林の中を通れよ。いや、まずはその烏帽子《えぼし》を取れ。目立ってかなわぬ」

分麻呂は小刻みに顎を動かし、しかしよほど烏帽子を取るのは厭《いや》なのか、そのままの姿でゆさゆさと退散する。木々の中に縹色《はなだいろ》の袖の端が吸い込まれたのを見届けて踵《きびす》を返し、楡の幹の向こうに出た途端、足が止まった。

真正面に久四郎が立っていた。

「杜宇、如何した。かような所で」

「用足しだ」

言いざま、ひくりと唇が動いた。いつもは川で放尿することを思い出し、思わず下腹に手をあてた。

「ちと、下しておる」

「大丈夫か。分麻呂に薬をもろうてやろうか」

今度は心ノ臓が跳ねた。見られたか。

下腹からゆっくりと手を動かし、懐をしかと押さえた。平静を手探りで保ち、久四郎の顔の色を窺った。妙な気配はない。分麻呂の名を出したのは偶然か。

「それには及ばぬ。治まった」

久四郎の肩を叩き、また虫追い仕事に戻った。


二日の後の朝、久四郎と若い衆を先に田に向かわせ、油屋に出向いた。鯨油と菜種油《なたねあぶら》を購い、長屋に取って返した。草生水の竹筒を隠す場にはほとほと難儀させられた。なにしろほとんど物を持たぬ板間一つだ。どこに置いても目に立つ。板壁の外に隠すにしても、うっかり火の気に遭えば火を出すだろう。そこで久四郎が寝入ったのを見定めて長屋裏の榊《さかき》の根方《ねかた》を掘り、鬱金染めの布包みごと土中《どちゅう》に埋めた。土を手で掻いて被《かぶ》せる仕業《しわざ》など、まるで犬だ。それをまた掘り返し、用意した小桶に空けた。

運があるのかないのか、稲子はまだしぶとくのさばっている。田に行けば、「しぶといのう」と若い衆らも動きが鈍い。賽子の親仁どもはまたふっつりと姿を見せなくなった。むしろ若い衆がよく続いている。久四郎のおかげというべきか。

「久四郎、ゆうべ思案した油を用意したぞ」

いきなり言い出しては怪しまれるので、あらかじめ「油を使ってみよう」と話を持ち出しておいた。「その方法、農書にも出ておった」久四郎はすんなり同意した。

皆を集め、三つの小桶を見せる。

「伊呂波《いろは》、三種ある。酢の配合が違うゆえ、効き目の良し悪しを後で教えてくれ」

実際には酢の配合は同じで、「伊」は鯨油、「呂」は菜種油、「波」が草生水だ。

「柄杓《ひしゃく》でよくかき混ぜてから撒いてくれよ」

「臭《くせ》え」鼻を摘む者が何人もいるが、それは伊の鯨油だ。

「杜宇、油は同じなのか」

久四郎はさすがに痛いところを突いてくる。

「いや、鯨油と菜種油を混ぜてある。さ、取りかかろう」

杜宇は手を打ち鳴らして、皆を田の中へと追い立てた。小桶を持つ者、蜆貝《しじみがい》の柄杓で油を撒く者に分かれ、久四郎と杜宇はその後ろから稲子の様子を見て回った。

「葉の上で動けなくなっておるぞ」

「こっちもだ。油で羽が使えぬのだ。いや、油で息ができぬようになるのか」

杜宇はぬらぬらとぬめった稲子を指で摘み、腰にぶら下げた布袋に放り込んでゆく。久四郎も同様で、稲と稲の間道を歩きながら互いに言葉を交わす。

「杜宇、油の効き目たるや空恐ろしいほどよの。これで稲子退治も目途《めど》がつく」

「伊呂波の三種類、どれが良さそうだ」

「さして変わらぬのではないか。配合はいかほど変えた」

訊かれると思っていたので、「伊呂波の順に酢を多くした」と答えた。

「なんだ。適当か」

細かく言えばかえって墓穴《ぼけつ》を掘るような気がした。ふだん通り大雑把《おおざっぱ》な方が吾らしい。あんのじょう、久四郎はそれ以上は何も言わない。そして誰もが「波」の臭いを頓着《とんちゃく》しない。分麻呂は相当に夾雑物《きょうざつぶつ》を取り除いたのだろう。実際、あの目に染《し》みるような、鼻に痛いような臭いを感じない。火をつけたらどうか。ひょっとして、鯨油や魚油よりよほど臭いがせぬのではないか。

ここまで油を精するのに、分麻呂はいかほど挑み続けたことか。鼻を悪くしたのも、この役目を果たさんとしたからだ。

分麻呂、おぬしの草生水は上等だ。ようわからぬが、きっと上等だ。

夕暮れ、皆と田を出て市庭への道を下りていると、久四郎がふと顔を上げた。

「風がにおう」

「今の時分は、潮風のような匂いがするのだ」

動揺を悟られぬよう、ゆっくり噛《か》むように答えた。

「違う。油に似た臭いがする」

「田に撒いたのだ。臭いも立とう」

だが久四郎は眉根を寄せ、彼方《かなた》を見つめている。この男の横顔は鼻梁《びりょう》の線が際立って、ことのほか凛々《りり》しく見える。だが時として禍々《まがまが》しい。

あの棒杭《ぼうくい》が夕陽を浴びている。

「あれは、物見櫓《ものみやぐら》か」

「いかにも。朔の配下が守っている」

あえて朔の名を出した。朔の脅しだけはまだ効いているはずだ。

「久さん、鼻がすっかり油にやられちまったんじゃないですか」

若い衆らが面白半分に囃《はや》し立てる。そういえばこの衆は油井《ゆせい》で見かけなかった。あそこで油を汲んでいたのは賽子の親仁ら、他も白髪まじりの連中だった。あんな力仕事は若い衆らにまかせる方が捗《はかど》るであろうに、まだ立ち入ることを許されていないのか。

それとも、こやつらも知っていて知らぬふりを通しているのか。

長屋の路地でまた皆で呑んだが、まったく酔えない。


三日の後、若い衆らが市中の外れに大桶を据えて湯を立てるというので、田仕事を休みにした。

「久四郎、先に行ってくれ。吾は館の質商《しちしょう》に出向く」

「利息を勘弁してもらいに行くのか。共に参ろうか」

「いや、頭を下げるのは吾の役目。湯浴みは久方ぶりであろう。皆も待っておる。早う行ってやれ」

ならばと久四郎は素直に引き下がり、手拭《てぬぐ》いを肩にかけて長屋を出た。杜宇はすぐさま墨を磨り、紙に大きく「上々」と書いた。首尾は上々の意だ。その脇に小さく杜宇の「と」を記そうとしたが、止《や》めた。分麻呂はこれだけで判じるだろう。墨の乾くのを待つのももどかしく、急いで紙を折り畳み、館へと向かった。

結果の知らせ方を決めておかなかったことが今になって悔やまれる。あの小屋に向かうのは剣呑《けんのん》なのだ。久四郎につけられぬとも限らぬ。そうだ。かような時は、つけられていると想定して動くのが探索の基本だ。そうに違いない。ああ、しくじった。狼煙《のろし》か手旗でも上げることにしておけば良かったものを。いや、それも目立つか。まったく、人と人とのやりとりは手数がかかる。もっと速《はよ》う、簡便《かんべん》にならぬものか。

分麻呂、頼む。館のどこぞにいてくれ。

そういえば分麻呂の棲家《すみか》を知らぬ、訪ねたことがないと気づけば、面倒さがいや増してくる。吾がなにゆえ、かくもこそこそと動かねばならぬのだ。苛々《いらいら》と質商の暖簾《のれん》を潜《くぐ》り、利息の払いを待ってくれるよう番頭の爺さんに頼んだ。

「またですか。溜めて苦労を増やすのは、杜宇どの、あなたにござりまするぞ」

「すまん。ともかく、稲が稔《みの》れば返す。必ず返す」

「常套句《じょうとうく》をかような早口で、ほんに芸がないこと、いっそ可笑《おか》しい」

「可笑しけりゃ笑え」

「久四郎どのにお貸しした書物の代金も、ほれ、この通り」

証文の束を見せられて、目の玉がもんどりうった。

「貸本屋、あんたの手下か」

「あれも手前どもの商い。気がつかぬとは、あなたも相当に初心《うぶ》」

爺さんは延々と嫌味を垂れ流した。

久四郎め、他人の懐でどれだけ学びやがる。

ようやく放免されて館の廊下を巡れば、朔の後ろ姿が目についた。黙ってくるりと引き返した。が、「杜宇」と襟髪《えりがみ》を摑まえられた。首だけで見返れば、姫の扇《おうぎ》と分麻呂の烏帽子が見えた。朔の躰に隠れていたようだ。

「杜宇、何用ぢゃ」

すかさず姫が声を発した。緋色の袿《うちぎ》に秋晴れの空のごとき色の表衣《うわぎ》で、表衣にはさざれ石のような白丸が累々《るいるい》と染め抜かれている。袴《はかま》は女郎花《おみなえし》色、今日も眩《まぶ》しいほど派手ないでたちだ。

「そこの質商に」言いながら、分麻呂に目で合図を送る。だが目まで悪いのか、茫《ぼう》と突っ立っているのみだ。代わりのように姫が喋《しゃべ》る。

「暢気《のんき》に質商で油を売っておって、田は如何した。そういえば、なんぢゃ、あの四角い不細工な田ぁは。渦巻きに植えんと、田の神がやすらぐ場にお困りにならしゃるやないか。え。田植え神事もわらわが留守の間にしてしもうて、おことはいつからそないに気が強うなった」

口角《こうかく》にたっぷりと皮肉を溜めている。相変わらずだ。だが今はかまっておられぬ。分麻呂になんとしても伝えてやりたい。やりたいが、朔がずいずいと近寄ってくる。烏帽子が力なく動き、直衣《のうし》の背中がよろりと回った。

「分麻呂」

姫と分麻呂が振り向いた。杜宇は一歩踏み出し、叫んだ。

「上々」

分麻呂は小首を傾げ、動かない。と、瞼《まぶた》を大きく持ち上げた。瞠目《どうもく》している。通じたか。

「じょうじょうとは何の合図だ」朔が不審げに声を低めた。

「歯痛の治る呪《まじな》いだ。なあ、分麻呂、もう痛《いと》うなかろう」

「じょう、じょじょう」

分麻呂は頬を震わせ、何度も首肯《しゅこう》を返してきた。

「それは奇怪ぢゃ。たった今まで口の中が疼《うず》くと零《こぼ》しておったに」

姫は唇を突き出している。

「まして、杜宇の呪いぢゃぞ。効くわけがない」

「姫。もうようなりましたのじゃ。まことに、およしよし、にござりまする」

分麻呂は歩き始める。

「いいや、得心できぬ」「はいはい」

二人が奥へと引き取ったのを見送り、さて、朔だ。

「説明してもらおうか」向こうから顔を近づけてきた。

「おぬしら、何を企んでおる」

「吾からは言えぬ。分麻呂がそのうち明かす」

「久四郎から目を離すなと命じたはず。一人でうろつくな」

「朝から晩まで一緒におるわけにはいかぬ。こっちが怪しまれる」

「奴は軍記ばかり読んでおるぞ」

「貸本屋も手下か」

　朔は黙っている。

「あいつも武士、軍記くらい読んで当たり前ではないか」

「勝手をさせるな」

「引き受けておるのは吾だ。少しは任せろ」

　榛色《はしばみいろ》の瞳をぐいと見返した。目を逸《そ》らさぬまま睨み続ける。こやつ、睫毛《まつげ》が長いな。なぜかそんなことを思った。容貌《ようぼう》に恵まれた男が二人。朔と久四郎に吾は挟まれている。だが朔はあまりに傲岸《ごうがん》だ。そうも上から命じて他人が唯々諾々《いいだくだく》と働くと思うてか。久四郎の方がよほど人の心をわかっている。

「奴については何も摑んでおらぬ。吾の目を節穴だと笑わば笑え。だが奴のおかげで、今年は大豊作ぞ。悪しからず」

ぐいと胸を反り返して言い捨て、館を出た。朔は追ってこなかった。

稲がそろそろ穂を出す時期を迎えた。

水を切らさぬように田に満々と湛《たた》えさせ、田の中にはできるだけ入らぬようにしている。今が大事な時期、足で稲の根や茎を傷めては元も子もない。ところが雨が幾日も続いている。秋の長雨だ。

久四郎と二人で朝の畦道に立ち、腕を組む。頭に笠をつけているものの、肩や腕はすぐに濡れそぼって冷えてくる。

「こうも降られたんでは、咲けぬの」

雨天で風が強く、大気が冷たいと稲は開花できない。花を咲かせなければ、実も結ばない。「気が揉めるな」と、久四郎も声が暗い。それでかえって安気《あんき》になった。気を揉もうが揉むまいが所詮《しょせん》は天任せと言われればなにやら他人事《ひとごと》に聞こえるし、妙に励まされても己《おの》が小心を恥ずることになる。

こういう時は、そう、真に心配でならぬ時は、肩を並べて共に心配できればよい。それだけで励まされる。

どのみち、この期《ご》に及んで我らが稲にしてやれることは何もない。引き取ることにして市庭へと下り、長屋に帰れば音がする。板間に駈け上がれば濡れているではないか。顋を上げた。

ここも天井など張られておらぬので屋根の板が剝き出しだ。

「雨漏り」

二人で同時に呟いた。しかし今さら桶で水を受けたところで腐る畳が敷いてあるわけでなし、濡れて困る物も持っていない。杜宇は笠をつけたまま板間に腰を下ろし、胡坐《あぐら》を組んだ。

「家の内も外も、同じ雨に降られるとは」

笑いながら胡坐を掌で叩けば、ぴしゃりと雨水が散った。ところが久四郎は隅に向かって片膝を立てたまま、いっこうに寛《くつろ》ごうとしない。

「どうした。茶でも点《た》ててくれるのか」

「いやはや、困った」

頭を落とし、ううんと首筋を搔いている。

「腹を下したか」

「いやはや、難儀だ」

「無一物《むいちもつ》の吾らにいかほどの難儀が出来《しゅったい》しよう。どういうこともない」

杜宇は顔を戻し、開け放した戸の向こうの路地を見る。石組みの竈も雨ざらしで、雨は土を小刻みに撥《は》ね上げている。かたわらに気配があり、久四郎が何かを差し出した。濡れ鼠《ねずみ》になった表紙を見て、「これか」と尻を動かした。

「濡らしたのか。この軍記を」

「面目ない」

「昨日も一昨日も降っておったのに、なにゆえ今日に限って。こうも濡らしたんでは弁済せねばならぬぞ」

　書物は井戸に放り込んでも乾かせば元に戻ることは知っている。火事が起きれば大事な証文、大福帳のたぐいは井戸に投げろと、兄にも教えられた。紙も墨も水に強いのだ。破けず溶けもしない。ただ、この絹地《きぬじ》の表紙は雨染みを免れまい。

「よりによって、高値の軍記なんぞ借りおって。しかも吾に断りもなく」

「なにゆえ高値だと知っておる」

「かような表装、高いに決まっておろう」

　噛みついていた。

「貸本屋にはおぬしが掛け合え。かような時こそ巧言《こうげん》を用いるがよいのだ」

　久四郎は黙ってうなだれ、軍記を懐に入れた。まんじりともせず、雨の音を聞きながら横になった。小川に横臥《おうが》しているような心地だ。

　寒い。目を覚まして、うたた寝していたことに気がついた。身を起こせば総身が冷えきっている。思わず「おお」と躰を擦《さす》れば、濡れた着物が気色悪いだけだ。笠は足許《あしもと》に転がっている。見回せば、久四郎の姿がない。

「おい」と叫び、立ち上がった。三和土《たたき》に裸足で下りて戸口の外に顔を出せば、雀《すずめ》が盛んに鳴いている。

久四郎は路地に立っていた。振り向き、「晴れたぞ」と口の両端を上げた。

「行こう」

手招きをする。杜宇は裸足のまま、共に駈け出した。腕を振り回しながら走る。空は澄み渡り、陽射しは新しい。親仁どもと飯屋の女が莚暖簾《のれん》の前で立ち話をしているのが目に入ったが、そのまま駈けた。

「杜宇、今日はなんだってぇんだ」

「晴れたのだ。晴れた、晴れた」

百姓仕事を知らぬおぬしらに、この嬉しさはわかるまい。

水路の橋をいくつも渡り、飛び越え、田への道を駈け上がる。二人はほとんど同時に畦道に辿り着いた。息が切れ、脚が前後左右にがくがくとする。だが目を凝らしていた。

緑の穂茎の枝の先に、白い点々がともっている。咲いている。去年も見たはずなのだ。だが今年は、有難さが大きい。格別だ。

「久四郎、咲き始めたな」

「ああ、始まった」

田の中の稲は今、最も空に近い穂茎の先だけで咲き始めている。これから七日、あるいは八日をかけて、一本の穂のすべてで順に花が咲く。

鮮やかな緑の田に、可憐《かれん》な白が息づいている。

やっと、ここまで漕ぎ着けた。ここまで育てても開花を見ずば稔らず、中身のない籾殻《もみがら》しかできぬのだ。

「小さい花だ。糸屑のようだ」

久四郎は言い継ぎ、頬を緩《ゆる》めた。

九月

鳴子《なるこ》の音も澄《す》むほどに晴れ渡っているかと思えば俄《にわ》かにかき曇り、今日は朝から茫々《ぼうぼう》と吹き荒れている。秋の空模様は一筋縄ではいかない。

久四郎《きゅうしろう》と共に長屋を出て田に向かった。が、躰《からだ》を曲げて俯《うつむ》いて一歩進んでもすぐに押し返される。ようよう畦道《あぜみち》に立てば、稲の群れは雨風に嬲《なぶ》られ続けている。唸《うな》り声が洩《も》れる。稲子《いなご》を油で駆除したおかげで失ったのは二割ほど、その後の大雨にも稲はよく耐え、花を開いた。

そしてようやく稲穂が孕《はら》んできたというのに、今度は野分《のわき》だ。

考えれば、今年は田作りから稲作りまで上首尾《じょうしゅび》に運んでいるというのに天災が続いている。昨年は稲子にも野分にも襲われなかった。雨風が帯になって薙《な》ぐように吹きつけてくる。うかとすると躰ごと持っていかれる。足を踏みしめて堪《こら》えながら、杜宇《とう》は畦道の向こう側へと叫んだ。

「久四郎、そっちはどうだ」

声は己《おのれ》に戻ってくるばかりだ。何度か繰り返して久四郎がようやく気づいたか顔を回《めぐ》らせ、口を開閉させた。返答したようだが、まるで聞こえない。雨の中を泳ぐように手足を動かし、久四郎に近づいた。瞼《まぶた》まで重いがこじ開けるようにして目を合わせた。

「姫の帰郷を待たずに田植え神事を行《おこ》のうたのが、拙《まず》かったか」

切れ切れに、けれどなぜか剽《ひょう》げて言っていた。久四郎も意《い》を汲《く》んでか、さもありなんと相好《そうごう》を崩した。

「わらわを外《はず》したからぢゃ。田の神がそっぽうを向かれたのぢゃ」

なかなか巧《うま》い口真似をする。野分の中で二人でふざけた。頭から濡《ぬ》れそぼって目や口の中も濡れているが、もはや天にまかせるのみと肚《はら》を括《くく》っていた。できることは祈る他にない。

翌朝、空は別人のように晴れた。

方々で槌音《つちおと》がする。市庭《いちば》も惨憺《さんたん》たるさまで、館《やかた》の板葺《いたぶ》きも剝《は》がれて公孫樹《いちょう》の木の根方《ねかた》にまで飛んでいる。怪我人まで出たが大事には至らなかったらしい。久四郎と共に田に向かって駈《か》けていると、飯屋の女や賽子《さいころ》の親仁《おやじ》どもがそんなことを叫んでよこす。

「後で手伝うゆえ」

それだけを答えると、「市庭のことは我らでする」「かまわん」と口々に言う。

「そのかわり、旨《うま》い姫飯《ひめいい》をたんと喰わせろよ」

「いや。かほどの野分は初めてぞ。今年の収獲は無理であろう」

「杜宇と久さんは一生、ここから放免されねえんじゃないの」

揶揄《やゆ》まじりの言葉を背中で受け流しながら、田への道を駈け上がった。

やはり打ち据えられていた。

杜宇の腰ほどの丈に育っていたものが横倒しにされ、膝ほどもない。落胆というよりも、胸の奥をぎゅうと摑《つか》まれたように痛んだ。稲のそばに屈《かが》んで根許《ねもと》を検分すれば、根こそぎやられてはいない。

「今年の稲はよく茎が分かれたゆえ、根も土中にしっかりと張っておるはずだ。まだ見込みはある」

励ますように呟《つぶや》いた。久四郎、そして己を励ましている。「いかにも」と久四郎は肯《うなず》き、すぐさま働き始めた。鳴子を吊《つ》るした紐《ひも》を二人で黙々と張り直す。濡れて仰《あお》向《む》けになった案山子《かかし》を立ててやれば、浴びるほどに水飛沫《みずしぶき》を飛ばした。

「こやつ、水攻めを仕掛けてきおる」

「案山子にもやられるか。杜宇は脇が甘いのだ」久四郎はせせら笑う。

「甘いゆえ、おぬしなんぞと稲を作っておるのだ」

「それがしがおらねば、田の半分はまだ傾《かたむ》いておったぞ。たまには感謝しろ」

「それは吾《われ》の台詞《せりふ》ぞ。濡らした書物の代金、いかほどふんだくられたと思うておる」

「銭のことを申すな。百姓め」

「無駄飯喰らいの牢人《ろうにん》め」

毎日、つまらぬことを拾うようにして笑い合い、田を見守り続けた。

稲は徐々に起き上がり、背筋を伸ばし、そして雀《すずめ》どもが舞い戻ってきた。穂が立ち、葉が靡《なび》き、田一面がむくむくと盛り上がっている。

自力で立ち直った。

久四郎と田の周りで手を打ち鳴らし膝を高く上げ、踊りながら寿《ことほ》いだ。

天晴《あっぱ》れ、稲の衆よ。


彼岸《ひがん》が過ぎ、秋草が風にそよいでいる。山萩《やまはぎ》に野萩、野菊、吾亦紅《われもこう》や桔梗《ききょう》もひっそりと咲いているのを目にして、杜宇は久方ぶりに生まれ故郷の景色を思い出した。今頃、高柳村《たかやなぎむら》も秋の匂いが満ちているであろうなと、夕暮れの空に渡ってきた雁《がん》を見上げる。

薄《すすき》は銀色に光り、田では黄色の稲穂と緑の葉が波打つ。

高柳村であろうと、この青姫の郷であろうと。

稲は一粒一粒が熟している。鳥追いと獣除《けものよ》けは日中のみならず夜も気が抜けぬので久四郎と交替で受け持つことにし、今日は杜宇が畦道に立つ番だ。日暮れ前に薪《まき》をくべて火を焚《た》き、古鍋を盛んに叩いて音を出す。躰には鳴子をつけて飛び跳ね続けた。夜更けまでこれをして、獣を追わねばならない。

闇が深くなり、月が皓々《こうこう》と光り始める。草を踏む気配がして、また鹿か、今夜は猪《いのしし》かと身構えれば朔《さく》だ。

「なんだ、おぬしか」

月明かりに照らされた朔は目をすがめ、「毎夜、うるさいの」と杜宇が手にした鍋と擂粉木《すりこぎ》を見下ろす。

「獣除けだ」

「弓で射ればよかろう。それとも、おぬし、弓を遣えぬのか」

「弓を遣えぬゆえ鍋を鳴らしておるのではないわ」と、鼻を鳴らした。

「獣は旨《うま》いがの。皮から骨まで役に立つ」

「なら赤影《あかかげ》を喰え。馬は旨いぞ」

言いざま、朔を睨《ね》めつけた。

「獣どもは米を食べにくるというより、遊びに下りてきているだけだ。ゆえに田を荒らさぬよう追うだけでよい。無駄な殺生《せっしょう》はせぬ」

「それも久四郎仕込みか」

また奴の話かとうんざりして、鍋をけたたましく鳴らしてやった。

「よせ。姫が寝られぬと言うてぼやいておるのだ」

「それで、また遣いに走らされたか。おぬし、まだ武の長を外されておるのか。ようも唯々《いい》諾々《だくだく》と姫に従《したご》うておるの。口惜《くちお》しゅうないのか」

「おれが暇であるのは郷が坦々たる証《あかし》。何も申すことはない」

言わでものことを言い、畦道に腰を下ろした。

「草露《くさつゆ》で尻が濡れるぞ」

「かまわぬ。鹿の革を腰に巻いておる」

「武装か」

杜宇も鍋を抱えて腰を下ろし、肩を並べて坐った。

「久四郎の様子は従前通りだ。また貸料の高い書物を借りおったくらいで、いずれ農書でも記《しる》すつもりではないか」

この国には唐渡《からわた》りの農書があるばかりで、日ノ本独自のものは未《いま》だ誰も板行《はんこう》したことがない。

久四郎がそう零《こぼ》した時には驚いた。四書五経《ししょごきょう》から本草書《ほんぞうしょ》、農書に至るまで唐渡りの書物こそが正しい、信じるに足るものだと疑《うたが》ったことがなく、それは杜宇の身の周りの武家や僧侶、兄のような好学の士でも同じだっただろう。しかし久四郎は筆写しながら「気候が合わぬ」「土の様子も腑《ふ》に落ちぬ」と歯噛《はが》みしていた。知の源を疑うには知が要る。どうやら久四郎の頭は吾と寸法が違うらしいと、内心で恐れ入った。

「ことほどさように夜は学問し、日中も怪しい素振りは見せぬ。郷を探っておる様子もない」

機先を制するつもりで、訊《き》かれる前に先に話した。

「ん、あれのことはもうよい」

「よいのか」朔の横顔をまじまじと見つめた。

「郷に受け容《い》れるのか」

朔は黙したまま、田を見やっている。

「今年は無事に年貢を納められそうだの」

声音《こわね》にはねぎらいが含まれているような気がして、珍しいこともあるものだ。杜宇は「いや」と笑い紛《まぎ》らした。

「まだ気が抜けぬ。稲作りは難物だ」

本心だ。だが朔の言うように、今年はおそらく年貢納めを無事にしおおせるだろう。そしてようやくこの郷を出られる。清々する。そう思いながら、胸の隅に蹲《うずくま》っているものがある。姫や朔に強引に出られればすぐに消え去ってしまうけれど、しばらくすればまた形を成してしまうものだ。

小さく儚《はかな》く、惹《ひ》かれてやまぬもの。

抱えた鍋に顎をのせて目だけを上げた。今頃、気がついた。

「朔。満姫《みつるひめ》とおぬしは、二人とも月なのだな」

満月と朔月《さくげつ》だ。

「そういえば、吾を捕えたあの苫屋《とまや》でおぬしらは何をしておった。さては二人で館を抜け出し、乳繰《ちちく》り合《お》うておったのか」

朔は目を瞠《みは》るようにして絶句し、頬を膨《ふく》らませたかと思えば音を立てて噴《ふ》き出した。笑い声が夜空に響く。

「おぬしはまったく調子外れだのう」

「そうも笑うな。吾が馬鹿に思える」

それでも朔は「腹が痛い」と半身をよじらせ、腹を抱えながら大笑いをし続けた。なぜか獣どもは姿を見せない。けれど山からは下りてきていて、今夜は何事かと遠巻きにして見ているような気がした。


山々が紅に染まり、北風が冷たくなった。明け方には草に露が結び、土には霜柱《しもばしら》が立つ。まもなく東が明るみ、朝空が冴《さ》え冴えと晴れ上がった。

「始めるぞぉ」

掛け声を発した。皆は横一列に並び、鎌《かま》を手にして腰を落とした。

数日前、親仁どもと若者らに手伝いを頼み、むろん相応の礼をする約束だ。稲の根許を括《くく》る藁は朝から束ごと水に浸し、結びやすい柔らかさに戻してある。久四郎も昨日のうちに棒を組み、丸太を渡して稲架《はさ》の用意をした。刈ったばかりの稲は湿っているので天日に干して水気を抜かねば腐ってしまう。杜宇は七本もの鎌の刃を研《と》いだ。

ざく、ざくッと、鎌を振るう手応えが小気味よい音を立てる。左から右へと中腰のまま足を動かし、己の左横に一束分を置く。掌《てのひら》で一握りの稲束だ。よう稔《みの》ってくれた、と黄色の穂を目で撫《な》でながら前へと進む。それを若者らが手分けして藁で束ね、稲架の前まで運ぶ。久四郎が指図して稲束を稲架に掛けてゆく。

昼過ぎ、飯屋の女が大豆《だいず》入りの強飯《こわいい》を運んできた。この田の脇の小さな畑で育てた大豆で、言い値で引き取ってくれたのだ。辛く煮つけた艶蕗《つわぶき》も旨い。腹を埋めたのち、久四郎と共に抜く穂を吟味《ぎんみ》することにした。その穂が来年の種籾《たねもみ》になる。

「北の隅の株がどっしりとしておる」

畦道を歩きながら指さすと、久四郎も肯いた。田の北隅は土が瘦《や》せている。さような土でも丈夫に育っている株をあえて選ぶのだ。しかも株の中で最も背の高い一本ではなく、二番目を抜く。これはまだ伸びる力を身中に蓄《たくわ》えているからで、種にも生気《せいき》があるはずだ。むろん久四郎の推量だ。周辺の株から二番目を抜いて回り、

「来年は誰が育てるのやら」

顔を見合わせながら眉を下げた。ふと久四郎の目が動いた。

振り向けば、姫の姿が見えた。朔と分麻呂《わけまろ》も皆と言葉を交わしている。分麻呂は顔色もよく、烏帽子《えぼし》を揺らしながら強飯を頰張っている。上機嫌だ。臭《にお》いを抜くのに成功した草生水《くそうず》が姫に歓ばれ、向後《こうご》も頼りにしておるぞなどとまた旨いことを言われたに違いない。しかしあれほど

蒸溜《じょうりゅう》するのに、いかほどの手数がかかるものやら。売物にするには人手が要るであろうに、分麻呂はたった一人で小屋に籠《こ》もっている。吾にはとてもできぬ仕業だと、姫へとまなざしを戻した。

今日は紅葉と見紛《みまが》うばかりの表衣《うわぎ》で、袿《うちぎ》は目の覚めるほどに澄んだ浅葱色《あさぎいろ》だ。袴《はかま》は稲穂に似た黄色で、摺足《すりあし》でこなたに近づいてくる。

「豊作ぢゃの」

見上げるその顔はやはり満月ほどに丸く、しかし秋の陽射しの中で縮緬《ちりめん》のごとき皺《しわ》が見て取れた。姫はいったい幾歳なのか。声と姿は女童《めわらわ》のごとくだが、まさかと疑えば気味が悪くなってくる。いや、これまでも明るい場で何度も見てきたはずだ。なにゆえ、今日に限って。

「杜宇、聞いておるのか」

久四郎に肘《ひじ》を突かれ、はっと目瞬《まばた》きをした。

「わらわも稲刈りをする」

「いや、それはご勘弁を」

今日手伝わせれば、またふんだくられる。

「わらわが刈れば瑞穂《みずほ》が増えるぞ。刈れども刈れども尽《つ》きぬほどに」

馬鹿馬鹿しいと横を向いて舌を打ち、もう一度姫を見下ろして気がついた。よい手があるではないか。姫の耳許《みみもと》に口を近づけて囁《ささや》いてみた。あんのじょう、姫はやにわに袂《たもと》で顔を隠した。

「朔、来やれ。すぐさま館に戻る」

「今来たばかりではないか。稲刈りを見たいと言い張って出てきたというのに、もう帰るのか」

朔は呆《あき》れ顔で叫んでよこした。「よいから、早《はよ》う」と朔を呼びつけ、結句《けっく》は横ざまに抱き上げられて館へと帰っていく。

「杜宇、さては忌詞《いみことば》で撃退したか」

久四郎が面白そうに訊いてきた。それには答えなかったが、杜宇も可笑《おか》しい。

化粧を忘れておられまするぞ。

親切ごかしに注意してやったのだが、あの狼狽ぶりときたら。

「さあ、始めるぞ」

皆に向かって腕を突き上げた。


稲架に掛けたばかりの稲束には葉の緑がまだ残っていて、穂の黄色と相俟《あいま》ってなんとも美しい。けれどそれはほんのつかのまの景《けい》で、十五日も天日に干せば秋陽に洗われて緑が去り、粒々の黄色は逆に落ち着いて金色を帯びてくる。

種籾にする穂は日陰の、雨にあたらぬ場で乾かさねばならない。館の厨《くりや》の女に話をつけ、風通しの良い収蔵庫の小窓際に束を吊るさせてもらった。

十月も末になり、郷は館の前で神迎《かみむか》えを行なった。神々が出雲《いずも》からお帰りになるからで、姫は白尽《しろず》くめの装束《しょうぞく》に袴は朱だ。広袖にも朱糸が縫《ぬ》いこまれ、糸先が長く垂《た》れている。頭は垂髪《すべらかし》、額《ひたい》に巻いた鉢巻《はちまき》の左右に榊《さかき》の緑を挿《さ》している。付き従う四人の娘たちも白装束で、鈴を鳴らし続ける。姫は詠《えい》じながら舞う。

朔も久方ぶりに舞った。髪は頭上高く一つに結い上げており、絵で見た明人《みんじん》のごとくだ。

大太鼓の音がどろどろと高まり、朔が足を踏み鳴らす。館の四方、東西南北に向かって神を招《まね》くかのように伏《ふ》し拝《おが》み、閉じた扇《おうぎ》で一差し二差しと動いたかと思えば場の中央で飛び上がった。

宙《ちゅう》で扇を開いて舞い降りてくる。

杜宇のかたわらに坐る久四郎が「見事」と呟き、感嘆《かんたん》めいた息を洩らした。

郷じゅうに御神酒《おみき》がふるまわれたが、久四郎と共に長屋に引き返した。明日からいよいよ脱穀《だっこく》だ。今年は期待した以上の稔りであるので人手が要る。稲扱《いねこ》きのための竹箸を十組用意し、つまり十人が莚《むしろ》に並んで竹箸で穂を抜き続ける。

当日、久四郎が遊女屋《ゆうじょや》から女たちを連れてきた。以前は厨《くりや》で奉公している者もいて、なるほど手先がよく働く。しかし「久様」をべったりと囲んで、杜宇の指図になど耳を貸そうともしない。

「少しは休むがよい。夜の稼業ができぬようになるぞ」

久四郎がうら若い女をねぎらえば、「いいや」と女は頰を赧《あか》らめる。

「おら、子供の頃によう手伝わされたのす。昔は厭《いや》でたまらねがったども、今は懐かしい」

「幼いながらよくぞ生き抜いて、この郷に流れ着いたものよ。おぬしには神の加護があったのだ」

久四郎は女たちの身の上にも詳しい。床《とこ》の中でも親身に聞いてやるのか。よし見習おうと、ちらりとでも思った己が浅ましい。杜宇は女たちの輪から離れ、臼《うす》の前に移って籾を摺《す》る。臼で籾殻を取れば、それが玄米だ。

「杜宇、なんじゃ、その侘《わ》びしさは。我らが手伝《てつど》うてやろうか」

見物に訪れた親仁どもがからかってよこすが、女誑《おんなたら》しと鍵《かぎ》の親仁は半ば本気の面持ちで覗《のぞ》き込んでいる。「遊び女《め》らが外で働く姿も一興《いっきょう》だの」と女誑しは目を光らせ、鍵の親仁は「手先なら負けぬ」と競い心を出している。

「邪魔だ、邪魔。人手は足りておる」

邪慳《じゃけん》に追い払った。


よき匂いだ。目を閉じて味わいたくなる。

年貢納めの今日、館の広間には樽《たる》や桶《おけ》や反物《たんもの》、巻物が堆《うずたか》く積まれている。今年は南蛮渡《なんばんわた》りらしき大壺も納められたようで、極彩色で描かれた花鳥が鮮《あざ》やかだ。杜宇はそのかたわらに米俵を高々と積んだ。紙や絹織物、綿織物、山の幸や海の幸も匂いを放って賑やかだが、杜宇の鼻は米俵の匂いだけを感じ取る。日向《ひなた》や雪、霜や雨、野分。そんな季節のさまざまが一粒に凝縮されている。土と光と水の匂いだ。

郷の者らは列を組んで順に姫の前に進み出るのだが、米俵の前を通りがかるつど「ほう」と顎を上げ、そして杜宇を振り向いて目配《めくば》せをよこす。親仁どもや飯屋の女、若者らも同様に。

杜宇、やり遂げたの。

親仁どもは此度《こたび》は賭けなかったのであろうか。

胸にこみ上げてくるものがあるが、微《かす》かに会釈《えしゃく》を返すのみに留《とど》めた。納めが済むまでは何が起こるか知れたものではない。まだ油断できぬ。列が進んでようやく番がきて、上座に相対した。咳払《せきばら》いを一つ落とし、ぐいと胸を張った。分麻呂が帳面に落としていた目を上げ、満面の笑みで迎えてくれる。

「杜宇は米を三十八斗納めたり。おめでとう」

ところが姫は紙垂《しで》つきの榊をよこさず、小鼻を広げて「分麻呂」と呼んだ。

「何がおめでとうぢゃ。杜宇は三石の米を納める約束のはず。今年もしくじりおった」

紅い唇《くちびる》をまくり上げている。これからいかにいたぶってやろうか、嬉しくてたまらぬ時に姫はこんな顔をする。今日はまた化粧が念入りで、額も頬も白絹のようにぬめっている。表衣は梔子色《くちなしいろ》に森の木々が刺繍《ししゅう》された珍しいもので、葡萄《ぶどう》や蔦《つた》の模様が裾まで茶や緑を這わせ、鳥の木菟《みみずく》も刺繍だ。

分麻呂が烏帽子をきょとりと傾げ、膝で前に進んで姫に耳打ちをした。互いに扇をかざしているので面持ちは見えぬが、「ええ」と不服そうな姫の声が聞こえてくる。

「三十八斗は三石を超えておるのか」

「はい、易々《やすやす》と」

「易々とな。それは面妖《めんよう》な」

「杜宇は三石に加えて八斗、すなわち三十八斗を郷に貢祖《こうそ》したのでござります る」

「なんと。なら、どうなる」

「言祝《ことほ》いでおやりにならねばなりませぬ」

姫は「あやや」と洩らし、扇を外した。白粉《おしろい》が割れそうなほどの仏頂面《ぶっちょうづら》だ。

「おめでとう」

広袖が動いて、渋々と榊の一枝をさし出した。杜宇は辞儀をして、それを受け取る。

「お世話になり申した」

ようやく解き放たれる。吾は出られる。京に向かおう。大きな都《みやこ》へ。それとも江戸か。ん、江戸でもよい。向後は自在に生きられる。

新しい地で生き直そう。

「ところで、久四郎は如何《いか》がした」分麻呂が朱筆を遣いながら訊く。

「姫飯を皆の衆にふるまうべく、厨に入っておる」

世話になった礼に、最後は姫飯を味おうてもらおうと言い出したのは久四郎だった。むろん杜宇に否やはなく、昨夜、余剰《よじょう》の玄米一升を二人で搗《つ》いて白米にし、洗い、桶の水に漬けた。

「さようか、姫飯を炊きやるのか」

姫は途端に頰を明るませた。

「今年の米は去年よりさらに旨いはず」請け合い、広間を出て厨へと向かった。

廊下を進む間も、己が浮足立っているのがわかる。

無理強《じ》いされた米作りであったが、吾はしおおせた。かほどに満ち足りた心地は初めてだ。

「久四郎、姫飯は炊けたか」

が、竈《かまど》の前に姿がない。長屋を出る前、久四郎は白襷《しろだすき》と白鉢巻を懐《ふところ》に入れていた。そして共に館へと歩いてきたのだ。玄関口で左右に分かれ、杜宇は広間へ、久四郎は厨へと向かった。

厨の女たちは今日は藍色の布を頭に巻いており、各々が板間や土間に屈んで手を動かしている。

何人かが顔を上げた。

「久様はおいでじゃありませんよ」

「いや、ここで姫飯を炊くのだ。それとも炊き終えたのか。長屋に戻ると申しておったか」

矢継ぎ早に問いを放てど、女たちは不審げに「いいえ」と頭を振る。

「今朝は一度もお見えになっておられねえだよ」

首を傾げながら裏庭へ出てみたが、干魚と吊るし柿が軒《のき》に並んでいるばかりだ。忘れ物でもしたのかと長屋に戻ってみたが、やはり姿がない。市庭の中を思いつくままに捜し回れど、今日は年貢納めであるので遊女屋も閑散《かんさん》としている。得体の知れぬ不安がせり上がってきた。気がつけば足を速め、市庭じゅうをぐるぐると駈け回っていた。

大公孫樹《おおいちょう》の枝下に戻った時は肩で息をしていて、半身を折って腿《もも》を摑んだ。思いついて躰を起こし、田への道を駈け上がる。畦道を巡らずとも、稲刈りの済んだ田は藁色の土を見せて雀の群れが遊ぶばかりだ。まだ片づけていなかった稲架に近づけば、白いものが二筋掛けてある。

近づけば、白襷と白鉢巻だ。

手に取り、握り締めた。拳《こぶし》にだんだん力が籠《こ》もり、奥歯を鳴らした。館の厨へと駈け戻り、収蔵庫に入った。奥に進めば小窓だ。

種籾の穂束《ほづか》が消えていた。


広間でまんじりともせずに坐している。

年貢はいずこかへ運ばれたようで、分麻呂と二人だ。朔に事情を話すや「広間で待て」とのみ命じられ、そのまま日が暮れた。

「誰ぞに攫《さら》われたのではないか」

分麻呂は心配のし通しで、ゆさゆさと膝を揺らす。その音が耳に障《さわ》る。

種籾の穂束が無くなっている以上、久四郎は出奔《しゅっぽん》したと考えねばならない。そう思いながら、帰ってきてくれと願う気持ちがある。そうだ。のっぴきならぬ事情でしばし郷を出たに違いない。だがきっと帰ってくる。人をそらさぬあの口で皆を呆れさせ、笑わせ、堂々と別れを告げる。二人は肩を並べて頭を下げ、歩き出すのだ。

さあておぬしはいずこに行く。訊《たず》ねれば、まだ何も決めておらぬと口許を綻《ほころ》ばせる。それだけで心は伝わり合ってしまう。

なら、共に歩こうぞ。心ゆくまで。

山路《やまみち》を歩く二人の旅姿が目に泛《うか》ぶようで、けれどそれはたちまち広間の薄闇に消されてしまう。わからんと、また頭を抱えた。

まだ吾に怨恨《いこん》を抱えておったなら、いつでも襲《おそ》えたではないか。長屋でも田でも。だが郷の暮らしが久四郎を変えたのだと思っていた。稲作りに、あれほどの意と知恵を尽くして働いたのだ。あれが偽《いつわ》りであるとは思えぬ。

やはり信じてやるべきではないか。信じたい。

立てた膝の上に頭をのせ、その頭が膝の間に落ちる。

そう。吾は信じたい。

名を呼ばれて頭を擡《もた》げれば、朔だ。分麻呂が「どうじゃ、見つかったか」と口早に訊ねた。

「この郷にはおらぬ」

ふと思いついて身を起こした。

「分麻呂のあの小屋には」

すると分麻呂が血相を変えた。

「縁起でもないことを申すでないわ。久四郎が草生水のことなど知る由《よし》もなかろう」

「杜宇が目を離しておらねば、な」

朔の声はいつにもまして冷淡だ。

「目など離しておらぬ」

声を強めたが、いや、待てよと目を斜めに上げた。

「鳥追いと獣除けだ。あの夜番は交替で行なった」

「それは承知している。いつの夜も、久四郎に不審の動きはなかった」

「配下の者に見張らせていたのか」

朔は黙って腕を組んだ。蠟燭《ろうそく》の灯《あかり》は背後の板床に並んでいるので、顔つきがわからない。

「なら、吾に間者《かんじゃ》の真似事をさせる必要などなかったではないか。いつもいつも指図しおって」

「おぬしに枷《かせ》を嵌《は》めておかねば、たちまち気を許す。訊ねられるままに喋《しゃべ》り散らす」

肚《はら》の中で硬く膨れ上がったものが、木の実のごとく爆《は》ぜた。

「なら、手前で久四郎を捜せ。手下どもを走らせて行方《ゆくえ》を突き止めろ」

わめいて立ち上がれば、分麻呂がおろおろとしている。

「とうに走らせた。二十人の配下が山に分け入り、村々に下りて捜している」

「殺すなよ」叫んでいた。

「生きたまま連れ戻せ」

朔はじろりと杜宇を睨み返し、「むろん」と声を落とした。

「奴の狙いを吐かせるまでは」


杜宇は館に留め置かれ、館の中の長屋で寝起きをしている。

市庭にもこの変事は知れ渡っているはずだが、親仁どもの一人として訪ねてこない。腕枕をして横になり、時折、三日経《た》ったのだろうか、それとも四日かと算《かぞ》えてみる。横になっても眠れず、一睡、二睡してはまた目を覚ます。やがて朝と昼と夜の綾目《あやめ》がわからぬようになり、夜明けと共に田に出ていた己が幻のように思える。

久四郎も幻であったのではないか。

それとも、この郷も。

吾は長い夢を見ているだけではないのか。それとも、もう死んでいるのか。あの寺の裏で久四郎に斬られて。あるいは、苫屋《とまや》で朔に咽喉《のど》を絞められて。

引戸が動く音がして、見れば分麻呂だ。椀を手にしている。杜宇はのろりと身を起こし、すると分麻呂は胡坐《あぐら》の前に腰を下ろしてそっと椀を置く。

「葛湯《くずゆ》じゃ。何も食さんと聞いたでの」

杜宇は黙って椀を持ち上げた。一口啜《すす》れば甘い。

「甘葛《あまづら》をたっぷりと奢《おご》ってある」

そこで言葉を切り、杜宇にしんみりと目を合わせてくる。

「あともう少しの辛抱ぞ。年が明ければ吉事《きちじ》がある。その際には、おこともここを出てよいと姫はお許しになるであろう」

「吉事」杜宇は口から椀を離した。

「草生水をの」

またそこで言葉を吸い込み、しばし眼差《まなざ》しを左右させたのち、思い切ったように顔を近づけてきた。

「献上されるのよ。あの、臭いのせぬ草生水を」

「誰に」

「お父上じゃ」

「姫の父君か」

椀を床に置いた。分麻呂は板戸を見やり顔を戻すや、さらに声を潜《ひそ》めた。

「上皇《じょうこう》じゃ」

いちどきに目が覚めたような気がした。

「姫は真《まこと》の姫御前《ひめごぜ》であるのか」

今の上皇といえば、たしか徳川《とくがわ》家の息女《そくじょ》が初めて輿《こし》入れした帝《みかど》だと聞いたことがある。権現家康公の孫娘が入内《じゅだい》した。公儀はそれ以前より禁裡《きんり》への力を強め、皇位《こうい》の継承にも介入していたと、そうだ、あれは兄が京からの客と話していたのだ。さらに帝の権威を失墜《しっつい》せしめる事件が立て続き、肚に据えかねた帝は幕府に諮《はか》ることなく譲位し、自らは上皇となった。

今の帝は女帝であり、母御《ははご》はまさに徳川家お血筋の后《きさき》だ。

「すなわち、今上《きんじょう》の姉妹か」

「然《しか》り。お上のお妹君じゃ。ただ、上皇が子福に恵まれてあらしゃるのは存じておろう。譲位後にも三十余人のお子を儲《もう》け、出家されたのちもたんと、の。ゆえにごきょうだいは途方もなく多い」

「さような姫が、なにゆえこの郷に」

「母御は公家のお生まれではのうて、白拍子《しらびょうし》であられたのよ。上皇は帝であられた頃も禁中《きんちゅう》法度《はっと》をものともせずに遊女を禁裡にお引き入れにならしゃった。文の芸をお好みになり、御《お》自《みずか》らも歌に漢詩、書画に茶、香の道を究《きわ》められ、姫の母御がそれはまた美しい舞い手であるばかりか敷島《しきしま》の道にも優《すぐ》れた方でおわした」

「問いの答えになっておらぬぞ」

「問い。ああ、なにゆえこの郷に、であったか」

分麻呂は眉を曇らせた。

「さてもそれよ。帝は上皇にならしゃっても姫の母御を寵愛《ちょうあい》なさり、片時もそばから離そうとはなさらぬ。姫はといえば、近江《おうみ》のさる尼寺《あまでら》に預けられ、そこの庵主《あんじゅ》が大切にお育て申した。じゃが母御が突如の病で身罷《みまか》られたのじゃ。上皇のあまりのおふるまいに女官らが謀議《ぼうぎ》して毒殺に及んだのではないかとも噂された。遊女を禁裡に居続けさせるなど、徳川につけ込まれる禍《わざわい》にしかならぬと案じたのであろうか。それとも嫉《そね》みが嵩《こう》じてのことであろうかはわからぬ。じゃが、おそらくその両方であろうの。光る君の昔より、げに恐ろしきはおなごの妬心《としん》ゆえ」

頭の隅の遠くで瞬くものがある。

尼寺。朔だ。祖父が死んだ後、しばらく尼寺で養われたと話したことがある。

「もしや、朔と姫は尼寺で出会ったのか」

分麻呂は首肯《しゅこう》した。

「さよう。月の満ち欠けは朔日《さくじつ》に始まる。なれど月そのものは夜闇に埋《う》もれて目に見えぬ。見えねども、月はそこにある。やがて徐々に姿を現し、十五夜に満ちる。望月《もちづき》になる」

姫と朔は、陽と陰なのだ。生まれは違えど巡り合った。

姫は己の影に、朔は己の光に。

なら、二人でこの郷に入ったのか。

再び口を開こうとした刹那《せつな》、廊下で足音がして板戸が引かれた。

「広間に」

朔の配下が短く告げた。分麻呂と顔を見合わせ、すぐさま立ち上がった。

久四郎が見つかったのだろうか。あるいは。

心ノ臓が鳴るのを掌で押さえ、そのまま顔をもつるりと撫で下ろした。

「分麻呂、参ろう」

「杜宇、大丈夫か」

「葛湯で甦《よみがえ》った」

分麻呂は苦笑めいた声を洩らし、しなびた烏帽子を揺らした。

十　籤《くじ》

分麻呂《わけまろ》と共に広間に入った。

四隅にはすでに灯《あかり》がともされている。炎はいずれも大きく強く、だが松明《たいまつ》のごとき火の粉や煙《けむり》は出ていない。草生水《くそうず》を用いた灯なのだろう。あの、鼻腔《びこう》を刺されるような臭《にお》いも漂っていない。

静かな火だ。分麻呂は見事、しおおせた。

ほどなく姫と朔《さく》が現れ、いつものごとく車座になる。杜宇《とう》の正面には稚児髷《ちごまげ》の姫が坐した。顔は仄白《ほのじろ》い。怪しいほどに若く可憐《かれん》、それでいて老練の女にも見える。齢など、もうどうでもいいが。

朔が口火を切った。

「久四郎《きゅうしろう》の行方《ゆくえ》を突き止めた。配下が申すには、上野《こうずけ》との国境《くにざかい》の山中、杣人《そまびと》の集落だ」

姫の紅《あか》い唇《くちびる》がゆるりと開く。

「黒雲衆《くろくもしゅう》か」

「ご明察」

朔の声もいつもの通り、平然としたものだ。

「なら、来るな」

「来る」

「いつ」

「やつらが久四郎の申し立ての吟味《ぎんみ》に半日かけるとしても、事を決するのは一瞬だ。ただ、あの衆は一所《ひとところ》に集まって暮らしておらぬゆえ、方々に報《しら》せを走らせて参集させるのに三日はかかる。だが、いざ出立《しゅったつ》いたさば恐ろしく速い」

「夜が明けたら郷《さと》の民《たみ》を集めよ。男も女も子供も年寄りも、皆々ぢゃ」

「承知」

「武具を用意せよ、砦《とりで》を築け」

「承知」

朔と姫は淡々とやりとりを続け、こなたには目もくれない。左手に坐している分麻呂を見やれば愛おしげに灯を見つめるばかり、うっとりと悦《えつ》に入《い》り、姫の申すことには大袈裟《おおげさ》な相槌《あいづち》を打つ慣《なら》いさえ忘れているようだ。

杜宇は咳払《せきばら》いを落とし、姫と朔を順に見据《みす》えた。

「訊《たず》ねたい。黒雲衆とは何者」

姫は杜宇がここにいることに初めて気づいたかのように、ちろりと見返すばかりだ。朔も横顔を回《めぐ》らせもしない。

「おぬしの申しておった敵がそやつらか」

「そうとも言えるし、そうでないとも言える」

「おぬしが予想できておらなんだ相手ということだな」

わざと言いがかりめいた言《げん》を投げれば、朔はようやっとこなたを見た。眼光《まなざし》は常のままの冷たさで、月影を孕《はら》んだ夜の水面《みなも》のようだ。

「黒雲衆は山の流浪《るろう》民だ。平素は杣人として暮らしておるが突如として群れを成し、山を越える。村落を襲《おそ》うて銭に米、麦、紙衣《かみこ》一枚も余さず奪《うば》い、女子供を攫《さら》い、むろん男は一人残らず殺戮《さつりく》する。あとに何も残さぬので稲子《いなご》の大群、黒い雲霞《うんか》のごとき衆だ」

群れの羽音が耳底で鳴るような気がして、杜宇は拳《こぶし》を握りしめた。

「久四郎はそやつらの間者《かんじゃ》、草ノ者《くさのもの》であったのか」

「黒雲衆の祖は荒武者《あらむしゃ》や僧兵《そうへい》の成れの果ても多いと聞く。血が荒ぶれば群れて走るのだ。策を巡らせて草ノ者を遣《つか》うような真似は好まず、むしろ謀《はかりごと》を蔑《さげす》む。久四郎とて、やつらの手下として働くには気位《きぐらい》が邪魔をする」

「なら久四郎は」

「売りに行ったのだろう」

「売る」顔が斜めになった。

「もしや、種籾《たねもみ》の穂束《ほづか》をか」

「馬鹿な。山中で暮らす黒雲衆が稲作などするものか。奴らは狩るのだ。獣《けもの》も人も」

姫が「おまえはまだ気づかぬか」と、手にした扇《おうぎ》を打ち鳴らす。

「久四郎が売りおったのは、滅ぼし甲斐のある獲物ぢゃ。自在で豊かで、かくも麗《うるわ》しい獲物」

背筋がびんと音を立てて跳ねた。

おのれ、久四郎。

青姫の郷を売ったのか。

黒々と噴《ふ》き上がって、膝頭《ひざがしら》がわななないてくる。裏切られたのだ。吾《われ》は裏切られた。生きたまま再び相まみえたいと願った己は、とんだ阿呆《あほう》だ。

分麻呂がばさりと広袖《ひろそで》を動かし、板床に片手をついた。

「姫。先ほどから何を仰《おお》せであらしゃいます。手前にはかいもく」

「黒雲衆が攻めてくると言うておる。これまでは目にも入っておらなんだはずのこの郷を、久四郎が教えて煽《あお》った」

分麻呂は「な」と小刻みに躰《からだ》を震わせ、「なら」と取り縋《すが》った。

「草生水の献上は如何相《いかがあい》なりまする」

「知れたこと。取り止《や》めぢゃ」

「そんな。姫、お考えをお直しくだされ。お上《かみ》も楽しみにお待ちであらしゃると仰せであったではありませぬか。約束を違《たが》えられては姫のお立場にもかかわりまするぞ。何が襲来しようと、それは朔にお任せになればよいことにござりましょう。ああ、まもなく灯具《とうぐ》も届きましょうほどに。此度《こたび》はイスパニヤのギヤマンにござりましてな、火がそれは美しゅう映えまする」

「くどい」

厳しい声音で斥《しりぞ》けられ、烏帽子《えぼし》から胡坐《あぐら》までが一気にしぼんだ。動かない。朔と姫が広間から去っても、蛞蝓《なめくじ》のごとく床にへばりついている。

「気を落とすな。おぬしの申す通り、朔は黒雲衆とやらを迎え撃ち、難なく平穏を取り戻す。さすれば姫のことだ、すぐさま京に上ると言い出そう。献上の用意をおさおさ怠《おこた》るな」

慰《なぐさ》めながら、おのれを鼓舞《こぶ》していた。

黒雲衆だと。さようなもの、なにほどのことがあろう。この郷がそうも易々《やすやす》と滅ぼされるはずがない。

「立て」

肩に手を置いたが、触れるなとばかりに身をよじった。分麻呂の躰から油の臭いが立った。

夜が明けるや、郷の衆が広間に集められた。

市庭《いちば》には定住していない者も多いので数は川水のごとく常に流動しているが、ここに参集し

た衆は三、四百ほどであろうか。蔀戸《しとみど》がすべて上げられても入りきらず、廊下に広縁、縁下《えんした》の

砂場にもびっしりと坐している。砂場にはふだん見かけぬ子供が多い。泣きやまぬ子供がいれ

ば、母の腕の中でまだ眠りこけて頭をぐらぐらさせている赤子もいる。白い蓬髪《ほうはつ》の年寄りの

姿も見える。

「杜宇、こっちだ」

広間の板壁沿いに並んだ親仁《おやじ》どもに呼ばれ、壁を背にして腰を下ろした。列の前には飯屋の

女や遊女らが坐っている。遊女の数人は杜宇の姿を認めて会釈《えしゃく》をよこし、しかし目は久四郎の

姿を探しているようだ。

「この数日、久様のお姿をお見かけしませぬが」

黙って聞き流すしかない。女らは不審《ふしん》げに顔を見合わせたが、親仁どもと飯屋の女は何も訊《き》

いてこない。どのみち、衆議が始まれば事の次第が明らかにされるだろう。久四郎の所業は杜

宇への怨《うら》みに端を発していることが。

昨夜、眠れぬままに考えた。あの男はおそらく片時も怨みを忘れていなかったのだ。であれ

ば、なにゆえ稲作りに助力《じょりょく》した。ああも熱心に、親身に。

わからぬ。わからぬ、わからぬ。

苛《いら》立《だ》って頭を掻《か》き毟《むし》り、胡坐を小刻みに揺らし続ける。飯屋の女が振り向いて、「うるさい」

と険《けわ》しい目をした。

姫がお付きの女たちを従《したが》えて入ってきた。その姿に広間がどよめく。

頭は大垂髪《おおすべらかし》で頂《いただき》には銀の冠《かんむり》、唐綾《からあや》の三ツ小袖《こそで》には白の袿《うちぎ》を重ね、袴《はかま》は朱《しゅ》、腰の後ろからは四《し》幅《ふく》の裳裾《もすそ》を長く引いている。手には錦《にしき》の扇だ。今日は上座に数段高い壇が設《しつら》えられている。姫はお付きに手を引かれ、壇上の床几《しょうぎ》に腰を下ろした。

背後に朔が立つ。分麻呂はその隣に並んだが、烏帽子が重いと言わぬばかりにうなだれている。

「皆の衆、よう集まった」

姫の凜《りん》と張った一声に郷の衆は居ずまいを改め、赤子までが鎮《しず》まった。

「時がないゆえ緒言《しょごん》は省《はぶ》く。まもなく、黒雲衆に襲撃を受ける」

水の流れるような音がした。皆が一斉に息を呑んだらしい。

「まもなく、とは」

賽子《さいころ》が大音声《だいおんじょう》で問うた。

「早ければ明日」

「明日」

広間がざわついた。だがこうして事前に襲来《しゅうらい》を察知しているのだ。手立ては講じられる。すると飯屋の女が同じことを口にして、「今日一日、備《そな》えができるんだ。おたつくんじゃない」と周囲をたしなめている。

「本来であれば衆議を尽くすべきことぢゃが」

姫は天を仰ぐように宙《ちゅう》を見やった。

「今より籤《くじ》を引く」

危急存亡の秋《とき》にあっても籤で決めるというか。耳を疑ったが、皆の衆は否を言い立てる気配もない。

「籤は三本ぢゃ。よいか」

「よかろう」衆が口を揃《そろ》えて応えた。

「玉結び一つは、逃散《ちょうさん》」

逃げるのか。

またも啞然《あぜん》とした。大人も子供も、皆して闘うのではないのか。いつか、賽子の親仁が誇らしげに話していたのだ。

いざとなれば民の衆、皆が兵になる。男も女も、年寄りも子供も、武の芸は並でない。

だが親仁は平然と前を向いたままだ。

「玉結び二つは、足弱《あしよわ》の年寄りに女、子供、そして自ら望む者は逃散すべし。残った者で闘う」

「よかろう」

逃げたい者は逃げてよしということか。青姫の郷らしい。

「玉結び三つは、皆して闘う」

郷の衆の肩が稲穂の波のごとく動き、「よかろう」と力強く頭を持ち上げた。

「いずれの卦《け》が出ようと、朔の指揮に従うべし」

朔がすうと一歩前に進み、衆を見渡した。正式に武の長に戻されたようだ。

「よかろう」

この男に命を預けるのだと、衆が言明した。

「籤をもちゃれ」

姫の命《めい》を受け、お付きの女たちが滑《すべ》るように動いて箱を運んできた。純白の絹布《けんぷ》張りのようだ。分麻呂はただ茫《ぼう》として立っている。

「籤を引きたい者はおるか」

姫が広間を見回し、広縁の下の砂場にも目を投げたが誰も微動だにしない。

「ならば杜宇。杜宇はおるか」

数多《あまた》の目がざあと音を立てて集まって、立ち上がらざるを得なくなった。

「杜宇、前に出て籤を引きやれ」

「吾がなにゆえ」

「久四郎のおまえへの怨みがかくなる禍《わざわい》を招いたのぢゃ。おまえが引け」

「吾に郷の運命《さだめ》を選ばせるのか。それが吾への罰か」

「怖いのか」

姫がふふんと頬《ほお》を盛り上げた。いつもの挑発だとわかっているが、躰は正直だ。総身が強張《こわば》り、血の気が引いてゆく。吾の顔は今、色をまったく失っているに違いない。だが前へと踏み出していた。

「久四郎が杜宇に仇《あだ》なしておったとは、信じ難《がた》い」

「一年も共に暮らし、仲よう稲を作っておったでのう。杜宇、少しも気づかなんだのか」

「いや、なにかの間違いではあるまいか。ああも爽《さわ》やかな気持ちのよい男であったのだぞ。黒雲衆とかかわりがあるようには見えなんだ」

皆の訝《いぶか》しむ声を背中で聞きながら、びっしりと埋まった肩や膝の間を進んだ。久四郎贔屓《びいき》の若者らの顔も見えたが、いずれも蒼褪《あおざ》めている。慕《した》うていた久四郎がこの窮地《きゅうち》にかかわっていることは察したらしいが、とても信じられぬのだろう。当たり前だ。吾にもまだ気持ちが残っている。

久四郎、他の誰がおぬしを非難しようと吾は信じておったぞ。

そう言って胸を小突きたい。信じる己を信じたい。さような甘さを久四郎はすぐに見抜いたのだろうか。そして吾はまんまと油断して信じて、易々《やすやす》と手玉に取られたのか。

久四郎、おぬし、なぜ消えた。出てこい。吾を討ち果たせばよいだけではないか。郷を売るな。

壇上に上がり、姫を見る。

「郷がどうなっても知らぬぞ」

「それも神意《しんい》ならば」

「そもそも吾を生かした籤が間違《まちご》うておったのではないか」

「神意は間違わぬ」

姫は動じない。笑みさえ湛《たた》えて丸い顎をしゃくった。早く引けと促《うなが》され、箱の前に進み出る。

三本の紙縒《こよ》りが立っている。籤の先はまだ箱の中、すべての運命が、生死がそくそくと息をしている。

吾はどの籤を望んでいるのだろう。

闘うか、逃げるか、何を守り、何を捨てるか。

手を伸ばし、真ん中の紙縒りを引いた。しばし静まった。

「玉結び、ふたぁつ」

姫が宣《の》ぶれば、郷の衆が一斉に立ち上がった。

「よかろう」

年寄りに女子供、そして自ら望む者は逃散すべし。残った者で闘う。

槌音《つちおと》が間断なく響き、丸太組みの砦《とりで》が築かれてゆく。

広間には具足《ぐそく》と大小の刀、槍《やり》などの武具が山と積み上げられた。親仁どもと共に素裸《すはだか》になり、まずは褌《ふんどし》をつける。筒袖の襯着《したぎ》は左腕から通して着る。古来、礼法では常に左が上位だ。帯は腰の後ろに回し、右寄りの位置で結ぶ。小袴も左足から入れ、腰の紐《ひも》を結んだ。

「農の芸の者にしては、着用法を心得ておるの」

賽子がからかうような言い方をする。

「剣の術を学んでおったゆえ」

その剣稽古《けんげいこ》がすべての始まりだと思えば唇が寒くなるが、今は余計な心気を挟まぬことにした。

「おぬし、なにゆえ残った」

軽い口調で訊ねてくる。

「なにゆえ、とは」床に腰を下ろして右の膝を曲げ、左の膝を立てて革足袋《かわたび》をつける。

「年貢納めを済ませたのだ。晴れて郷を出られる身ではないか。なにゆえ、ここに残って戦支《いくさじ》度《たく》なんぞしておる」

その道を考えもしなかったことに気がついた。坐したまま身を屈《かが》めて草鞋《わらじ》をつけ、脚絆《きゃはん》と脛当《すねあて》をつける。

「年貢納めを済ませた以上、吾も青姫の郷の民だ。去らぬ」

「そうか」威勢よく親仁が立ち上がった。

「やい、おれの勝ちだ」仲間に自慢顔を向ける。すると鍵破《かぎやぶ》りがにたりと笑った。

「おれも去らぬ方に賭けた。杜宇が郷を出るに賭けたのは、女誑《おんなたら》しと船操《ふねあやつ》りの二人ぞ」

「そういやあの二人、姿が見えぬな」

「逃げる者どもの先導役、とうに出立《しゅったつ》いたしたわ。石組みは朔に呼ばれて帰ってこぬ。おそらく砦の相談だろう」

己が賭けに使われることには今さら驚かぬが、まるで切迫感のない戦拵《いくさごしら》えだ。他の連中も同様で、若者らは昂《たか》ぶってか笑い声すら立てている。杜宇も口の端を上げた。

「いかほど賭けたか知らぬが、二人が戻ってくればふんだくってやれ」

さあ、次は何を身につければよいのかと見回せど、もうわからない。賽子の親仁が膝鎧《ひざよろい》を手にして杜宇の背後に立った。前垂《まえだ》れのごとき腰紐が左右についており、

「紐は腰の後ろに回してしかと締めろ。先を前に戻して花結びにする。紐の余りは挟み込んでおけ」

手を貸してくれながら、「女誑しと船操りは戻ってこぬぞ」と囁いた。

「戻ってこぬのか」

「年寄りと女子供を逃がすが役目。わざわざ戦場《いくさば》に戻る必要などなかろう」

「ならば、どこかで落ち合うのか」

「いや。この郷が生き残れば、いつかふらりと姿を現すこともあろうが」

親仁を見返した。

「では飯屋の女や遊女らとも、二度と会えぬのか」

「何度も言わせるな。郷が残れば、いつかふらり、かもしれぬ」

「吾は別れも告げなんだ」

「おれたちもだ。それでよい。風が行き過ぎるのに、一々止まって名残りを惜しんだりせぬだろう」

それが郷の流儀か。別れの心情にも縛られようとしない。

「弓懸《ゆがけ》と籠手《こて》、具足のつけ方はわかるか」

「元服《げんぷく》の折に一度、父に教えられたことはあるが」

「弓懸は右につけろ」

「相わかった。だが、なにゆえこれだけは右なのだろう」革の弓懸に右手を入れ、一本ずつの指を嵌《は》めてゆく。

「弓を引くためだろう」

「なんだ、さような理由か」

「世の慣《なら》いなんぞ、すべからく他愛もない理由よ。自然《じねん》の理《ことわり》。ゆえに生き延びられる者は生き延び、死ぬ者は死ぬ」

「姫は死にそうにない。死んでも息を吹き返しそうだ」

「姫は自然の理そのものだからな」

「信じておるのだな」

「神意で選ばれた頭領だ」

姫は任期の三年を終え、また選ばれたのだと親仁は言った。籤によって。

杜宇が長屋に押し籠めになっていた間のことらしい。中腰になって具足を持ち上げれば、賽子が「坐れ」と肩を押した。

「前の引合せを右手で持て。後ろの引合せは左手だ。そうだ。そうして左膝の上に引き上げて左腕を通す。そのまま右手で右の肩上を引き寄せ、鞐《こはぜ》を合わせる。そうだ」

具足でずっしりと重くなり、他人の躰を借りているかのようだ。

「上帯《うわおび》をしかと結べ。肩への重みがいくぶんかはましになる」

肩上の鞐に袖をつけ、いよいよ大小の刀だ。まず小刀を差して下げ緒を絡め、大刀《だいとう》も上帯に差した。腰が定まったことで具足の重みが分散され、躰の動きも取り戻せそうだ。喉輪《のどわ》を首につけ、鉢巻《はちまき》をする。兜《かぶと》は右腕で抱えた。

兜の緒の締め方も按配《あんばい》が要るもので、きつく結ぶと顎が押されて口を開きにくくなり、ゆるく結ぶと兜がずれてくる。

十数年ぶりに、父に教えられたことを思い出した。まさか我が子がかようなものを実際に身につけて戦場《いくさば》に出ることになるとは、父も想像だにしなかったであろうが。どうせなら、鉄砲の遣い方も習《なろ》うておけばよかった。

しかしこの具足の古び方はひどいと、首を倒して我が身を見下ろした。方々で塗りが剝《は》げ、鉄砲穴も一つや二つではない。かつての戦では死んだ兵の武具は戦利品であったはずだが、戦の減ったこの頃では商人に流される物も多いと兄に聞いたことがある。これは先頃の島原の乱の物より遥かに古そうだ。慶長《けいちょう》の大坂の陣であれば二十三、四年前か。吾が生まれる前だ。

そういえばあの夏、久四郎と悶着《もんちゃく》を起こしたのが十七、そうか、年が明ければ吾も二十歳になるかと他人事《ひとごと》のように思う。黒雲衆らが鉄砲を仕掛けてくればたちどころに撃ち抜かれそうだと、具足の胸を撫《な》でた。

名を呼ばれて顎を動かせば、石組みの親仁が腕を組んで杜宇を見上げている。

「よき若武者ぶりではないか」

そう言う当人は、まだ小袴と胴丸鎧しかつけていない。「支度を手伝おう」と申し出たが、

「いや、この形《なり》でよいのだ。徒歩《かち》ではこの方がよい」と左右の膝を大仰《おおぎょう》に持ち上げて見せた。たぶん少しでも若い者に武具を回そうとの配慮《はいりょ》だろう。鍵破りの親仁は若者らの面倒を見て、次々と武者拵えを仕上げていっている。

質商《しちしょう》の番頭が広間に入ってきた。きょろきょろと首を動かし、こなたに目を留めるや内股の小走りで近づいてくる。「これを」と差し出したのは深紫の布包みで、形からしてすぐに察し

がついた。

「いや、買い戻す銭がない。まだ借金も残っておる」

そう言うと、番頭は少し顎を引いた。

「借金は姫のお指図で、ひとまずは棄捐《きえん》となりました。棒引《ぼうび》きです」

「そうなのか」

「郷が営む質商にござりますから。むろんあなただけではありませぬよ。ただし、これは急場の一時的なご措置にござりまして、郷が平穏を取り戻せば借金ももれなく戻ってまいります。その点はゆめゆめ誤解のなきよう」

「ああ」と、兜を抱え直した。

「この脇差《わきざし》もお返し申します。手入れは欠かしておりませぬゆえ、斬《き》れ味は抜群」

「忝《かたじけな》い」

番頭は「ご武運をお祈りいたします」と胸前で手を合わせ、そそくさと広間を出て行った。逃げたい者は逃げるという卦《け》だ。あの男も番頭業で得た稼ぎを懐にして郷を去るのだろう。

入れ替わりのように匂いが漂《ただよ》い入ってきた。炊き立ての飯の匂いだ。しかも姫飯《ひめいい》ではないか。厨《くりや》の女たちは逃げなかったのか、何人もで広蓋《ひろぶた》を抱えている。白く艶《つや》を帯びた握り飯が惜しげもなく供され、「芋汁もあるからね」と腰に手を置いたのは飯屋の女だ。背後には大鍋を運んできている女たちがいて、何度か同衾《どうきん》した顔もある。遊女屋の女たちだ。

「さあ、生きてるうちにたんとお食べ」

椀《わん》が手から手へと回ってきて、塩を奢《おご》った握り飯を頬《ほお》ばりながら芋汁を啜《すす》った。つるりと柔らかな芋に茸《きのこ》、葱《ねぎ》が舌に鼓《つづみ》を打たせる。目だけを上げれば、飯屋の女がこなたを見ていた。

「残ったのか」

「逃げるも苦労だからね。どうだい、あたしの炊いた姫飯は」

「かように旨《うま》い飯は喰ったことがない。米がよいのだろう」

「口が減らない男だねえ」

頭をのけぞらせて、からからと笑った。

「姫があんたに米を作らせた理由がちょいとわかったような気がするよ。金銀珠玉《きんぎんしゅぎょく》は飢えても食べられない、寒くても着られないもんねえ」

朔も兵糧米《ひょうろうまい》の備えだと言っていた。椀を空にして替わりを所望し、握り飯をまた貪《むさぼ》り喰《く》った。誰が作った米であろうが、空き腹に旨いものは旨いのだった。

物見櫓《ものみやぐら》の上で法螺貝《ほらがい》が鳴り響いた。

「南の山から来るぞ。南方を固めよ」

赤影《あかかげ》に跨《また》がった朔が、手にした采配《さいはい》を大きく動かした。兜と具足は変わった細長い形で、賽子いわく南蛮渡来《なんばんとらい》のものらしい。腰に差した旗指物《はたさしもの》は、満つる月を陰陽で二つ重ねた紋だ。

館の玄関前の広場に集まったのは二百の兵で、壱《いち》から伍《ご》まで四十人ずつの隊を組んでいる。杜宇は伍の組で、若者らも同じ組だ。久四郎がらみで存念を抱いているのか誰も近寄ってこず、こなたも声をかけない。騎乗は朔の配下の三十人のみで、他は徒歩だ。

姫は姿を現さぬので祈禱《きとう》に入っているのだろう。

壱ノ組の兵が朔の配下に先導され、市庭の南方へと走る。

「黒雲衆を市庭の中に引き込め」

敵方も馬は少なく、大猪《おおいのしし》に見紛《みまが》うほどの山犬を操って移動するのだという。だが恐れるべきは黒雲衆の足だ。山中で暮らす杣人はいかに峻厳《しゅんげん》な山でも踏み越えるらしい。

この館の背後から攻められたら。兜を指で持ち上げて北の空を振り仰いだ。石組みの親仁が石と丸太で砦を築いたようだが、山が迫って平場が少ないゆえさほど大きな砦は作れず、急拵えでもある。北を崩されればたちまち館が落とされる。まして久四郎はこの郷の造りを知り抜いている。黒雲衆に図絵を描いて指南《しなん》するだろう。

「弐ノ組、市庭の水路沿いに伏せて迎え討て。足を止めろ」

鉄砲を肩に担いで市庭に駈け下りた。鍵破りの親仁の後ろ姿が見えた。たまに遊女屋に頼まれて壊れた細工箱を直してやるのが関の山、いつも酔いどれて賭けに興じていた。そもそも錠前付きの蔵を持つ者など、ほとんどいない郷だ。他の親仁どもも同様だ。女誑しの親仁が女を溺《おぼ》れさせているさまなど見たことがなく、船操りの親仁の腕などここでは確かめようがない。

そういえば、海。潮風の匂いを感じたことがあった。

西北の空を見上げる。今は何も嗅《か》ぎ取ることができない。

「杜宇、ぼやぼやするな」

赤影の上から朔が見下ろしている。ひときわ偉そうだ。

「おぬしこそ、采配を抜かるな」

叫び返したその時、市庭の南方に聳《そび》える山が鳴った。百舌《もず》の声のごとき鋭《するど》い音が響いたかと思うと、地鳴りのごとき重い音が下りてきた。山が割れんばかりの鳴り方で、響きは足裏から腹へ肩へと這い上がってくる。赤影が盛んに首を動かし、肢《あし》を踏み変え、朔は手綱《たづな》を幾度も引き直している。

「見えた。あの黒い群れだ」

誰かが叫んだ。

大山犬に跨った杣人らが襲ってきた。想像より遥《はる》かに多い。総毛立った。まさに黒雲だ。

十一　心願成就

凄まじい砂塵《さじん》と土煙《つちけむり》が立ち昇り、薄黄色の幕を張ったようだ。

館前《やかたまえ》の広場に控えた杜宇《とう》は瞼《まぶた》に覆《おお》いかぶさる兜《かぶと》をまた指で押し上げ、目を凝《こ》らす。壱《いち》ノ組が先陣を切って市庭《いちば》に駈《か》け下り、敵を迎え討っている。その姿が煙幕《えんまく》の間に現れては消える。

黒雲衆《くろくもしゅう》は大山犬に乗ったまま渦状《うずじょう》の道を易々《やすやす》と駈け回り、水路を飛び越え、郷《さと》の兵を見つけるや瞬時に倒してしまう。まるで黒い翅《はね》を持つかのごとき素早さで、四方から長槍《ながやり》で突けども身をうねらせて躱《かわ》してのける。頭と躰《からだ》には獣《けもの》の皮を纏《まと》うのみで、具足《ぐそく》のたぐいはつけていない。背には弓、腰の周りにつけた革袋には小刀をぐるりと数十も仕込んであるようだ。大山犬に跨《またが》った両の脚と踵《かかと》を巧妙に動かして方向を指図し、左右の両手は腰から小刀を抜いては投げ、上から斜めに斬り下ろす。こなたの兵は喉《のど》や額《ひたい》、眼を小刀で突かれ、横ざまになったところを薙《な》で斬られ、ある者は背中から刺し貫かれた。誰が殺られ《や》たのか判別がつかぬ。毎朝、蜆《しじみ》を売り歩いていた若者か、遊女屋の前で浮かれ踊りをしていた痘痕《あばた》の客引きか。

敵方は何人いるのか。大山犬に乗っている者だけで百はいる。人数としてはこなたの半分だが、敵方にはさらに徒歩《かち》の者らもおり、その動きも途方もなく速い。身を屈《かが》めて滑《すべ》るように駈けながら小刀を操《あやつ》る。山中で獣を仕留めるように、淡々と慣れた手捌《てさば》きで。

「あの得物《えもの》、ただの小刀ではないの。これまで目にしたことのない武具だ」

賽子《さいころ》が呟《つぶや》くのが聞こえた。杜宇も市庭を見つめたまま言う。

「たしかに。細く鋭く、軽い」

出した声が掠《かす》れていた。喉輪《のどわ》が首を絞《し》めつけ、口中は早《は》や渇《かわ》いている。

「あれは梓《あずさ》じゃ。硬い木ゆえ細工に熟練の腕を要する。その先端をああも鋭く研《と》ぐとは、恐るべし」

背後で呟いた声の主を見れば分麻呂《わけまろ》だ。艶《つや》のある黒漆塗《くろうるしぬ》りの立烏帽子《たてえぼし》をつけ、玉虫色の直垂《ひたたれ》姿に替えている。手に提《さ》げているのは薬籠《やくろう》のようだ。

「戦《いくさ》じゃというのに立烏帽子とは、敵の目につくぞ」

親仁《おやじ》に諌《いさ》められるも、分麻呂は「侮《あなど》るでない」と前に出てきた。

「あの者らは軽々と扱《あつこ》うておるが、梓は重い木ぞ。上方《じょうほう》からあれを投擲《とうてき》されたらば躰《からだ》が後ろに折れ曲がるほどの衝撃、胸腰が割れる」

広間で姫に取り縋《すが》った昨晩とは別人のごとく落ち着いて、重々しいほどの口ぶりだ。草生水《くそうず》の献上にこだわり続けたものの、さすがに観念したか。目を上げれば、赤影《あかかげ》に乗った朔も分麻呂を凝《じっ》と見下ろしていた。が、すぐさま顎を正面に戻し、右手を高く掲げた。

「貳《に》ノ組、放て」

采配《さいはい》を大きく振った途端、一斉に冬空が割れた。火花が散り、秋雲も散り、数頭の大山犬が跳ね上がった。着地ができず、何頭もが重い音を立てて地面に腹を晒《さら》す。そこに走ってきた大山犬は次々と飛び越えて進むが一頭が足を取られて転び、地面に打ちつけられた。乗っていた者の一人も躰ごと投げ出されている。だが山犬よりも早く立ち上がり、脚を大きく広げた。ここから見ても際立った体軀《たいく》を持つ男だ。肩から腕にかけて瘤山《こぶやま》のように盛り上がっている。辺りを見回し、ふと気づいたかのように顔を動かしてこなたを見上げた。

異様な面貌《おもざし》だ。肌は柿渋《かきしぶ》を塗ったかのような濃《こ》さで、額と頰、唇《くちびる》の下には白や青の紋様が描かれている。二重の線、波、幾つもの三角。目鼻立ちも刀で彫り刻んだごとく、目と口は裂いたほどに大きい。その眼差《まなざ》しが動き、一点にぴたりと据《す》えた。馬上の朔を探り当てたようだ。

おまえが将か。

頰が盛り上がり口が動いた。音は発しない。唸《うな》るように鼻筋に横皺《よこじわ》を寄せたかと思うと、厚い歯を見せた。歯も青く染めている。舌は犬ほどに長い。

立て続けに砲音《つつおと》がして、そのうち何発かが男の肩や腹を撃った。撃ったはずだが、男は揺《ゆる》ぎもせず歩き始めた。腰から梓刀《あずさがたな》を抜き、腕を振りかぶる。迎え討つ兵の具足の隙間を狙い、決して外さない。郷の兵は次々と鉄砲を取り落とし、風に薙ぎ倒される草のように崩れてゆく。

そのうちの長槍遣いに気づいて、杜宇は身を硬くした。

あれは鍵破《かぎやぶ》りの親仁ではないか。

肩を並べて立つ賽子を見たが、兜に隠れた横顔からは何も窺《うかが》えない。市庭に目を戻せば、鍵破りは青歯の男と渡り合っていた。痩せぎすの躰のどこにかほどの力があるかと思うほどに斬り合い、しかしじりじりと押し負ける。後退し、蘭物屋《らんぶつや》の板壁へと追い詰められた。自ら手にしていた長槍を奪われ、胸に深々と突き立てられた。目を見開いたまま板壁に刺され、もう動かない。蘭物屋の暖簾《のれん》が血飛沫《ちしぶき》に塗《まみ》れて揺れている。南蛮の草花を染め抜いたものだった。

短く、賽子の親仁が呻《うめ》いた。

青歯の男は暖簾を引きちぎり、肩から背へと斜めに回して結んだ。血止めのつもりらしい。郷の兵が吠《ほ》えて男の前に躍《おど》り出るや、一斉に撃った。距離は至近だ。命中している。鉄砲から立ち昇る硝煙《しょうえん》は幾筋も連なり、火薬の臭《にお》いがここまで届く。だが男は悠々《ゆうゆう》と前に進んで鉄砲の一挺《ちょう》をむんずと奪い取り、長い脚を広げて構《かま》えた。

「朔」「狙われておる」

皆が口々に叫んだ。銃口は朔に向けられている。

「騒ぐな」

朔は身じろぎもしない。そうだ、火縄《ひなわ》の火はすでに消えているはずだ。しかし男は腰の革袋から何かを取り出し、火をつけるや銃身を肩よりも高く掲げた。数瞬のことで、音がしたのさえ遅れて聞こえた。馬上の朔を見上げた杜宇はまともに血飛沫を受けた。ようやっと瞼を押し広げれば眼の中が赤い。朔の左耳の下半分が千切れて飛ばされていた。

「わざと外しおった。眉間を狙おうと思えば狙えたに」

賽子の親仁が忌々《いまいま》しげに呟く。

朔は欠けた耳から血を垂れ流したまま、采配を振った。

「参《さん》ノ組、放て」

待ち構えていた四十挺が一斉に轟音《ごうおん》を放ち、男の躰が左右に前後にと傾《かし》ぎ始める。やがて大きな円を描くように回り、仰向けにどうと倒れた。

大山犬どもが初めて吠えた。谺《こだま》のような声が高く長く山間《やまあい》に響く。

それを先途として、思いのままに散り散りと動いていた黒雲衆が一つ処《ところ》に集まってきた。飯屋の前だ。そこは弧形の道にしては幅が広く開けている。彼奴《きやつ》らは瞬く間に隊列を組み、それが円陣となった。円の外に向かって胸を張り、すなわち鉄砲の弾が飛んでくるとわかっている方向に向かって身を晒している。ばかりか弓をぎりりと構え、放ち、梓刀を鋭く投擲《とうてき》する。徒歩の者らはものも言わずに駈け、水路を飛び越えて郷の兵に襲いかかった。

平素は杣人《そまびと》として山中に棲《す》み、血が荒ぶれば群れて走ると朔は言っていた。一所《ひとつところ》に集まって暮らしているわけではないとも聞いた。にもかかわらず、この統率の取れた動きは何だ。一人びとりがかほどの腕を持ち、互いにほとんど言葉を交わさず誰の命を受けるわけでもなく、自発的に隊列を成して攻撃を行なえる。

まるで一つの黒雲のごとく動いている。湧き、動き、襲う。弓が雨のように行き交い、銃が煙を噴くけれども、双方のいずれが放ったものか、館の広場からは区別がつかなくなった。郷の武具は敵方に奪われ、兵が腰に差した旗指物《はたさしもの》など誰の腰からもとうに離れ落ちてしまっている。

久四郎はどこにもいない。そんな気がしていた。あの男が流浪《るろう》民の兵と共に闘い、血を流すとは思えぬ。

「手応えがありそうだの」

賽子の親仁が言い放った。すると分麻呂が喰ってかかった。

「虚勢も甚《はなは》だしき。まるで太刀《たち》討《う》ちできぬではないか。あれは真の兵団ぞ。朔、なんとかいたさぬか。このままでは我らは皆殺しにされる。郷は滅ぶ」

甲高い声でおめいた。「おい」と、賽子が叫び返した。

「戦の最中だぞ。縁起でもねえことを四の五の吐《ぬ》かす暇があらば、朔の耳の手当てをせぬか」

一喝《いっかつ》されても、烏帽子は不服げに揺れている。朔は市庭のさまをまだ平然と見守り、采配を動かして指図する。

「肆《し》ノ組、行け」

四十人の中には石組みの親仁がいる。野太い声で「応《おう》」と叫び、市庭へと駈け下りた。長い棍棒《こんぼう》を手にしており、黒雲衆の円陣に突っ込んだ。大山犬の脚という脚を棍棒で叩き折り、円陣を崩し始めた。

いよいよだ。次は伍《ご》ノ組が出る。息を吐き、吸い、もう一度吐いた。それでも胸の動悸は治まることがなく、具足で固めたはずのこの身がひどく頼りないものに思われる。背筋が強張《こわば》り、膝鎧《ひざよろい》は無様に震えているではないか。

吾《われ》はこんなにも死ぬのが怖かったのか。死にとうなかったのか。

自問していた。自問すればなおのこと恐れが増すというのに。

「や」

誰かが発した。見下ろせば、円陣を崩したはずであった石組みの親仁が大山犬数頭に襲われている。戦慄《せんりつ》した。手脚を嚙《か》み砕《くだ》かれ、顎を咥《くわ》えられて躰ごと水路に引きずり込まれた。たちまち血色の塊《かたまり》になりつつある。他の兵らも射貫かれ、撃たれ、膾《なます》のごとく斬り刻まれてゆく。

賽子はそのさまから目を逸らさず、もはや一言一音《いちごんいちおん》も洩《も》らさない。

吾も見届けねばならぬのだと、杜宇は眉と瞼を持ち上げる。

あの親仁にも世話になった。月の美しい夜に酌《く》み交わし、田を作り、稲子《いなご》を追った。

「杜宇、左源太《さげんた》」

朔に呼ばれ、赤影の腹のそばへと歩み寄った。足の裏が地面を摑めず、一寸ほども浮いている心地だ。恐怖は寄せては打ち返してきて、腹を硬く冷たくする。己を恥じて頭を強く振り、朔を見上げた。賽子の親仁もかたわらに立っている。

「もそっと、近《ちこ》う」

耳から血を垂らした朔が身を屈め、顔を近づけてきた。血と汗の臭いがする。朔はほとんど聞き取れぬほどの低声で命じた。賽子と顔を見合わせると、親仁はしかと首肯《しゅこう》して返してくる。だがすぐさま視線を動かし、眉を顰《ひそ》めた。

「分麻呂は」

伍ノ組の若者らが無言で知らぬと応えた。分麻呂は親仁に詰《なじ》られてまた拗《す》ねたのだろうか。薬籠を置き去りにして姿を消していた。


館前の広場から離れ、命じられた物を受け取りに走った。

具足が上下左右に揺れ、総身が鳴る。賽子の親仁も肩を並べて駈けている。

「名は左源太なのか」

親仁は「ん」と喉の奥で返答した。

「榊原《さかきばら》左源太。鍵破りは三河《みかわ》の地侍《じざむらい》、村松弥惣八《むらまつやそはち》だ」

「鍵破りは武家か」

「徳川《とくがわ》家が艱難辛苦《かんなんしんく》の果てにようやく天下《てんか》取りを果たし、本来なら千代田《ちよだ》の城で奉公しておった身ぞ。しかし生まれつきであろうか、奴は手癖《てぐせ》が悪かったそうな。幾つもの戦で功を立てながら陣中で盗みを働いた。印判《いんばん》や扇子《せんす》や盃《さかずき》。なんでもよかったのよ。それが欲しゅうて盗むわけではない、盗むことが目的であった。とうとう事が露見して生き恥《はじ》を晒《さら》し、もはや武士としては生きていけぬ身だ。かというて腹を切ることもできず、出奔《しゅっぽん》して諸国を彷徨《さまよ》うた末、この郷に流れ着いた。今日の戦が初めてではなかったかの。あ奴が盗まなんだのは」

親仁はつと足を止め、兜を動かして北東の空を見上げる。高々と棒杭《ぼうくい》の立つ、高楼のごとき物見櫓《ものみやぐら》だ。だが尋常《じんじょう》な建屋ではなく、階下には大きな油井《ゆせい》を擁している。櫓の最上階には幾つかの人影があり、こなたに気づいて旗を振った。親仁も手を挙げて応える。わざわざ立ち寄ったのは、ここの無事を確かめるためであったのだろう。山沿いの裏道の砦《とりで》も朔の配下が立って守っていた。砦はどこで手配をつけたのかと思うほどに巨きな石を堅牢《けんろう》に組んである。石組みの親仁が組んだ。

「あ奴は宮原十兵衛《みやはらじゅうべえ》、まさに石組みの穴太衆《あのうしゅう》だ。近郷では知らぬ者のない腕であったよ。が、さる寺の普請場《ふしんば》で石が崩れて人死にを出した。十兵衛は弟子の過《あやま》ちを己の責めとして腹を切ろうとしたが、上《うえ》つ方《かた》から取り成しがあったのだ。これ以上死人《しびと》を増やさずともよい、と。そこは尼寺《あまでら》での。庵主《あんじゅ》どのが懇々《こんこん》と説いて、それでも十兵衛は死にたがる。もう二度と石が組めぬこの身、もはや生き存《なが》らえようとは思わぬと抗弁《こうべん》すれば、ならば頼まれてくれぬかと庵主どのは数珠《じゅず》の手を合わせた」

小走りで進みながらも、親仁は死者を語り続けた。供養のつもりであるのか。名を捨てて生きた親仁どもの人生を、最期にただ一度だけ蘇《よみがえ》らせようとしているのか。

「何を頼まれたのだ」

「二人の子供の警護《けいご》だ。北国の山中深くに郷がある。そこへこの子らをどうかして送り届けてほしいとな。で、わしも供に加えられた。京の主家をしくじって出奔し、流浪の末、坂本《さかもと》の地に辿《たど》り着いた身であった」

「二人の子供」

思い泛《うか》ぶ姿があるが、館の裏口へと着いた。親仁と共に土間に駈《か》け入れば、竈《かまど》の並ぶ庫裡《くり》で女たちが待ち構えていた。分麻呂も板間に坐して膝上で何かをいじっている。俯《うつむ》いた顔はまだ色が悪く、血の気がない。

「おせん」

親仁が呼んだ。

「用意はできてるよ」

飯屋の女が板間で立ち上がり、積み上げた木箱に手をかけた。この女の名も杜宇は初めて知った。中を覗《のぞ》けば、細い竹筒がびっしりと詰めてある。別の箱には矢が詰められ、さらに縄のみの箱もある。

「爆竹《ばくちく》、鏑矢《かぶらや》、火縄。棕櫚縄《しゅろなわ》をかけてあるのは火種壺《つぼ》」

おせんは混ぜ飯の具を説明するかのような口調で言い、腰に手を置いた。

「朔がこれを遣うことにしたってことは、手を焼いているんだね」

杜宇は顎を引いて認めた。

「ふん、なるほど」

おせんは口を一文字に引き結び、もう一度「なるほど」と口の中で呟いた。他の女たちも杜宇と親仁の前に膝を進め、「ご無事で」と手をついた。やにわに分麻呂が立ち上がり、小桶《こおけ》を提《さ》げて杜宇を見下ろした。

「ご無事で済むものか。初めから火を用いればよかったのじゃ。火で山犬どもを追い払えた。朔め、郷の者を無駄に死なせおった」

親仁が板間にずいと上がり、分麻呂の胸倉をいきなり摑み上げた。

「市庭で火器を用いればどうなる。油井に火が回らぬとも限らんのだぞ。だいいち、襲来を受けた時は向かい風であった。煽《あお》られた火が館に移って燃えれば、油井にも火の粉が飛ぶ。おぬしの大切な草生水が燃えてしもうても良いというか。朔はしかと風向きを読み、今なら火を遣えると踏んだのだ。生き残った者がおりさえすれば、市庭は再建できる。だが油井に火を入れられてみろ。辺り一面を焼野原にするばかりか山にも火が移る。数十日も燃え続ける。それは神意の埒外《らちがい》、防がねばならぬ。そのくらい察しをつけよ。何年ここで暮らしておる」

分麻呂はほぐほぐと唇を揉《も》むが結句《けっく》は口を尖らせるばかりで、手荒に竹筒を差し出した。

「爆竹には火薬、鏑矢の空洞には草生水を浸《し》み込ませた綿を仕込んである。火縄の先はこの竹筒の草生水に浸《ひた》して火をつけよ。くれぐれも油井に火を回すでないぞ」

「知れたこと。それより、油井の蓋を頑丈にしておけ」

親仁は吐き捨てるように言い、木箱を抱え上げた。杜宇は竹筒と火種壺の棕櫚縄を持ちながら木箱二つを胸に抱え、広場へと取って返した。

広場に戻り、伍の組の者たちに木箱の中身と火種壺を渡してゆく。

朔が命じる。

「広場で方陣《ほうじん》を組め」

言うや、采配を高々と振り上げた。

「伍ノ組、行けい」

賽子の親仁が先陣を切って駈け下りた。杜宇もすぐさま続いた。

「搗米屋《つきごめや》の角で方陣を組むぞ。風に火を持っていかれるな。爆竹と鏑矢を手にした者は山犬どもの額を狙え。火縄は黒雲衆の手足を搦《から》め捕れ」

方陣を組んで皆で並んだ。砂風と土煙、硝煙に視界を遮《さえぎ》られ、何度も目をしばたたいた。地面には夥《おびただ》しいほどの骸《むくろ》だ。郷の兵、黒雲衆、大山犬が黒々と折り重なっている。

「爆竹」

親仁の命で若者らが火をつけ、肘《ひじ》を大きく引いた。投げる。黒雲衆が気づいて、何人もが列をなしてこなたに向かってきた。彼らは決して逃げない。必ず押してくる。

近間で見る衆はやはり柿渋色の顔に紋様を描いており、白や黄や緑、青だ。その顔を土と砂と血が彩っている。眼も真赤だ。山犬どもは口を開き、牙《きば》を見せつけるように剝《む》きながらさらに間合いを詰めてきた。禍々《まがまが》しい息が聞こえる。肉の腐臭《ふしゅう》が鼻腔《びこう》を刺す。と、耳をつんざく音が地面を持ち上げる。竹が割れ、火を噴き、頭頂に火がついた犬が闇雲に走り出した。鏑矢が火を噴きながら追い討ちをかけ、杜宇は火縄の先に竹筒の草生水を浸した。火種壺で火をつけ、竹筒を若者に渡して地面を蹴った。

火縄を大きく振り回しながら黒雲衆の隊列に突っ込んでゆく。頭の中は空白だ。隊列の動きだけを眼で捉え、火で隊列を分断し、乱す。一歩、二歩と後退させ、広場の中央へと追い詰めてゆく。と、具足の隙間を掠めるものがある。梓刀だ。飛んでくる。焼き鏝《ごて》を押し当てられたかのような熱を右の脇腹が発した。さらに左肩に一斬《いちざん》を受けた。それでも痛みは感じない。火縄を回し続ける。狙いを定め、黒雲衆の一人に向けて縄を放った。相手は摑み取ろうと腕を伸ばし、その腕に縄が巻きついた。獣の皮に火が移り、男は肩から脱ぎ捨てる。腰の革袋から梓刀を取り出し、杜宇も大刀《だいとう》を鞘《さや》から抜いて構えた。

木だというのに、梓刀は霜《しも》のごとき光を放っている。杜宇は走る。走りながら地面を蹴り、振り上げて斬り下ろした。色とりどりの顔の素地《そじ》はまだ少年のようで、呻いて発した声が幼かった。背後に気配を感じて腰を矯《た》め、振り向きざまに大刀で薙ぎ払った。味方との区別はついた。臭いが違う。また走る。賽子の親仁は二人に相対していた。順に叩くように斬り回っている。

相手の肘から先の二本が腕から離れて落ちるのが見えた。その間、鏑矢が間断なく飛んでくる。杜宇は躱す。しかし火の粉を浴びた。右手の革の弓懸《ゆがけ》が焼けたがそのまま敵の前に回り込み、数人を追い込んで斬った。骨を断った箇所は刃が毀《こぼ》れ、砕け落ちる刃片が冬陽に光る。

爆竹と鏑矢、火縄は大山犬の多勢を倒し、黒雲衆は徒歩の者が増えている。肩で息をしているが、こなたも息が切れかかっている。じりじりと渦状の道を進み、退《ひ》いては斬り、斬られ、やがて爆竹の音が聞こえなくなった。尽《つ》きたのだ。そのうち鏑矢、火縄も尽きる。

急げ。

大公孫樹《おおいちょう》が見えてきた。緑が去りきっていない黄金色だ。熟しきる寸前の稲穂の色に似ている。あの、青々とした匂い。大刀の柄《つか》を持ち変え、鋒《きっさき》で黒雲衆の喉を突く。血飛沫が風を染め、杜宇も真正面から浴びた。腕を戻して鋒の血を振り落とし、気がつけば背後から腰を持たれ、地面に組み伏せられていた。寸分も動けぬほどの力で押さえつけられる。大刀は手から落ちている。歯が鳴る。相手は血塗《ちまみ》れの手負いだ。呻きながら杜宇の喉輪を左手で摑み捨て、右手を己の腰に回した。梓刀の革袋だ。躰が微《かす》かに動いた刹那《せつな》、杜宇は半身を回して脇差《わきざし》を抜き、横腹に突き立てた。相手の下半身の力が緩《ゆる》み、こなたの脚が動く。膝で股間を蹴り上げ、拍子をつけて立ち上がった。相手は素手だ。腰の革袋の梓刀も尽きたようだった。

「山に帰れ。お前たちがこの郷を奪ったとて、それはもはや青姫の郷ではない。ここは郷の民がいてこその郷だ」

男は総身から血を流し、眉の下も頬も腹も肉が裂けて色を見せている。太く濃い眉が動き、眼には網《あみ》のごとく血の筋が走っている。

「それとも、お前たちが商いをするのか、田を耕すのか。これまでの生き方を変えられるのか。それが希《のぞ》みか」

もの問いたげに口が動き、青染めの歯が見える。

「カカカバネ、ムウラ、コ」

呪文《じゅもん》にも似た言葉を唱《とな》え、だが突如として頭《こうべ》を垂れ、両の膝をついた。数瞬の後、まるで何かにひれ伏すかのように地面に突っ伏した。背後から斬った者がいる。賽子の親仁かと顔を上げれば、血の滴《したた》る刀を手にした男がそこに立っていた。

「礼は要らぬ。今、おぬしに死なれては手合わせができぬゆえ」

久四郎《きゅうしろう》の唇の片端が歪《ゆが》んだ。笑っている。

「おのれ、よくも」

摑みかかったが、すいと横に足を捌く。刀を鞘に納め、杜宇の大刀も拾い上げてこなたに押しつけるようにして渡してきた。

「落ち着け。激すれば血が止まらぬぞ。朔もいよいよお出ましのようだの」

目だけを動かせば、赤影に乗った朔が騎乗の配下三十人を引き連れて市庭に駆け下りる姿が目の端に映った。

「黒雲衆も存外に役立たずであったわ。奴らはここを用いぬ」

蟀谷《こめかみ》に指を置いて言い放ち、顎をしゃくった。

「さて、ここは朔に任せて我らは上がろうではないか」

顎先で示したのは市庭の北西上方、稲田だ。

「案ずるな。朔は殺すなと言い含めてある」

黙《もく》して睨《ね》めつければ、久四郎はくすくすと喉を鳴らしながら杜宇を眺め回す。

「おぬし、随分と弱っておるように見受けるが歩けるか。この肩をお貸し申そうか」

かっと血が滾《たぎ》って大刀を構えたが、今頃になって脇腹と左肩の傷が開いている。いつどこでやられたのか、背中や両脚にも灼《や》けるような痛みだ。

「早《はよ》う動かぬか。あの日、また稽古《けいこ》をつけて進ぜるゆえ精進されよと申したは、おぬしではないか」

従《したが》え、と眦《まなじり》を吊り上げた。

陽が傾きつつある。刈田では鶴や鴫《しぎ》が羽を休めて土中の虫を啄《ついば》んでいるが、久四郎が足を踏み入れるや次々と飛び立った。

杜宇は畔道《あぜみち》を歩きながら兜を脱ぎ捨て、具足の紐《ひも》を解《ほど》いて剝《は》ぎ取った。頭には鉢巻《はちまき》、躰は筒袖《そで》の襯着《したぎ》と小袴《こばかま》のみだ。袴の紐を腹の下で結び直せば脇腹が激しく痛むが、左腰に大刀と脇差をたばさむ。田に入り、薄茶色の稲株を踏みながら進んだ。相対する久四郎とは二間ほど離れた場で足を止める。

　息を整えて刀の鍔《つば》に左手を置き、背筋を立てた。

「聞かせてもらおうか。なにゆえ郷を売った」

「売った、とな」

「黒雲衆に売ったではないか。吾への恨みは吾で晴らせ。郷はなんのかかわりもなかろう」

「さなり。それよ」

　久四郎は唇を捻《ね》じ曲げた。

「蝶の毒にやられて倒れ、気がついたらおぬしがいた」

　また笑った。

「気がふれんばかりの歓《よろこ》びであったよ。ゆえに憎んでも憎み切れぬおぬしなんぞの介抱を受け容《い》れた。躰が動くようになればおぬしの息の根を止める、それだけを念じて恢復《かいふく》を待った。だがあの日、館の広間で驚くべきさまを見た」

　息を継ぎ、久四郎は東の方角を見やった。館の影が長く伸びている。

「あの馬鹿馬鹿しい、子供じみた籤《くじ》を引いた詮議《せんぎ》の場よ。姫や郷の連中と戯《ざ》れ合うおぬしを見て、そう、あの日、それがしはおぬしをもう一度憎んだ。心底」

「戯れ合うなど、とんでもなきこと。吾がいかほどあの場で追い詰められ、抗《あらご》うたことか。記憶違いも甚だしい」

「さよう。おぬしは姫に対して阿《おもね》らず、己の感ずるままに言いたいことを言うておった。あれは言葉遊びではないか。郷の連中はかようなおぬしを面白がり、可愛がる。逃散者《ちょうさんもの》風情がぬくぬくと郷の庇護《ひご》を受け、米を作り、笑《わろ》うて楽しげに生きておるとは釣り合いが取れぬではないか。それがしが人生を棒に振ったというに」

久四郎は吐き捨てた。

「ゆえに考えを変えた。手伝うことにしたのよ。米作りの技を身に付けておけば、いずれ仕官が叶《かの》うた折に役に立つ。百姓よりも米に詳しい代官など無敵、泣き言も言い逃れも通じぬからの」

「さような目的で手伝《てつど》うたか」

「むろん、それだけではない」

久四郎は右横に足を動かした。杜宇は左へと動く。まだ間合いを詰めさせるわけにはいかぬ。

「この地で米が作れるという確証が要る。おかげでこれこの通り、極上の証《あかし》が手に入った。汗を流して働いた甲斐があったというものだ」

久四郎は懐に手を入れ、細長い布袋を出して見せる。袋の口から種籾《たねもみ》の束《たば》の先が出ている。気づいた。

「おぬし、黒雲衆に売ったのではないな」

「当たり前だ。あ奴らにこの地は、なんとやらに小判だ。だが獣じみたあ奴らにも人らしい欲があったと見える。この郷を征服いたさば公儀に掛け合《お》うて、姓《かばね》と身分をもろうてやると説いたら乗ってきおった。郷で家を持ち、女房《めと》を娶り、子を生《な》せ、とな」

「唆《そそのか》したのか」

「役人であった頃、上役からかような衆がおると聞いたことがあった。攫《さろ》うてきた女らに子を産ませても、女どもは山中の暮らしに耐え切れずに死ぬのだ。あるいは自ら命を絶つ。ゆえに赤子のほとんどが生き延びられぬ。あ奴らは子孫を持たぬのだ。ゆえに己の血を引き、己らの手で育て上げる子を欲しがっていた」

「姓、村、子」

　カカカバネ、ムウラ、コ。

　杜宇が刺し、久四郎が止《とど》めを刺した男が最期に唱えたあの言葉。

　ああ、と息を洩らした。

「だが最も大きな目的は、おぬしにとって最も大事なものを奪うことであった。共に和して育て、一気に奪う」

「この稲田か」

「違うな」

「この郷か」

「当たらずとも遠からず。いや、やはり違うな」

杜宇の心を弄《もてあそ》ぶように、歪《いびつ》な上目遣いをする。

「おぬしの甲斐。希望」

そうか、そういうことか。

背山《せやま》の向こうで、暮れようか、どうしようかと惑う空の色がある。風が市庭の戦のさまを運んできた。砲音と咆哮《ほうこう》がいちだんと激している。いよいよ正念場だ。

「朔は殺さぬと申したな。おぬし、朔を公儀に引き渡すつもりか。朔も仕官のための手土産か」

「南蛮人との間に生まれた子は奉行所の詮議を受けねばならぬ。交易にかかわらぬ葡萄牙《ポルトガル》人と妻子も澳門《マカオ》に追放されたではないか。今は長崎の出島《でじま》に幽閉《ゆうへい》されるが決まりゆえ、案ずるな。朔も命までは奪われぬだろう。公には、な」

推した通り、久四郎は朔の素性《すじょう》を知っている。武人としての朔を手土産にするつもりではないのだ。異人の子を捕えて引き渡す、それによって公儀の意を買おうとしている。

「姫も生かしおく。公儀、大名小名、朝廷。いずこも目の色を変えるであろうな。調略《ちょうりゃく》の手駒《てごま》としては極上だ」

「誰から聞いた」

一人で探れる種ではない。親仁どもは決して口を割らぬはずだ。もしや。

「おぬし、分麻呂を脅したな」

「脅すものか」肩を揺らした。

「草生水のことは稲子《いなご》退治の際に察しをつけておった。が、それがしには朔の配下が張りついて近寄れぬ。今日、久方ぶりに小屋の前で再会を果たしての。無沙汰を詫《わ》びておいた」

久四郎は言いながら飽いたように仰向き、首を回し始めた。

「やれ、よう喋《しゃべ》った。こうも喋ったのは久方ぶりだ。黒雲衆の奴らは寡黙《かもく》での。たまに口を開けば訛《なま》りがきつうて聞き取れぬ。あれは半ば獣だの」

怒気に突き動かされるように、杜宇は右腕を真っすぐ斜め下へと伸ばした。大刀と腕を一筋にして数歩近づく。

「あの者らに姓だの身分だのをちらつかせおって、狂わせたのはおぬしではないか」

「いずれ公儀に軍を差し向けて狩り取るよう上申《じょうしん》するつもりであったが、郷の兵が見込み以上に働いてくれた。恐れもなく獣どもに立ち向かうとは見直したぞ。よう闘《たたこ》うてくれた。おかげで手間が省《はぶ》けた」

久四郎は動かぬまま正眼の構えを取っている。杜宇はさらに回り込むように近づいた。

「おぬしはさぞ出世しような。目的をしかと据え、そのためには泥田《どろた》を這い回るを厭《いと》わず、人と親しゅう交わって易々と信を得、その隙に謀《はかりごと》を巡らせる」

「元来は爽《さわ》やかな男なのだ」

杜宇を睨みながら口許だけは笑んでいる。

杜宇は右腕を動かさぬまま踏み出した。走る。久四郎はわずかに躰を沈め、こなたの胴を横ざまに薙いだ。杜宇は半身を反らして躱し、久四郎の刀を撥《は》ね上げる。返す刀で振り下ろせば久四郎も躱し、数歩飛び退《の》いた。と、久四郎の躰が微かに平衡《へいこう》を失った。稲株に足を取られたのだ。だが、こなたもその隙をつけない。草鞋《わらじ》をつけた足指の股が裂けている。じくじくと血を噴く総身の痛みがまた戻ってきて、息が乱れる。

「どうした、なにゆえ斬ってこぬ」

久四郎が山犬のように歯を剝き、鼻に皺を寄せた。

「寸分の躊躇《ちゅうちょ》も許さぬぞ」

杜宇が手加減したと思い違いをして、激昂《げっこう》している。

かほどに吾を強いと思うておるのか。

不思議な気がした。姫や郷の衆に酷な仕打ちを受け続けていると、あの頃の吾はそう思うていた。だが久四郎の目には面白がられ、可愛がられている男に映っていた。それも真か。吾は米を作り、真に笑うておったのかもしれぬ。皆に囲まれて。

久四郎に目を据え直した。真っ向から挑み、久四郎も宙《ちゅう》に吊られるように刀を振り上げた。音を立てて刃が嚙み合った。久四郎の刀が上、こなたが下だ。力に押され、躰が横に流れる。腕が横になる。脇腹から力が抜けて腰までがぐらつく。久四郎の刀が黒い波紋を放って顔に近づいてくる。一瞬でも力を緩めれば、顔から腹の下まで縦一文字に斬り下げられる。

「心願成就《しんがんじょうじゅ》、心願成就、心願成就」

久四郎の引き結んだ口から経のごとく洩れてくる。汗と唾が顔にかかる。杜宇は押されるまま身を反《そ》らせ、躰の芯《しん》と足の裏で身を支えた。久四郎の刀は鼻先寸前に迫り、脇腹がさらに裂ける。

「心願成就、かなえたり」

久四郎が渾身《こんしん》の力を籠《こ》めた刹那、杜宇は微かに重心を変えて身を低めた。途端、久四郎の躰がぐらりと前につんのめった。身を起こしたところに踏み込み、左の腹から胸へと斬り上げた。

久四郎は喘《あえ》いで棒立ちになり、そして頭から仰向けに倒れた。杜宇もしばし動けない。肺ノ腑《ふ》から喉へと笛のような音が上がってくる。大刀を杖がわりにしてようやく近づき、久四郎のかたわらに片膝をついた。

夕映えの空にかかる月を炯々《けいけい》と睨《にら》み、口から血泡を噴いている。己が丹精した稲田の中で。

甲斐、希望。

それは吾を取り巻く郷の衆。吾が初めて得た仲間、友垣《ともがき》であった。おぬしもここで暮らした間は、それを確かに得ておったに。己では気づけぬものであろうか。吾のように。

瞼を閉じてやり、作法通り脇差で止めを刺した。

立ち上がり、すぐさま市庭へと向かう。もう寸分の力も残っていない。だが夕映えの空に月が出ている。朔は、賽子の親仁は無事か。つと足を止め、駈け下りかけた道を引き返した。館へと足を速める。

姫だ。姫は無事なのか。いや、分麻呂だ。あの様子、やはり尋常ではなかった。久四郎に姫らの素性を喋らされただけではないやもしれぬ。

疑念が大きくなってゆく。

杜宇は脇腹を手で押さえ、足を引きずりながらも走った。

十二　燃ゆる水

小川沿いの裏口から館《やかた》の内へと入り、捜し回った。

広間には誰もいない。長屋にずらりと並んだ戸口、納戸《なんど》も中を確かめる。いずこも小暗く、静寂《せいじゃく》が淀《よど》んでいるばかりだ。厨《くりや》を覗《のぞ》けど、女たちの姿は見えない。廊《ろう》を引き返せば小窓から砂風が入ってくる。兵らの喚《おめ》き、馬の嘶《いなな》きが聞こえて、そうか、戦《いくさ》の只中《ただなか》なのだと我を取り戻した。まだ決着がつかぬようだ。だが外に意を払うも数瞬のことで、己の息の音がやけに大きく響いてくる。方々の肉が裂《さ》けて千切れて血を噴《ふ》いているらしい。手で押さえても小袴《こばかま》がしとどに濡れてくる。己がただ痛みばかりになったような気がする。

「姫、分麻呂《わけまろ》」

朦朧《もうろう》としながら歩き回った。捜しているのか、彷徨《さまよ》っているのか。それとも、あの戦場《いくさば》に戻りたくないのか。姫や分麻呂を案じて捜す心の皮の下、姑息《こそく》な料簡《りょうけん》が見え隠れする。

この手で人を殺《あや》めてしもうた。黒雲衆《くろくもしゅう》の末期のあの顔、あの声、久四郎《きゅうしろう》の舌の色。もうたくさんだ。武家はよくもこんな禍々《まがまが》しいことを稼業にしているものだ。朔《さく》、早《はよ》う戦を終わらせてくれぬか。もたもたしおって。おぬしは武の長だろう。奴らをさっさと殲滅《せんめつ》してくれ。そうだ。敵の命は命にあらず、敵の希《のぞ》みは希みにあらず。

敵に物語は要らぬ。鍵破《かぎやぶ》りや石組みの親仁《おやじ》の無残な死によう、ただそれだけを思い返せ。

切れ切れに考えながら、大刀《だいとう》を杖にして進んだ。

なんだったか。ああ、姫と分麻呂だ。女たちだ。吾《われ》はあの者らの無事を確かめるにかこつけて、闘いを放擲《ほうてき》しているのだった。館の内を徘徊《はいかい》して一息ついている。腰抜けか。そうよ、吾は百姓の子ぞ。血塗《ちまみ》れになるはずのなかった人生ぞ。だが、襲われれば討ち返さねばならぬ。殺《や》られる前に殺る。ああ、よくぞ久四郎に殺られなんだものだ。今頃、奴が吾で、吾が奴でもおかしくないのだ。草がひとひら靡《なび》くほどの運で生き残った。

誰が吾を責められよう。吾にはもう力が残っておらぬのだ。もう、斬《き》れぬ。

闇雲に足を運べば、頭の中が少しは空いてきた。そうだ、姫の行方《ゆくえ》だ。

やんごとなき血を引いた姫は。それでいて胡散臭《うさんくさ》い姫は、どこに隠れている。

そう、胡散臭い姫。分麻呂の語った「やんごとなき家の生まれ」を朔は笑い飛ばして否定した。それは分麻呂の願望めいた作り事だ、と。たしかに、姫の半分は野育ちのようなものだ。

そこには朔がいつもそばにいた。姫は生きているのだろうか。もしや黒雲衆に連れ去られたか。

そうとなっても、姫は「これも神意」と言い張れるのか。

いや、待て。吾が姫であればどうするかを考えろ。

戦況が芳《かんば》しくないと察した時点で、女たちと分麻呂を逃がす。違うな、隠す。この襲撃の雌《し》雄《ゆう》が決するまで、どこぞに隠れさせる。とすれば。立ち止まった。

姫の房《へや》だ。

だが、そこがこの館のいずこにあるのか知らぬことに気がついた。姫に招かれたことも、自ら訪《おとな》ったこともない。

久四郎。やはり、おぬしの目は節穴らしい。吾は姫の気に入りなんぞではなかったぞ。

再び広間に入った。躰《からだ》を引きずるようにして一周し、しかし今度は板壁を叩いてみた。寺の本堂ほどに広いというのに素っ気ないほど簡単な造りで、隠し戸の一つも見つからない。肩で息をつき、虚《むな》しく頭《かぶり》を振る。つと、顔を斜めにした。何かが聞こえたような気がした。外の音か。しかしすべての蔀戸《しとみど》は下ろされ、外からも板で塞《ふさ》いである。

「上だ」

天井《てんじょう》を見上げて呟《つぶや》いた。この広間には階上がある。おそらく。

広間を抜けて廊へと出た。真《ま》っ直《す》ぐ進めば奥に厨があるが、左に折れる中廊がある。そこには足を踏み入れたことがない。痛みを堪《こら》えながら身を屈《かが》め、板敷きの表面を指でなぞった。ざらざらとする。土と砂だ。黒雲衆か。奴らはここまで入り込んできたのか。総毛立った。薄暗い中廊を急いだ。走っているつもりだ。切れ切れにも。廊は鉤《かぎ》の手にまた左に折れ、突き当りが仄白《ほのじろ》い。納戸と思しき板戸が開け放されたままになっていて、近づけば梯子段《はしごだん》がある。垂直に近いほどの急傾斜《きゅうけいしゃ》だ。這い登るようにして一段一段を上がれば、やはり人の気配がする。

「や。ややや」

姫の声だ。生きていたと安堵《あんど》するのと、今、まさに黒雲衆の梓刀《あずさがたな》に刺《さ》し貫かれているのではという恐ろしさが同時に突き上げてきた。階上の框《かまち》に手をかけ、肘《ひじ》で躰を持ち上げた。また傷が裂けた。やがて眩《まぶ》しくて目を細めた。忽然《こつぜん》と明るい広間だ。どうやら唐破風《からはふ》の屋根の内部のようで、横長の格子窓《こうしまど》が穿《うが》たれている。そこから夕の光が入っているようだ。

女たちは隅に身を寄せ、その中に立烏帽子《たてえぼし》も見えた。その数間離れた場に二人、半裸の黒雲衆が倒れている。俯《うつぶ》せ、そして仰向《あおむ》いて呻《うめ》いているのでまだ息はあるらしい。

姫はといえば、広間の中央で一人と対峙《たいじ》していた。敵方はやはり顔を紋様で彩っている。赤、緑、黄の棒線や丸、星形だ。顔つきから察するに、この者も若そうだ。黒雲衆は子孫を持たぬと久四郎は言ったが、稀《まれ》に十四、五まで育つ者もいるのだろう。広場での戦で使い果たしたものか、手にも腰にも得物《えもの》は見えない。

姫に向かって身構《みがま》え、じりじりと足を動かしている。いつ飛びかかろうかと目を血走らせている。杜宇は板間に上がるなり、姫のかたわらへと立った。女たちが気づいてか、「杜宇」と口々に叫ぶ。

「皆、無事でなにより」

小さく応えた。

「杜宇」

姫も呼んだ。いつもの稚児髷《ちごまげ》で、衣《ころも》と袴の口を絞《しぼ》った直垂《ひたたれ》だ。目の覚めるほどに艶《あで》やかな白絹で、緑と茶、薄紫がぼかし染《ぞ》め、そこに草木や鳥や月が鮮《あざ》やかに刺繡《ししゅう》してある。

「姫、安堵《あんど》なされよ。吾が相対いたす」

もうこりごりだと思っていたのに大刀を構え、黒雲衆の若者に向き直った。

「隅におりゃれ。そなたが並んではわらわの気が散る」

その途端、黒雲衆が床板を大きく踏み鳴らした。こなたに向かって突進してくる。すうと姫が息を吸う音がして、気がつけば突き飛ばされていた。激しい痛みで気が遠のく。尻餅をついたまま見上げるや、姫の躰が浮いて広袖の衣が翻《ひるがえ》った。

「すっこんでおれと言うに」

降り立った姫はくるりと躰《からだ》の向きを変え、腰を床に着くほどに低く落とした。これまで見たこともない構えだ。右の肘から上を敵に向け、左の半身を後ろに引いている。そのさまはゆるりとして隙だらけに見える。黒雲衆がまた襲いかかった。姫は動かず、真っ向から迎え討つ。激突するつもりか。姫がまた、すうと息を吸った。すれ違いざまにひらりと飛び、

「やっ」

息を吐く音が聞こえた。敵の首筋に手刀を落とした。が、ゆるやかな、虫も死なぬほどの一撃だ。位置が入れ替わり、姫は再び構えた。

「やっ」

　突進してくる敵の左胸に掌《てのひら》を向けた。相手は半ば笑いながら飛びかかってきた。だが勢い余って姫の脇を走り抜ける。夕陽の差す窓下にまで突進し、すぐさま身を返した。と、動きが止まった。顔の紋様が歪《ゆが》み、顎がわななく。何かに縛られたかのように手足を硬直させている。つと胸を掻《か》き毟《むし》り、もがき始めた。そして顔から前へと倒れ込んだ。

　今、何が起きた。

　杜宇は近寄り、首筋に手をあてた。事切れている。姫はといえば足を揃《そろ》えて立ち、胸に月を抱くかのような姿態《したい》を取っている。黒雲衆の骸《むくろ》に向かい、小さく手を合わせた。まだ息があったと思しき半裸の黒雲衆の前にも立ち、同じく手を合わせた。二つとももはや骸《むくろ》だ。

「姫」「姫様」

　女たちが立ち上がり、駈《か》け寄った。杜宇は茫然《ぼうぜん》と突っ立っている。平坦な雪の上でも転《まろ》ぶ、姫のそんな姿しか知らない。

「今、何をしたのだ。呪術《じゅじゅつ》か」

　姫は振り向いて、杜宇を見た。

「拳法《けんぽう》ぢゃ。防御《ぼうぎょ》と攻撃の境目がわからぬ術」

　血の一滴も流れていない。にもかかわらず、三人とも息の根が止まっている。杜宇のとまどいを読んだかのように、姫は喉の奥を鳴らした。

「気を集めて放つ、ただそれだけの術。幼い頃に過ごした寺で明人《みんじん》に教えられたのぢゃ。外傷は与えぬ。なれど躰の内に尋常《じんじょう》ならざる一撃を加える法よ。すぐには絶命せぬ。本人も気づかぬうちに腑《ふ》が破けておる。もはや遣うことなどないと思うておったが、こやつらはわらわを、ただかわゆいだけの女童《めわらわ》だと侮《あなど》ってかかるゆえ」

と、姫の躰がぐらりと傾《かし》いだ。

「姫」

飯屋のおせんが手を伸ばし、肩を入れて支える。杜宇もそばに寄った。

「無傷でなかったのか」

「なんの、これしき。おことこそ随分《ずいぶん》とやられたものよの。分麻呂、介抱《かいほう》してやれ」

だが分麻呂は隅に正坐したまま動かない。姫はおせんに支えられながら窓へと向かう。

「決着がつかぬのか」

杜宇も並んで、窓格子の隙間から見下ろした。広場が隅々まで見える。まだ闘っている。広場の中心、大公孫樹《おおいちょう》の手前に騎乗の朔の姿が見えた。赤影《あかかげ》に跨《また》がって疾走《しっそう》し、槍《やり》と大刀を遣っている。おそろしいほどの俊敏《しゅんびん》さだ。ひらりひらりと槍を回し、刃を光らせる。太刀風《たちかぜ》が聞こえるような気さえした。朔が田で舞う姿を思い出した。

くるりくるり、どうどうたらりら、らりどう

だが黒雲衆も退くことを知らぬ連中だ。斬られても刺されても這い上がり、素手《すで》でも立ち向

かっている。赤影の脚に飛びつこうとしている者がいる。手には梓刀だ。朔が手綱《たづな》を引き、頭上で槍を旋回《せんかい》させるや、後ろ手で敵を突き刺した。血飛沫《ちしぶき》が噴き上がる。

「吾は戻る」

広場に取って返して加勢せねばと窓から身を離した時、姫が問うた。

「黒雲衆の将は」

顔は窓外に向けたままだ。

「将はおらぬ。奴らは命《めい》を受けずとも瞬時に隊を作れる。ゆえにかくも手こずっておる」

「久四郎が大将ではないのか」

「奴は黒雲衆を誑《たぶら》かしただけだ」

「果し合ったのか」

最期《さいご》の、止《とど》めを刺した刹那《せつな》の手応えが甦《よみがえ》った。半開きの口の中で舌が赤黒く捲《めく》れていた。

「ん」と頷《うなず》いた。

「久四郎が死んだじゃと。そは真《まこと》か」

甲高い声がわめいた。隅で蹲《うずくま》っていた分麻呂だ。姫が眉頭を膨《ふく》らませている。

「分麻呂はいったい如何《いかが》した」

おせんが「それがさ」と、顔を曇らせた。

「変なんだよ。そりゃあ、郷《さと》がこんなことになっちまって平気じゃないよ。あたしらだって怖いさ。けど、厨で火道具を用意してる時からいつもの分麻呂じゃない。ぶつぶつぶつぶつ妙な独り言ばかりで、上の空」

杜宇は隅へと向かい、分麻呂の前に片膝をついた。低声で訊《き》く。

「久四郎が死んでは困るのか」

分麻呂は杜宇を見返すも、唇《くちびる》を震わせるばかりだ。

「何を吹き込まれた」

だが一言も返さない。分麻呂の顔がゆっくりと白くなっていく。

「あいつは黒雲衆を利用しただけだ。甘言《かんげん》を弄《ろう》して見果てぬ夢を見させた。おぬしも取り込まれたか」

まだ答えない。その代わりのように奇妙な音がする。分麻呂の歯が鳴っている。

「おことのせいじゃ」

歯の隙間から薄い声が洩《も》れた。

「おことが米なんぞ作ったゆえ、郷の値打ちが変わってしもうたのじゃ。滅ぼし甲斐のある郷になってしもうた」

「これこの通り、滅んではおらぬ。久四郎も吾が討ち果たした」

やにわに分麻呂が腰を浮かせた。

きゃあ。

奇妙な声を立て、広袖《ひろそで》が閃《ひらめ》いた。拳《こぶし》で杜宇を撲《なぐ》りにかかる。

「分麻呂、戦の最中ぞ。控えおれ」

姫が発するや、おせんらが数人がかりで分麻呂の背後から羽交《はが》い締めにした。だが手足を振り回してわめく。立烏帽子が揺れ、頭からずり落ちそうだ。

「あの男は、草生水《くそうず》を献上させると約束したのじゃ。江戸にも、京の帝《みかど》にも。それを、杜宇めが台無しにしおって。姫。こやつこそが元凶、杜宇をこそ殺しなされ」

「血迷うたか」

姫が鋭く発した。だが分麻呂は怯《ひる》まぬばかりか、鼻を鳴らした。

「あなた様というお方は何もわかっておられまへんのや。流浪《るろう》の者を憐《あわ》れんで籤《くじ》をお引かせになるなど、手前はそもそも反対でありましたのじゃ。草生水さえ献上いたさば、山間《やまあい》に身を潜《ひそ》めずとも洛中《らくちゅう》に返り咲き、屋敷を構えることも夢ではないのでござりまするぞ。この郷にいつまでも拘泥《こうでい》なさるな。姫様を亡き者にしようと謀《はか》る不逞《ふてい》の輩《やから》などもうおらぬ、安堵して戻れとお上も仰《おお》せにならしゃったのでありましょう。もはや、かような鄙《ひな》に姫がお暮らしになる道理がない。まるで流人のごとき暮らしを、いったいいつまでなさる。いや、例の井戸がござりますゆえ、あれは手放されてはなりませぬ。ご領地としてお治めなされればよい」

「世迷言《よまいごと》を。わらわは洛中に住みたいなどと思うたこともない。朔も同じだ」

「また、朔」

分麻呂はすっと目を細めた。

「あれのことはお忘れなされ。異人の血の入った者が姫のおそば近くに侍《はべ》るなど、身分違いも甚《はなは》だしき。禁裡《きんり》や幕府との交誼《こうぎ》を行なう上でも向後《こうご》は必ず障《さわ》りになりまする。いや、ご案じ召されますな。武の長が戦場で命を落とすは、それが務めにござりますれば。姫にはこの分麻呂、一の従者が付いておりまする。草生水を宝の水に変えてのけた手前が」

小さな黒目の奥に光がともっている。杜宇は気づいた。

「おぬし、久四郎に利用されているのをわかっていたな」

後の言葉が続かなくなった。信じられなかった。知りながら、姫や朔の素性《すじょう》を喋《しゃべ》ったのだ。

月の満ち欠けは朔日《さくじつ》に始まる。なれど月そのものは夜闇に埋《う》もれて目に見えぬ。見えねども、月はそこにある。やがて徐々に姿を現し、十五夜に満ちる。望月《もちづき》になる。

そう教えたのは分麻呂なのだ。近江《おうみ》の尼寺《あまでら》で出会った満姫《みつるひめ》と朔は陽と陰、光と影のようなものなのだ、と。にもかかわらず、二人を引き剝《は》がそうとしたのか。しかも己の手を汚さずして首尾を遂《と》げようとした。

「黒雲衆の襲撃で、朔を亡き者にしようと」

分麻呂は鼻筋に皺《しわ》を寄せ、杜宇を睨《にら》み返してくる。

「姫の御為《おんため》じゃ」

肩越しに見返れば、姫は棒立ちになっていた。腕をだらりと垂らし、分麻呂を見つめている。

心情はわからない。憤《いきどお》りは窺《うかが》えず、紅い唇も動かない。

暮れかかった窓外で法螺貝《ほらがい》が鳴り響いた。勝鬨《かちどき》が聞こえる。

おせんが顎を上げた。「あの声は郷の兵だ」

女たちが「あぁ」と声を潤《うる》ませた。姫と分麻呂は動かず、何も発しないままだ。足音がして、梯子段から簀子《さいころ》の親仁が血塗れの顔を出した。

「無事か」

杜宇が首肯《しゅこう》すると、親仁は「姫」と言った。

「守ったぜ」

「朔は」姫の声が掠《かす》れた。

「むろん。赤影もな」

「そうか」

「ここにも黒雲衆が上がってきたのか」

親仁は眉を上げた。眼玉まで赤い。姫はそれにはどうとも答えない。

「下りる」

宣言するように言うや、誰の手も借りずに梯子段へと向かう。

「姫様」

分麻呂が縋《すが》るように声を振り絞った。だが姫は一瞥《いちべつ》もくれずに階下へと下りてゆく。

「あなた様の御為を思えばこそにござりますのじゃ。姫、なにゆえわかってくださらぬ。姫様」

正坐を崩し、板間に両手をついている。そのまま突っ伏した。

下の広間は蔀戸が開け放たれ、夕風が入ってきては戦のあとの熱を舞い上げている。

姫は上座で床几《しょうぎ》に坐しているが、珍しく一人だ。女たちに白湯《さゆ》を勧められて小さな椀を受け取ったものの両手でそれを持ったまま、ぽつりとしている。

杜宇は簀子の親仁と共に傷の手当てを受ける。

「分麻呂はまったく、薬籠《やくろう》をどこにやっちまったんだろう」

おせんが手荒に傷を洗い、布で縛り上げる。親仁は「いたた」と身を反《そ》らせた。

「もそっとやさしゅうできぬのか。大根のごとく扱いおって」

「大根なら大事に洗うけどねえ。お前さんは煮ても焼いても喰えぬだろう」

杜宇も傷を洗われ布を巻かれ、板壁に凭《もた》れて坐った。安堵したゆえか、痛みの種類が変わったようだ。動悸を搏《う》つたび総身が疼《うず》くのに瞼《まぶた》は重い。四肢《しし》も重い。こうして毛穴を閉じるように重く鈍《にぶ》くなれば痛みを感じずに済むと、躰が知っているかのようだ。親仁も「ふう」と息を吐きながら足を投げ出し、肩を並べた。

口を動かすのも物憂《ものう》いというのに話しかけていた。

「親仁は左源太《さげんた》というのであったな」

「さよう。榊原《さかきばら》左源太」

「武家だな」

「昔はの。京の公家に仕えておった警護侍《けいござむらい》よ」

「賭博《とばく》でしくじったのか」

まあな、と右の膝を立てて腕をのせた。

「負けが込んで払いができず、となるともう遊ばせてもらえぬ。賭博好きは生まれつき、三日も賭けぬと何も手につかぬようになるのだ。それで、主家の書物蔵から絵巻物を持ち出して払いに充《あ》てた。不思議なことに、露見《ろけん》してほしゅうない事柄に限って露見するわな。さんざんに打擲《ちょうちゃく》されて叩き出された。京の地に二度と足を踏み入れることならぬ、禁を犯《おか》したならばすぐさまひっ捕らえて首を刎《は》ねる、だと。あんな巻物、贋物《がんぶつ》の安物であったくせに、まこと業突《ごうつく》な主《あるじ》であったことよ」

さほど痛手を負っておらぬのか、それとも痛みに強い質《たち》なのか、いつもと変わらぬ口数だ。

「素裸に菰《こも》一枚を巻いて流浪し、道中で喜捨《きしゃ》を頼りに喰いつなぎ、それでも串団子一本が手に入れば物乞《ものご》い仲間を集めて賭けをして、いつのまにやら紙衣《かみこ》に草鞋《わらじ》まで手に入れた。行先も定めぬ道行きであったが、東と西の二股道では己一人で賭けをして、あの山を越え、この川を渡りして流れ着いたのが近江の坂本《さかもと》よ」

「たしか、石組みの親仁と共に二人の子供の警護を頼まれたと言うておったな」

「さよう」

「姫と朔の供をして、この郷に入ったのか」

「分麻呂も供の一人だった。まあ、あ奴は薬師《くすし》ゆえ警護なんぞできぬが」

郷の兵が続々と帰ってきた。女たちが手当てをして回る。生き残ったのは五十人ほどか。血泥に塗れ、折れ釘《くぎ》のごとき姿だが、顔も声も晴れ晴れとしている。姫はといえば兵らにねぎらいの言葉をかけるのもそそこに、不安げに首を伸ばしている。朔の姿はまだ見えない。

「分麻呂は京から姫の供を務めていたのだな」

「最古参だ。京を出立《しゅったつ》した折は十数人ほどの供がおったそうだが、幼い姫の守りをしたとて立身の目など無い。一人去り二人去り、坂本で病を得て死んだ者もある。この郷までつき従ってきたのは分麻呂一人だ」

そう言い、「そういや、分麻呂は姫と何ぞあったのか」と杜宇を見た。

「あんな顔つき、初めて見たぞ」

「ん」黙り込んだ。

分麻呂はこの青姫の郷を、仮住まいの地としか考えていなかった。いずれは京に戻り、満姫がれっきとした姫宮として立つことこそが希みであったのだ。そのためには後ろ盾《だて》が要る。莫大な賂《まいない》が要る。分麻呂はおそらく、臭いのせぬ草生水で財を作ろうとしていた。

杜宇はそこまでを考え、深々と息を吐いた。

念願叶《かの》うて京に戻る暁《あかつき》には、朔は要らぬのだ。これまで姫の支えになったにしろ、これからは要らぬ。むしろ禍《わざわい》のもと。いっそ黒雲衆との戦いで命を落としてくれたら、勿怪《もっけ》の幸いというもの。

あれのことはお忘れなされ。手前がついておりまする。この分麻呂がなにもかも良きようにお運びいたしまする。

そして、姫の信を失《な》くした。

「なあ、朔は。朔はなにゆえ帰ってこぬのぢゃ」

上座で姫の声がする。配下の者に訊《たず》ねているようだ。

「まもなく現れましょう。今、赤影に水と草を」答えた者がふいに口をつぐみ、広間の入口を見返った。杜宇も板壁から背を離し、耳を聳《そばだ》てる。何か聞こえたような気がした。

「なにごとぢゃ」

姫が立ち上がっている。杜宇は姫の前へと移った。

「黒雲衆め、まだ残っておったか」

親仁が言い、杜宇も身構える。その途端、轟《ごう》と凄まじい音がした。広間が一斉に声を上げ、色めき立った。

「大砲《おおづつ》か」「地揺れのようだ」

いや、この臭い。

「見てくる」

親仁に告げ、広間から廊を抜けた。玄関の外へ出ると、分麻呂が腰を屈めて立っていた。

「油井《ゆせい》じゃ。油井で音がした」

狼狽《うろた》え、恐ろしい力で腕にしがみついてきた。傷に巻いた布にも気づかぬのか、指がぎりぎりと喰い込んでくる。

「草生水に万一のことがあらば手前はどうなる。ただの役立たずではないか。なあ、姫は機嫌を損ねてあらしゃるのか。なにゆえじゃ。手前の申したことの何がお気に召さぬ。なあ、杜宇よ」

「落ち着け。吾が見て参るゆえ」

指を引き剝がし、東の油井へと走った。いくらも行かぬうち駈けてくる赤影が見えた。馬上に朔の姿がある。

無事だ。

安堵するも、朔の髪と赤影の鬣《たてがみ》が靡《なび》いて逆巻いている。ひどい風だ。強風の中を朔は赤影を疾走させ、瞬《また》く間に杜宇に近づいた。千切れた耳から幾筋もの血の跡が見え、首や顎や肩を汚している。だが瞳はいつものごとく、小癪《こしゃく》なほどに平静だ。

「皆は」

「広間だ」

「逃げろと伝えろ。一刻も早く西へ。風の変わらぬうちに。早く」

いつものごとく、ではなかった。朔がこんな形相《ぎょうそう》をするのを初めて見た。闘うのではなく、もはや郷を捨てると言う。

「物見台の見張りが、黒雲衆の残兵に殺《や》られていた。兵が油井に火を投げおった」

朔が口早に伝えた。

杜宇は小刻みに頷いた。身を返せば、玄関に人影がある。姫が皆を引き連れて出てきていた。兵らは傷の手当ても中途で、弓《ゆみ》も刀も尽《つ》きた空拳《くうけん》だ。

「皆、逃げろ。逃げるのだ」

朔が大音声《だいおんじょう》で命じた。そして姫の姿を見下ろすや、ぐいと顎をしゃくる。

「これへ」

姫は赤影のかたわらへと走り寄った。伸ばした手を朔の手が摑み、馬上へと躰が浮いた。朔が姫に耳打ちをした。姫はすぐさま皆に向かって口を開いた。

「皆の者よ。郷の衆よ。行けるところまでは共に参ろう。どこまでも」

遊山《ゆさん》にでも出るような言いようで、白い満月のごとき笑みを泛べた。皆はたちまち背筋を立て直した。分麻呂だけが「姫」と、虚しく泣き縋る。

「姫、手前もお供を。この分麻呂がおらねば、あなた様は何もおできにはならしゃいませぬ」

再び凄まじい音が轟《とどろ》いた。火柱だ。油井から途方もない焔《ほのお》が上がっている。禍々《まがまが》しい黒を纏《まと》った緋色《ひいろ》が無数の炎を集めて太く高く伸びる。皆の顔を不気味な明るさで照らし出した。

杜宇は皆を促《うなが》し、「西へ」と大きく腕を動かした。

「傷の浅い者は肩を貸してやれ。山に火が移る前に、一寸でも遠くへ」

油井が火を噴いたとあっては、館も市庭《いちば》もやがて火の海に呑み込まれる。

青姫の郷は灰となる。

賽子の親仁と共に畦道《あぜみち》へと入った。たちまち傷が開き、息が浅くなる。しかも目が痛いほどの悪臭が風に運ばれて辺りを汚し始めた。一刻も早く風下から逃げねば肺ノ腑がやられそうだ。

親仁も荒い息で言う。

「このまま林を抜けて山を越えるぞ。背後から火にやられる前に海に出ねえとな」

振り向けば赤影が嘶《いなな》いている。親仁も背後を見澄まし、舌打ちをした。

「あの三人、いつまで館前に留《とど》まっておる。早う動かねば、赤影の尻に火がついちまうぞ」

「分麻呂がぐずついているんだろう」

「手前も馬に乗せろってか」

「そんなことなら朔も聞き入れてやるだろうが」肩をすくめかけ、目を見開いた。

「いったい何をしている」

分麻呂が一人、市庭の中へと向かっている。立烏帽子を上下に揺らし、左右を踏み違えそうな足取りでよろよろと駈けている。敵と味方の屍《しかばね》を踏み越えている。

「分麻呂、戻れぇ」

朔が叫ぶのが聞こえた。朔の片腕に抱きかかえられるようにして、姫は赤影の上にいる。顔つきはわからない。今度は分麻呂が叫ぶ。「ひぶせ」と聞こえた。親仁も聞いたのか、足を止めた。

「まさか、己で火伏せをするつもりか」

「どうやって」

「大公孫樹《おおいちょう》だ。火の禍に遭《あ》えば水を噴くという謂《いわ》れがある。京の古寺の大公孫樹には、だが」

語尾が途切れた。杜宇は叫ぶ。

「おい、拙《まず》いぞ。火が」

油井の炎が風に煽《あお》られ、しかし館ではなく南の市庭へと向かい始めている。道に降り積もった枯葉に火がつき、戦の折れ矢を焼き、不発であったらしき爆竹《ばくちく》が爆《は》ぜた。まるで火を導く線を引いたかのように市庭へと炎が走り始めた。家々を舐《な》め、黒雲衆と大山犬の屍を弄《もてあそ》び、郷の兵の骸を呑み込む。火はたちまちにして数倍の大きさになった。

渦巻《うずま》き状の市庭の真心に、未だ黄金色に輝く大公孫樹が屹立《きつりつ》している。

「分麻呂ぉ」

姫が叫んだ。

「戻ってこい。早う、今すぐ」

だが分麻呂はすくみ上がってか、寸分も動けない。

「親仁、すぐ追いつくゆえ、皆を頼む」

そう告げ、来た道を引き返していた。

「杜宇」

親仁が呼んだ。

「おぬしの作った米、あれは旨《うま》かったぞ」

にかりと歯を見せ、そして山道へと入った。

杜宇は枯田を横切った。もはや辺りは宵闇《よいやみ》が落ちているが、久四郎の骸が横たわっているのがわかる。

魂はもう抜けているだろうか。逃げる道を引き返す吾を、どこかから見ているのだろうか。

市庭につながる傾斜《けいしゃ》の道を駈け下りた。だが杜宇と久四郎が暮らした長屋や遊女屋にも火が回り、近づくたび焰が行く手を阻《はば》む。引き返し、館前へと駈けた。息を切らして辿り着けば、館にも火が移っていた。

燃え盛る館の前で朔が手綱を捌《さば》き、赤影の鼻面を南へと向けている。

「朔、姫」

声をかけると、二人はゆるりと杜宇を見下ろした。

「まさか、分麻呂を助けに行くのか。正気か」

「分麻呂はわらわの、一の従者」

　姫は馬上で目をすがめた。

「おことこそ戻ってきおって。おことなんぞが、かような火の中に入れると思うてか」

　炎に照らされたその顔からは化粧が剝《は》がれ落ちている。杜宇の意を汲《く》んだかのように、皺が動いた。

「わらわのこのいのちを愛《め》でてくれたのは庵主《あんじゅ》どの、そして分麻呂だけ。わらわの心に添うて共に笑うてくれたのは、朔だけ」

　まるで詠《うた》うように言い、「杜宇」と呼ぶ。

「おことの名は奇妙ぢゃ。唐国《からくに》では杜は姓《かばね》、宇こそが名ぞ。宇は、空に覆われたこの世界。ゆえにこの郷に迎え入れた」

　また「杜宇」と呼ぶ。

「月を仰ぎ、月を抱き、雲を靡かせよ。やよ、よろずをその手で耕せよ。われらを支配してよいのは、この天地のみ」

　そして口の両端を上げ、前を向いた。童女のごとき美しさを取り戻していた。朔は杜宇を見下ろしている。

「この郷で明日を憂えず、昨日に苛《さいな》まれず、ただ今日を生きた。本望である」

彫りの深い顔が片影になり、躰を前へと傾けた。その腕の中で、姫もまっすぐ前を見ている。

「やぁっ」

「待て、待ってくれ。吾を置いていかないでくれ」

総毛立った。けれど声が届かない。赤影と二人の背中はもう火の海へと飛び込んでいる。

「行くな。行くなと言うに」

叫んで伸ばした手の先に火の粉が降りかかる。

方々で新しい火柱が立つ。巨大な炎が高く、それは高く舞い上がり、夜空を舐《な》め尽くす。

背中が熱い。額が熱い。総身が痛い。

いつであったか、こんな光景の中にいたような気がした。法螺貝や陣太鼓《じんだいこ》が鳴り響き、槍が光っていた。鉄砲も見えた。あれは合戦だった。騎馬の武芸者が何百と雪崩《なだ》れ込んできた。

あれは分麻呂の小屋であった。草生水の灯《あかり》を見つめるうち、入り込んでいた。今日の、この火の中に。だが細部は違う。敵は騎乗の武芸者ではなかった。現実には大山犬だった。それとも、いずこかで運命《さだめ》の道筋が変わったのだろうか。久四郎がどこぞの大名、あるいは代官に郷を売っていれば敵も違ったのだろうか。

だが結句《けっく》、朔と姫は火の中に入った。

館が崩れ落ちてくる。臭いと煙で息が苦しい。逃げねばならない。けれど火の海の前で永遠に佇《たたず》んでいたいような気がする。

かほどに離れがたいのに、朔と姫の姿はもう見えない。分麻呂も。

焼けた夜空に、白い月が出ている。

山中の道をよろよろと歩き続ける。足を運ぶたび総身が疼き、裂けた肉は血を噴く。足が縺《もつ》れる。だが焰《ほのお》に追われているのだ。奔流《ほんりゅう》にいつ襲《おそ》いかかられるかと、たびたび背後を振り返りながら逃げ続けている。間近に火が迫っているわけではないのに、首筋から肩、背中、尻までが熱い。火柱《ひばしら》は風をも焼き、火の粉を散らし続ける。頭上の空も燃えている。やがて月さえ雲間に隠れて慄《おのの》いている。

草生水《くそうず》。青姫の郷の油井でひっそりと静まっていた、燃《も》ゆる水。

館や市庭の土中でも息を潜め、脈動し続けていたのだ。人に手なずけられ支配され、けれどたった一筋の火で我を取り戻す。なにもかもを焼き尽くすまで果てない。自らが燃え尽きるまで燃える。

その凄まじさに幾度も身震いしながら、杜宇は山道を行く。木の根に足を取られ、枝に顔を打たれ、そうして郷から遠ざかるほどに郷を思い、胸中の朔と姫は大きくなる。

火の中に入ってゆく騎乗の二人の姿を思い返すたび呻いた。大公孫樹の幹にしがみつく分麻呂の姿も過《よぎ》る。梓刀で胸を抉《えぐ》られるかのような痛みだ。

「吾はこれこの通り、おぬしらを見捨てて逃げておるのだ」

闇雲に叫んで山道を下り、また登る。どこをどう駈けているのか、もはや判然としない。ただただ、火の郷と化した地から一寸でも遠くへ。だが降り積もった落ち葉で足を滑《すべ》らせ、また傷が開く。

「姫の言う通りだ。吾なんぞが火の中に入っても分麻呂は助けられぬ。せめて己の命を助けたいのだ。いかにも。死にたくないのだ。吾はまだ死にとうない。朔のように、本望だとはとても言えぬ」

この郷で明日を憂えず、昨日に苛まれず、ただ今日を生きた。本望である。

まったく、なんということを吐《ぬ》かす。痴《し》れ者には勝てぬと、歯を軋《きし》ませる。

朔よ。なにゆえ吾を置いていったのだ。姫よ。なにゆえもう一度、神意を問わなんだ。吾らが共に手を携《たずさ》えれば、またいずこなりとも郷を開けたはずであろうに。それとも、吾はやはり取るに足らぬ者であったのか。おぬしらの物語には不相応であったか。吾はこれからどうすればよいのだ。生き残った者は。

四囲《あたり》はいつしか闇のみになっている。山の懐深くに入ってしまったらしい。沢沿いの木々は湿った息を吐き、鹿がびいと啼《な》く。山犬の遠吠えは聞きとうもない。躰がまた痛みを思い出して血を噴く。にわかに甲高い、火がついたかのような声が響いて顔を上げた。

鳥だ。杜宇《ほととぎす》だ。

かような晩秋に森で啼いているとは、渡りをしそこねたのであろう。お前も仲間に去られ、この世に残ってしまったか。のう、杜宇よ。凡人《ぼんじん》であることの淋しさが身に沁《し》みるの。

こんなにも心細いとは。

足の裏や脹脛《ふくらはぎ》が下りの傾斜の凄まじさを伝えてきて、立ち止まった。息を深く吸い、吐く。いかほど嘆《なげ》こうが淋しがろうが、躰は生きたがる。頭上の高枝から垂れ下がっているものが見えた。蔓《つる》だ。雲間が晴れ、月があえかに照っている。

迷いもせずに摑んだ刹那、ずるりと蔓が伸びた。ちぎれた音がして躰が浮き、したたかに打ちつけられた。掌は空を摑んで肘が泳ぎ、仰向けのまま枯葉の中を滑り落ちた。恐ろしいほどの速さで落ちてゆく。

十三　杜宇

立春の陽《ひ》が落ちて、白く丸くなっている。

童《わらべ》は稲穂をしごいて籾《もみ》を取っている。手つきはたどたどしいが、一人前に熱心な顔つきをしている。同じ莚《むしろ》の上でこうして見ていると飽《あ》くことがない。

「いやいや、そこは取らんでよろしい。上から三分の二をしごいて、あとは茎に残せば自ずと枯れる」

「じっちゃ、こうか」

掌《てのひら》の中を見せる。六つの子にしては呑み込みが早い。褒《ほ》めてやると柔らかな頰を光らせて仰向く。鼻の穴の水洟《みずばな》も光る。手招きをして胡坐《あぐら》の中に抱きかかえ、腰から古手拭《ふるてぬぐ》いを抜いて洟を拭いてやる。

「これ、ぢっとしとらぬか」

こそばゆいのか、厭々《いやいや》と顔を左右に振って躰《からだ》をくねらせる。その爪先《つまさき》が笊《ざる》を蹴ってひっくり返し、せっかくしごいて集めた籾が莚に零《こぼ》れて散らばった。

「しまった」

思わず大きな声が出た。子供を叱《しか》ったわけではない。抱きかかえる前に足元から笊を離しておかなかったのは、大人であるこなたの手落《てぬか》りだ。だが当人は淡い眉根を一人前にきゅうと寄せ、莚を見つめている。

「なんの、これしき。拾えば済むことぞ。ほれ、このように」

ところがなかなかに難しい。籾と莚の色が似ていて、それもそのはず、元はといえば同じ稲の実と茎だ。老いた眼には判別がつきにくい。すると幼い肩が動き、小さな指先が拾い始めた。

「やれ、おぬしが頼りじゃ」

頼りという言葉が気に入ったのか四つん這いになり、膝や肘で莚の上を這い回る。

「大事な種になる籾じゃ。一粒たりとも無駄にすまい」

「じっちゃ、これを田に播《ま》くと稲になるんだな」

「いや、事はそう簡単にはいかぬもの。まずは盥《たらい》の水に籾を沈めて選《よ》り分けねばならぬよ」

実の充実していない籾は軽くて水面に浮いてしまうのでそれを取り除き、沈んだもののみを掬《すく》う。それを笊に広げて日向《ひなた》で乾かせば種籾になる。

「去年もやったろう。三月になったら苗床《なえどこ》を作って種籾を土に下ろす。それからが苗作りぞ」

米作りの半分は苗作りにかかっている。田植えの日を迎えるまで苗床でしっかりと育ててやらねばならない。草取りに間引き、虫取り、鳥追いと、この時期に最も心を砕く。まだ弱い、小さな命なのだ。どれほど手をかけてやってもよいほどにかけ、育ちを助ける。丈夫でしっかりとした苗にさえなっておれば、田に植えても自ずと育つものだ。自らの力で日照りに耐え、大風や雨に打たれてもまた起き上がる。そして秋に稔《みの》る。

とはいえ、一年でできる米作りは一度のみ。毎年、何かがうまくいき、何かがうまくいかない。ゆえに春秋に田神《たがみ》を招いては祈る。

「じっちゃ、惣太《そうた》」

呼ぶ声がして、わざわざ振り向かずともいい匂いがする。腹を撫《な》でさすり、腰を上げた。庭に面した縁に鍋や皿が並べられていて、倅《せがれ》の嫁が鍋から汁を椀によそっている。

「やあ、茸汁《きのこじる》か」

味噌を溶いた汁の中に幾種類もの茸と芋が見え、腹の虫が鳴る。惣太は母親の顔を見てころころと笑う。さっそく箸を取り、一口啜《すす》った。

この嫁は味噌造りと醤油造りが巧《うま》く、なにより田植えが巧いのだ。糸を張らずとも真《ま》っ直《す》ぐに植え進め、しかも土にしかと埋めて手早い。ゆえに方々の家から手伝いを頼まれ、有難がられる。倅はその腕を見込んで嫁にもらいたいと申し出て、こなたにもむろん異存はなく媒酌《ばいしゃく》人《にん》を立てたのだったが、祝言の夜、女房は「なんの」と笑っていた。

もったいぶったことを言いましたが、実のところはただの一目惚れ。野良着の裾から見えるふくらはぎの白いこと、汗ばんだ頰に泛《うか》ぶ片笑窪《かたえくぼ》の可愛いこと。あの娘の見目に惹《ひ》かれたのでござんしょう。

生真面目で堅物が過ぎるのが心配の種であった倅に安堵《あんど》してか、女房は久方ぶりに煙管《きせる》を持ち、満足げにくゆらせていた。

横に並んだ惣太は塩結びを口一杯にほおばって、咀嚼《そしゃく》する顎も元気よく動く。塩結びはこの村では贅沢《ぜいたく》とされる姫飯《ひめいい》で、嫁は月に一度、女房の命日の朝にのみ炊く。そういえば今日は月命日、女房が好んでよく作っていた汁椀を昼餉《ひるげ》にしてくれたらしい。こなたは神事に熱心でも仏事《ぶつじ》にはとんと無頓着、倅夫婦にまかせきりだ。

「おっかさんの手並みには、まだまだかないません」

恥じるように言い訳をする。

「いや、旨い。飯も汁も旨い」

慰《なぐさ》めではなく本心だ。四十を過ぎてからか、嘘やごまかしを口にするのが面倒になった。その必要が生じれば黙っている。口を開きさえしなければ済むことは多く、争いを避けて生きるのが長年の慣い性だ。さりながら村の暮らしがいつも平穏無事であるはずもなく、ましてこなたはそもそも江戸から入った余所者《よそもの》であり、地生《じば》えの百姓ではない。村の外れで小さな質商《しちしょう》を始め、質流れの田を放置もできずに自ら耕したのが契機となって再び稲を作ることになった。田畑の売買は公儀《おかみ》に禁じられているが、田畑を質入れする者は後を絶たない。

まだ孫の惣太が生まれる前だったが、不作の年にこなたの田だけが見事に稔ったことがある。

それが名主の不興《ふきょう》を買い、村の者に幾重にも取り囲まれて責め立てられた。黙っていた。謂《いわ》れのないことで詫《わ》びはしない。迂闊《うかつ》に詫びれば言質《げんち》を取られる。小突かれようが脅されようが頭を下げず、昂然《こうぜん》と顔を上げていた。

その日の夜、人目をしのんで訪れた者がある。種籾を分けて欲しいと言った。苗を作る種籾さえ残せず、このままでは村を逃散《ちょうさん》するしかない。分けた。苗の作り方について教えを請《こ》いにきた者もあった。教えた。

その者らのうちの一人が、この嫁の父親だ。あの頃は村八分にされる恐れもあったというのに、よくぞ嫁に出してくれたものだと思う。

「お墓は今朝、お先に参らせていただきました。あのひとは今日は村の寄合《よりあい》があるそうで」

「かまわぬよ。あとで惣太と共に参ろう」

嫁は黙って頷《うなず》き、子が縁板《えんいた》に落とした飯粒を拾って口に入れた。


鶯《うぐいす》の啼《な》く声が山々に響く。

孫と共に村外れの道を行けば、なだらかな傾斜地《けいしゃち》に梅の林が広がって匂い立つようだ。この地の土は果樹の生《な》りがよく、林檎《りんご》や梨《なし》、葡萄《ぶどう》、秋には柿もそれはよく実る。村から市中へは三日もあれば着く距離だ。江戸ではかような果実は水菓子として珍重《ちんちょう》され高値で取引されるので、米の年貢の半分でも木生《きな》りの実で納めることができればさぞ暮らしが楽であろうにと思うが、口に出したことはない。口を惜しんでいるわけではない。誰にも考えを訊かれないからで、まして代官が物納を認めてくれねばならない。そのためには名主が役人に物申さねばならないが、この村の名主は役人の鼻毛を読むに汲々《きゅうきゅう》とするばかりだ。

梅林を抜ければ今度は黒松赤松の生《お》う原で、夏も木下闇《このしたやみ》が深い。そのさらに外れへと進めば明るい草地がある。土を盛って卒塔婆《そとば》を立てただけの墓だが樒《しきみ》の濃緑《こみどり》が繁り、倅夫婦が供えたらしき野菊が午下《ひるさ》がりの陽射しにやすらいでいる。その前に膝をついた。腰から煙管入れと煙草《たばこ》入れを取り出して刻みを詰め、火をつけて吸いつけた。一筋をくゆらせて墓前に手向《たむ》ける。

気づいてかたわらを見やれば、惣太が小首を傾げて煙を見ている。家の中に置いた素木《しらき》の位《い》牌《はい》にはいつも線香を立てるので、不思議に思うのか。

「ばあちゃは煙草が好きであったゆえの」

そうは言っても、この村に居を定めてからはほとんど喫《の》まなかった。

「お前の生まれる遥《はる》か昔、江戸で飯屋を営んでおったことがあったのだ。初めは掘立小屋で見《み》世《せ》とも言えぬ見世だったが、なにしろ江戸には唸《うな》るほどの人足《にんそく》仕事があった。御公儀《おかみ》が大名諸《しょ》侯《こう》に命じた城の普請《ふしん》で人手はいくらあっても足りぬ。近在から稼ぎにきた男たちの腹を埋めたのが、ばっちゃの拵《こしら》えた飯だ。お前も喰って育ったのだぞ。喰い初《ぞ》めの膳には、ばっちゃの炊いた姫飯もあった」

とろろ飯に貝汁は人気の献立だった。そして女房の真っ直ぐな気風も荒くれどもの性《しょう》に合ったらしい。腹が減っているゆえ何でもいい、早く喰わせろとせっつく客に向かって、女房はぐいと胸を張ったものだ。

何でもいいなんてもんは、あたしゃ拵えないよ。黙って待ってな。

「明け方から夜更けまで働いて、そのつかのまに一服つける時の旨そうであったこと」

土埃《つちぼこり》と砂風、そして木槌《きづち》の音が絶えぬ江戸の地で女房は旋風《つむじかぜ》のごとく働き、そしてこなたも幼子を背に結わえつけて薪《まき》を割り水を汲み、魚を捌《さば》いた。女房はいくつも歳嵩《としかさ》であったので、姉と弟に間違われることも多かった。するとそのたび顔を真っ赤にして呶鳴《どな》ったものだ。

夫婦《めおと》に決まってんだろ。籤《くじ》で引き当てちまったんだ、互いをさ。

客の男らは惚気《のろけ》だと解して笑い声を立てたものだったが、女房は嘘偽《いつわ》りを述べたわけではない。

吾らは真《まこと》に籤を引き、道中を共にしたのだ。

波の音がする。潮臭さに気づいて頭を上げれば、総身から脳天をつんざくような痛みが走った。

「目を覚ました。みんな、杜宇が目を覚ましたぞ」

片目をこじ開ければ、賽子《さいころ》の親仁《おやじ》の四角い顔が覗《のぞ》き込んでいた。

夢か。

「寝てろ。今、水を持ってくる」

膝を立てるや足音がする。おせんや遊女屋、厨《くりや》の女たちがひいふうみい、五つの顔が並んで見下ろしていた。皆、無事であったか。そう言いたいけれど、喉《のど》がひきつれて声が出ない。

「水、飲みな」

痛みを堪《こら》えながら頭を起こせば、おせんが抱きかかえるようにして椀を口に近づける。渇いた唇《くちびる》と舌、喉に清水《しみず》が行き渡り、くらくらする。

「いやあ、よくぞ目を覚ました」

「もう駄目かと思った」

「粥《かゆ》もあるよ、喰えるかえ」

口々に言う。頭の中は靄《もや》がかかったかのように朦朧《もうろう》として、「吾は」とようやく発した問いは掠《かす》れて遠くで聞こえる。

「三日前、山ん中で倒れているのを左源太《さげんた》が見つけたんだ。でなけりゃ、今頃は沢の水に浸されて冷たくなっていただろうさ」

「三日前」訊き返した。徐々に現《うつつ》が広がって、杜宇は眉を顰《ひそ》めた。

「郷は如何相成《いかがあいな》った」

「焼けちまった。何も残っちゃいねえ」

「姫と朔《さく》は。二人は分麻呂《わけまろ》を助けに行ったのだ。火の中に入った」

「やはり、さようであったか」

左源太は肩を落とした。女たちは袖《そで》で顔を覆い、互いの手を取り合っている。おせんだけが顔を上げたままだ。だが目尻と鼻の先が赤く染まっている。

大公孫樹《おおいちょう》の根方《ねかた》に横たわる三人と、赤影《あかかげ》の骸《むくろ》が眼裏《まなうら》に泛ぶ。

「親仁は骸を見たのかえ」おせんが訊いた。

「いや、あそこまではとても近づけねえ。まだ残り火があってな」

焼野になった郷の方々に草生水の沼ができており、小さな焔がちろちろと赤く揺らいでそれは不気味な景《けい》であったと、左源太は息を吐《つ》いた。

「ならば土を入れよう。沼を埋めれば、また市庭が造れる」

黒い天井《てんじょう》を見つめながら、杜宇は空《くう》に手を差し伸べた。

「無理だ」

「やる前から決めるな。何年かかろうと」

「武家の姿を見た。あれは公儀の役人だ。草生水をどうするのかは知れぬが、あのまま捨て置きはせぬだろう。新開地として墾くか、それとも油井を建て直すか。いずれにしろ、郷は消えたのだ。民《たみ》がおらねば、青姫の郷は郷ではおられぬ」

同じようなことを吾も黒雲衆《くろくもしゅう》の者に言ったと、杜宇は瞼《まぶた》を閉じる。

「しっかりしなよ、杜宇。あんたはあれだけの傷を負って山で倒れて、それでも命拾いをしたじゃないか。姫と朔と分麻呂だって、火から逃げおおせたかもしれない。いつかどこかでまたひょっくり会えるかもしれない」

おせんが奮い立たせるようなことを言うが、かえって虚《むな》しく響いて肚《はら》の底が冷え冷えとする。こうも空虚なことを平気で口にする女だったかと、顔を背けた。

養生《ようじょう》するうち、この家が近在の網元《あみもと》の別邸であることを知った。郷に出入りをしていた魚売りを頼って訪ねたところ、網元に掛け合ってくれたのだと左源太は言った。たとえ網小屋でも有難い身の上であるが、ここには板間が四つに厨、湯殿《ゆどの》もあるという。

「あの市庭で随分と稼がせてもらったと、網元が恩に着てくれてな。郷が無くなってしまうとはと、嘆きもしていた」

だがこうも言っていたそうだ。

民が自ら治める郷は、早晩、公儀かいずこかの大名に目をつけられるだろうと推していた。戦《いくさ》の続いた世では見逃されようが、誰の支配も受けぬ地など今の幕府の支配に真っ向から抗《あらが》うも同然じゃからの。いや、大きな声では言えぬが、今の御公儀はひょっとして、我らが思う以上に長く続くやもしれぬのだ。秋に千代田城《ちよだじょう》の本丸が焼けたが、大名らはこぞって参府して城の再建に尽力しておるそうな。もはや武家も戦に倦《う》んでおるのだ。ゆえに、天下のご支配に背く異物は取り除いておかねばならない。郷もいずれは潰《つぶ》しにかかられようとは睨《にら》んでおったが、まさか黒雲衆にやられるとはのう。異物同士の相討ちではないか。これは誰ぞ、画《え》を描いたものがおるのではないか。

異物同士の相討ち。酷《むご》い言いように聞こえた。

十日ののちの朝、杜宇は養生を終えて寝床を畳《たた》んだ。障子《しょうじ》を引いて外に出ると、皆が広い板間で汁を啜っていた。貝や魚の匂いがする。おせんが市庭でよく出していた椀だ。

「食べるかい」

訊かれて、目も合わせずに首肯《しゅこう》した。椀に嚙《か》みつくようにして貪《むさぼ》り喰った。蒸した強飯《こわいい》に味噌を塗って焼いてあるのが香ばしく、大根の煮物、漬物も噎《む》せるほどに口に入れ、やはり噎せて左源太に背中を叩かれた。泣きながら喰っていた。久しぶりに、まだ生きていたい己を思い出した。

腹を埋めて撫で下ろせば、皆が呆《あき》れたように苦笑いしている。

「図々《ずうずう》しい杜宇が戻ってきた」「やっと生き返った」

そして左源太が面持《おももち》を改めた。

「おぬし、もう動けるな」

顎を引き、皆に向かって頭を下げた。世話になった覚えがある。水や粥を運んでもらい、傷に薬を塗ってもらい、躰《からだ》も拭いてもらった。夜になると熱を発してうなされて、すると額に濡れ手拭いをあてがってくれる者もいた。そばについてくれている気配が朝まであって、けれど目が覚めれば姿はなかった。それが誰かはなんとなく察《さっ》しがついている。袖が動くたび、煮える米の匂いがした。

「なら、今から向後《こうご》を決める。いつまでもここで厄介になってはおられぬからの」

「賽子か」

「いかにも」口の片端をニヤリと上げた。皆が膝を動かし、車座《くるまざ》になる。

「断る。吾は行き先を決めている」

「当てがあるのか」

「当てではないが、坂本《さかもと》という地に行ってみようと思う」

もし、万に一つもあの三人が生き延びていたら、かつて身を寄せた地を訪ねるような気がする。

「なにゆえ」と訊かれた。

「燃え盛る館の前で、姫が言うたのだ」

わらわのこのいのちを愛《め》でてくれたのは庵主《あんじゅ》どの、そして分麻呂だけ。わらわの心に添うて共に生きてくれたのは、朔だけ。

その言葉を告げると左源太は腕を組み、「姫がさようなことを」と長息し、おせんを見やった。おせんが目で頷き返している。

「おぬしら、何か知っておるのか」

二人とも黙って俯《うつむ》いている。他の女らは訝《いぶか》しげに顔を見合わせるばかりだ。

「姫と朔の育った寺はもうないのだ。廃《すた》れた。庵主様も亡くなっている」

左源太を見返した。

「姫は年に一度は京に上り、内裏《だいり》の機嫌伺いに参じていた」

それは知っている。郷を守るためだと朔に聞いていた。草生水を献上するはすなわち、いざとなれば京を火の海にできますぞという牽制《けんせい》であった。

「その帰りには必ず坂本に立ち寄っていたのだ。庵主様は長年、寝ついておられたでの」

「姫は」

おせんはそう言い、珍しく口籠《くちご》もった。思い余ったかのように息を吐く。

「姫はあれほどに化粧をせねば、人前に出られぬ面相でね」

「傷があったのか」

「いいや」俯いたまま頭《かぶり》を振る。

「病だよ。育ちが早い。まるで、人よりも時が早う進むみたいに」

女たちは不思議そうに首を傾げる。だがおせんはもはや逡巡を見せず、姫の言葉をなぞるようにして語った。

わらわは疎《うと》まれた。五歳の女童《めわらわ》であった頃、すでに十二歳の色艶《いろつや》を放っておったのぢゃもの。怪しき姫、賤《いや》し姫と呼ばれ、父帝にも乳母《めのと》にも、そう、実の母御《ははご》からも忌《い》まれた。絶世の白《しら》拍子《びょうし》であった、あの母御に早う死ねと願われた。

「医師に薬師《くすし》、僧侶に神官も匙《さじ》を投げた。呪いだとの噂が流れた。けど、これは病だと診立《みた》てた者があった。位の低い薬師であった分麻呂さ。今から思えば、分麻呂は郷の草生水を薬にできぬかと考えていた節がある。草木も石も骨も薬にするんだから、油も薬になるやもしれねぇな」

そういえば、分麻呂が口にしていたことがあったような気がする。あんな、油としては下の下とされていた草生水に精魂を傾けていたのは、いずれ薬種《やくしゅ》にしたいとの念願もあったのだろうか。

「怖かったんだろう。姫が日に日に老いさらばえ、寿命を終えてしまうことが。あたしは姫からこのことを聞かされた。そうだ、姫飯を年貢納めにせよと杜宇に命じた日だ。詮議《せんぎ》の日。あの夜、届け物があって館に入ったんだよ。京から訪れた小間物売りに言《こと》づかった櫛《くし》でね。姫への貢ぎ物だというのに、日中は取り紛れて渡しそこねていたんだ。それで初めて、姫の房《へや》にまで上がった。侍女らは別房で休んでいたから誰に取次ぎを頼むわけでもなく、あの梯子段《はしごだん》を上がった」

姫がひとり、鏡の前に坐っていた。朱漆《しゅうるし》の溜塗《ためぬ》りの桶《おけ》で洗ったばかりの、その顔と目が合った。

「姫はたじろぐでもなく教えてくれたよ。口止めもしなかった。ここに逃れおおせた夜、左源太と分麻呂のことを話し合った。分麻呂の望んだこと、恐れたことをさ。姫だけが生きるよすがだったんだ。己が生きていていい理由、それが姫だった。そのためには郷が滅《ほろ》びようとかまやしない」

そこで我に返ったように、頬に手をあてた。

「それで初めて、姫の病のことを打ち明けた。他人の心に踏み込んで憶測するのは柄《がら》じゃないが、誰かと話をしていないと己を保っていられなかった。あたしはあのまま郷で生きて、郷で死ぬるものだと思い込んでいたからさ。でも左源太は病のことを知っていた。考えたら、坂本からの護衛だったんだから当たり前さね」

杜宇は黙って聞いていた。皆も同様だ。嘆息が聞こえ、開け放した戸口の外では海鳥が啼いている。時折、潮騒《しおさい》が届く。

左源太が胡坐《あぐら》を少し浮かせた。

「杜宇、賽子を振らせてくれ」

見返せば、頬から顎にかけて大きな刀創《かたなきず》がある。この親仁もよくぞ生き残ったものだ。

「女たちの行先、その望みは大きく二つに分かれている。京に上りたい女が四人」

厨と遊女屋の女たちが並んで坐している。

「おせんは江戸だ」

左源太の隣で、おせんが膝の上に手を重ねて目を落としている。

「すなわち、おれと杜宇、そのいずれかが京、江戸まで同道する。望みの地に送り届けさえすれば、あとは己の好きにするがいい」

「相わかった」

迷うべくもない。

「先に話しておくが、おせんの腹の中には子がいる」

え、と声が洩れた。

「孕《はら》んでおるのか」

「今が流れやすい時であるらしいゆえ、たった一人の同伴でもよくよく気をつけてやらねばならぬ」

「父親は」

まさか、女誑《おんなたら》しの親仁か。

「わからんらしい」

本人は顔色を変えず、身じろぎもしない。左源太といえば間髪《かんはつ》を容《い》れず、丸めた掌を高く掲げた。そして車座の中心へと投げた。

江戸下りの道中ではおせんの同意を得て、いったん東へと向かった。

故郷の高柳村《たかやなぎむら》に立ち寄りたかったのだ。帰村を願っていたわけではない。許しを請《こ》うつもりもなかった。ただ、兄の又兵衛《またべえ》と嫂《あによめ》、甥の姿を一目、遠くからでよいから見たかった。

おせんは銭を持っていた。館に立て籠《こ》もると決めた際、有り金のすべてを腹帯に包んでいたという。杜宇は無一文だ。おせんは城下の町の旅人宿で通行手形と旅装束《しょうぞく》を調《ととの》え、杜宇にも一式を与えた。宿では夫婦者として一部屋で寝泊まりした。おせんは気分が優《すぐ》れぬのか飯のほとんどを口にせず、時々吐いている様子であったが何も言わぬので杜宇も放っていた。深くかかわるつもりはなかったからだ。江戸に着けばおせんの落ち着き先を決め、その後は別れ別れになればいい。それまでの縁に過ぎない。

ゆえに高柳村を訪ねる時も一人であった。白く青い富士の山を仰ぎ、杜宇は存分に冬の澄んだ空気を吸った。山間《やまあい》の郷里は懐かしい冬景色だ。雪の残る畦道《あぜみち》で落葉焚きの煙がたなびいている。莢蒾《がまずみ》の実がつくづくと赤い。けれどこの顔を見られてはまた余計な騒動を引き起こさぬとも限らぬ。菅笠《すげがさ》を深く被り直し、名主屋敷へと足を速めた。

屋敷はなかった。門と蔵、井戸が残るのみで、あとは枯野《かれの》だ。血の気が引いた。

どういうことだ。兄者《あにじゃ》は弟の不祥事を見事収めおおせたのではなかったのか。

その場に竦《すく》んでしばし動けない。迷った末、帰り道に寺を訪ねた。境内《けいだい》に足を踏み入れる気力もなく、気がつけば堂裏に入っていた。あの夏の日、人生のすべてが変わった場所だ。ちょうどその時、竹箒《たけぼうき》を手にした下男《げなん》が通りがかった。一瞥《いちべつ》して、見覚えのない新参の顔だ。それでも迷った。逡巡した挙句に商人を装うことにして小腰を屈め、「もし」と声をかけた。

「名主の安住《あずみ》という家は、いずこかに引き移られましたか」

「安住。あんた、何用で訪ねなさる」

「手前、古物商いでお世話になっていた者にございます。安住様は目利きでおられましたので、佳《よ》い品を譲っていただいておりました」

兄は先祖伝来の茶器のうちでもさほど珍しくない物は古物商に引き取らせ、己の好みの銘物を手に入れていた。下男は顔の前で掌を振った。

「あの家は闕所《けっしょ》、財産召し上げ、一家は所払いよ」

心ノ臓が早鐘のごとく鳴る。

「それはなにゆえ」

下男は目を細めて杜宇を見上げ、「あんた、何でそんなこと知りたい」笠の中を窺《うかが》おうとする。

「手前どもは同じお客と売買共に取引する商いにございますれば、じつは安住様にはお売りした物の払いがまだ残っておりますんですよ。新しい売買が成れば帳面を書き換えるだけのこと、長年の信用があってこその取引にございますが、ご本人がおられねば帳尻が合わなくなる。あるじに事の次第を申さねば手前が疑われます」

わざとわかりにくい話をして、懐から銭を引っ摑んで握らせた。

「ああ、そう。あんたが疑われるんなら仕方がないが、いえね、あたしもこの寺で雇われるようになって二年ほどだから詳しいことは知らないんだけどね。なんでもお名主の弟がお武家と悶着を起こして出奔《しゅっぽん》したらしいんだ。それであの立派な門に青竹が斜め十ノ字に打たれて、なんもかもお召し上げよ。鎌倉殿の世から続いたらしい名家だというのに、あんた、お名主ともあろう者が眉を半分落とされて、嫁御は草履《ぞうり》も片足しか許されなかったとさ。頭から赤い頭巾《ずきん》を被せられて村を追われたその姿は今も語り草だ。子はまだ赤子でさ。その泣き声がいつまでも響いて、夏の夜は屋敷跡から赤子の声が聞こえるって、今じゃ近づく者もいない。どうなんのかねえ、あの土地。御公儀の御料の地だから役所から御沙汰がないと手もつけられねえって、村も頭を抱えてるよ」

宿に引き返す道すがら、なぜだと問い続けていた。

あいつはなぜ、あのような出鱈目《でたらめ》を。蝶の毒で狂っていたのか。いや、正気だった。正気で吾を生かそうとしたのだ。

絶望して首でも括《くく》られたら堪《たま》らぬ。どうでも、この手で存念を晴らさねばならぬ。暗澹《あんたん》たる思いで歩いた。郷を滅ぼされ、生き残っても生家への罪が立ち塞《ふさ》がる。まだ放免してもらえない。

杜宇よ。苦しめ。二度と元には戻らぬことを悔いて悔いて、己を責め死にせよ。

宿に帰ると、おせんはまた吐いたのか蒼い顔をしていた。だが杜宇を見るや、瞬きをした。

「なんて顔色してるの。兄さん一家には会えたのかい」

杜宇は古畳の上によろりと腰を下ろした。気がつけば抱き寄せられていた。おせんの胸に顔を埋《うず》めれば、目頭から溢《あふ》れて頬を伝い、顎を濡らす。躰が小刻みに揺れ続ける。なぜか、おせんも嗚咽《おえつ》していた。しゃくりあげながら、父親は芸の者、母親は遊女だったと言った。父親は郷に一度入ったきりの渡り者、母親は三つの時に死んだという。

「子供なんて要らない、邪魔なだけだと思ってた。けどいつのまにかあたしもいい齢《とし》になっちまった。だからこの子だけは産みたいんだよ。あたしなんぞが子を持ちたいなんて可笑《おか》しいだろうけど。杜宇、お願いだ。江戸までは一緒に歩いておくれでないか。子が流れてしまわぬように」

その時、決めたのかもしれない。江戸まではなく、その先まで共に歩いてみようと。もう少し先まで。


墓に手を合わせて帰ると、倅の姿が座敷にあった。

難事が出来《しゅったい》している折は話し合いも長引くようで、帰りが夜更けになることもある。今日の寄合は早く終わったらしい。前庭で惣太の手足を洗ってやり、自らも洗って拭いてから沓脱石《くぬぎいし》で履物を脱いだ。倅はいつもの佇《たたず》まいだ。

「父さん、少しよろしいですか」

背いて、上座に膝を畳んだ。背後の飾り棚にはおせんの位牌がある。倅が立てたのか、線香が薫《かお》っている。

飯屋を始めたのはおせんがまだ腹の大きな時で、二人で遮二無二《しゃにむに》働いた。六月に入ってまもなく男の子を、目の前の倅を産んだ。江戸は賑《にぎ》やかになる一方だったが、子が十になった時に江戸の北に移ることにした。おせんが時々病を得るようになり、これまでのような無茶な働き方はさせられないと思ったからだ。おせんに否やはなく、この駒込村《こまごめむら》で小さな質商を始めた。杜宇は名を惣右衛門《そうえもん》と改めた。

倅は一つ息を吐き、いずまいを改めた。

「質商の暖簾《のれん》を下ろそうと思うのですが、ご賛同いただけませんか」

「かまわぬよ」

「よいのですか」

「安住家の当主はお前ではないか。好きにしなさい」

近在の村から借りに来る者も多いので質商いを辞めるに辞められず、倅が引き継いでいる。いつしか蔵も構える家になっているが、倅の様子から察するに商いは好んでいない。商人を頼りながら商人を蔑《さげす》む百姓らの気風は未《いま》だ根強い。十歳で村に入った時は誰も遊んでくれず、いつも独りで畦道に立っていた。

「本百姓《ほんびゃくしょう》になります」

石高《こくだか》に換算できる田畑と屋敷地を持つ者を、本百姓と呼ぶ。

「とうに、本百姓だと思うていたが」

「商いから手を引いて、田仕事のみに専念します。でなければ名主になれません」

虚《きょ》を突かれて、しばし倅の顔を見返した。瓜実顔《うりざねがお》はいつもながら白く、眉目は清々《すがすが》しい。

「名主になるのか」

「まだわかりませぬ。今の名主に不審の儀があり、小農の者らの間で私を推す者が日増しに増えております。手前は半農半商の身だと辞退するも、何を勘違いしたか、名主の弟が私を抱き込みにかかってきました。金ずくです。あのような金子《きんす》の遣いようをするとは、己の汚い内幕を語るに等しい。それで決断いたしました。あんな者らをもう捨て置くわけには参りません」

待てと、惣右衛門は掌を立てた。

「今の名主は大原《おおはら》家、代々江戸にも聞こえる豪家ぞ。不審の儀とは何事じゃ」

「まだ口にできません」

「父にもか」

「はい。父さんにも。田植えまでには入札《いれふだ》を行なうことになりましたゆえ」

覚悟をしておいてくれと言いたいらしい。名主は村人の入札で選ばれるのがこの村の慣いだ。むろん形ばかりであり、大原家の当主以外の者が選ばれることなどあり得ない。

「入札で負ければどうなる」

「何年かかろうが勝つまで続けます。入札をさせぬとなれば役所に訴え出るまでと、掛け合います。公のお調べを受けとうないのは名主の一家ゆえ」

子供時分からおとなしい、目立つことを嫌うような子であったが、いざとなれば梃子《てこ》でも動かぬ。

「承知した」

それだけを短く返した。


小太鼓《こだいこ》に笛、鼓《つづみ》が初夏の空に響き渡る。

畦《くろ》塗りを済ませた今日、田祭《たまつり》を行なう。高札場前《こうさつばまえ》の広場は村の田畑を見渡す小高い場になっており、そこに青い笹竹を四方に立て、注連縄《しめなわ》を飾り、紙垂《しで》を飾った。祭壇には緑の檜葉《ひば》を敷き詰めて酒と米、塩を供え、梅や杏《あんず》の実、桜の実、李《すもも》の花も供えてある。

広場には村の者が総出だ。老いも若きも幼子も頭に赤や黄、白の紙花を飾った笠をつけ、笑いさざめいている。

若者と娘らが拍子よく踊り始めた。田神を呼ぶ踊りだ。

そもそもこの村ではさしたる田祭を行なっていなかった。借金の返済に苦しんで祭祀《さいし》を行なうゆとりを持たなかったからだ。借金は各家が抱えたものではなく、親の代から続く村の借金だった。何十年も前の飢饉《ききん》の際に近在の寺や分限者《ぶげんしゃ》から村が借りて急場を凌《しの》いだ、その返済が延々と続いていた。

それこそが倅の言う、不審の儀であった。毎年の米の生《な》りからして、とうに返済を終えているはずではないか、村の財政が何十年も苦しいままであるとはどうも得心がいかぬ。数人集って倅に相談し、やがて一派を成した。助力し合って貸主を探したところ、寺も分限者も「とうに返済を受けている」と証文を見せたらしい。

名主らは完済した借金がまだあると偽って、村の者らから金子を取り立てていたのだ。倅は父親には何も言わなかったが、女房には話していたらしい。憤りで奥歯を鳴らさんばかりであったようだ。

村人を守るべき名主が搾取《さくしゅ》しておったとは、なんたる不実。村の勘定も洗い直さねばならん。しかし入札では負け、翌年も勝てなかった。今の名主が票を金子で買ったとの噂があり、しかも代官所の役人までが相手方の味方についた。村の生え抜きではない百姓が、しかも大して広い田を持たぬ者に名主の重責は務まらぬと、倅は頭から叱咤されたらしい。

それでも倅は退《ひ》かなかった。脅しにかかる役人に堂々と反論してのけて不興を買い、番屋に引っ張られて五日も帰ってこなかった。痛めつけられたのか、左の腕が折れていた。そして昨秋の年貢納めの日、借金の返済として余分に納めてきた米や金子を皆で申し合わせて納めなかった。

それでも納めよと言うなら、江戸の御番所に訴えて出る。

御番所は町奉行が治める役所だ。事が大きくなるのを恐れた名主は「返済の一時中止」という名目でそれを認め、だが村人の信頼はすでに失っていた。今年の入札で、倅はついに名主に選ばれた。向後は帳面を検《あらた》め、搾取した金子の返済を求めるという。名主の屋敷は固く門を閉ざしたままだ。

倅は名主になってまもなく、林檎や梨、葡萄、柿などの地物《じもの》を年貢として納められないか、役所に交渉《かけあい》を始めた。江戸に運べば必ず売り捌《さば》けるはずと惣右衛門に思案を打ち明けた時は、内心で驚いた。こなたも同じ考えを持っていたからだ。だが誰にも、倅にも口にしたことはなかった。

「じっちゃ、父さんだ」

惣太が声を弾ませ、惣右衛門の袖を引っ張った。

倅は朱赤の水干《すいかん》に身を包み、袴《はかま》は白、頭は黒い風折烏帽子《かざおりえぼし》だ。手には榊《さかき》を添えた鈴を持っている。そして惣右衛門もいつもと違う。頭には銀色の長髪の鬘《かつら》で、狩衣《かりぎぬ》は水のごとく澄んだ浅葱色《あさぎいろ》、袴はやはり白だ。

倅は村の長《おさ》として舞い、田神役の惣右衛門をもてなすのである。

惣右衛門は面《おもて》をつけた。神楽《かぐら》の面師に注文して打たせた獅子《しし》の面だ。倅と向き合い、そろそろと舞い始める。地面を剣《つるぎ》で払い、叩いて清める。

くるり、くるり、どうどうたらり、らりどう

笛と太鼓に合わせて親子で舞う。かつて青姫の郷で見ていた舞いとは異なって、なにしろすべてがうろ覚えだ。ゆえに江戸の神楽師の元に通って教えを請い、それを倅にも伝えた。まだ

拙《つたな》い仕方で、とてもではないが豪壮《ごうそう》とはいえず、宙返《ちゅうがえ》りなどできるはずもない。そろそろと足を摺《す》って運び、ただ祈りを籠《こ》めるのみだ。

伜は初め、自らが踊ることを肯《うべな》わず、もっと若い者をというのを無理に説き伏せた。

「一度でよい。共に舞わせてくれ」

そこまで我を通したのは珍しい。伜は瞳の奥を探るように見つめ、「もしや」と言った。

「親子で舞《も》うたら、あとは好きにせよ、父の仇《あだ》を討《う》てとでも仰せになるおつもりですか」

今度はこなたが黙って、伜の瞳の奥を探る番になった。

「実の父のことなら、母さんから聞いて知っております」

張りつめていた総身から一気に力が抜けた。

「おせんはいつ話した」

「五年前、亡くなる前に。おさえも承知しています」

嫁の名を出されてまたも驚いた。若夫婦が態度に出したことなど一度としてない。

「久四郎《きゅうしろう》」

伜の前に膝を進めた。

「おせんがどう話したかは知れぬが、吾はお前の父親を手にかけた者ぞ。恨んでよいのだぞ」

久四郎は目を逸らさない。

「仇を討つ討たぬと騒ぐはお武家の沙汰、我ら百姓には埒外《らちがい》のこと。だいいち、ここまで育ててくれた父さんを恨めと言われても、もはや手遅れというものです」

おせんに打ち明けられたのは、久四郎が三歳の時だ。当時は幼名で、惣太と呼んでいた。長ずるにつれ面差しや躰つき、不思議なことにふとした時の声や仕種《しぐさ》まで似てくる、もう隠しようもないと、おせんは観念したらしかった。

たった一度でしたさ。互いに想いをかけ合《お》うていたわけではなく、でも今から思えばあの人も郷から消える直前の夜。張りつめていたんでしょう。見世で珍しく酒を過ごして私も相手をして、気がついたら互いに火がついたみたいに。

そしておせんは、「お好きなようになさってくださいまし」と頭を下げた。殺すなと去るなと、どうにでも。これまで有難うございました。

惣右衛門は「なら」と言った。

いずれ元服すれば、実の父の名を継がせよう。

おせんは両の眉を引き上げ、「なぜ」と唇を震わせた。

吾なりの供養だ。これだけは聞き入れてもらいたい。いや、夫婦別れもせぬぞ。長生きしてくれ。

その顚末《てんまつ》をとつおいつ久四郎に話せば、「父さんらしい」と呟《つぶや》いた。

「親子で舞う田祭、お引き受けします。ただし、手前はきっと下手にござりますれば、お叱りにならないでください」

だが久四郎の舞いは凜然《りんぜん》として厳《おごそ》かだ。折れた左腕は曲がったままだが、所作には筋の通った気概《きがい》が満ちている。嫁のおさえが耳打ちしたところによれば、秘かに修練したらしい。舞いながら倅に惚れ惚れとして己の足捌《あしさば》きや振りを忘れてしまいそうだが、それもまたよいのかもしれぬ。

田の神に、ただ魂をゆだねよう。

空も水面《みなも》も青く、雲が流れる。

田植えが済んで十日、稲苗の葉もさわさわと揺れる。

「惣太、葉の色を見よ。青うなっておるだろう。あの色が、土にしっかと根づいた証《あかし》ぞ」

八つになった孫は顎を上げ、葉の音に耳を澄ませているかのようだ。

草の畦道に腰を下ろせば、惣太が布包みを膝にのせて開く。「じっちゃ、水」と竹筒を差し出し、惣右衛門はそれを受け取る。どこかで杜宇《ほととぎす》が啼いている。今日は楽しげな声だ。いつもかように啼いておればよいものを、哀しんだり嘆いたり、忙《せわ》しない鳥だ。

杜宇よ。

田の上に動く影が見えて、惣右衛門は口にあてかけた竹筒を落とした。

美しい赤毛の馬が行く。

銀色の髪を靡《なび》かせた若武者が、稚児髷《ちごまげ》の娘をゆるりと片腕で抱えるようにして進んでいる。

娘は白の表衣《うわぎ》に朱色の長袴で、手には藁《わら》しべを持って揺らしている。藁の先は玉結びが一つ、二つ、三つ。

たらりら、たらりら

馬の後ろには烏帽子の老人が躰を左右に揺らしながら随伴している。遅れまいとして息を切らす、その音までが聞こえる。

手を伸ばし、立ち上がっていた。

刹那、元の田の景に戻っていた。腕で目をこすり、瞼を持ち上げても葉の青が揺れるばかり、あめんぼが泳いで水紋を広げる。蛙どもも賑やかだ。

「白昼に夢を見るとは」

独りごちて屈み、竹筒を拾い上げた。見下ろせば、己の括り袴が濡れている。

「やあ、これは失態。惣太、お前の水まで零してしもうた」

肩に手を置けど、孫はこなたを見上げもしない。棒立ちだ。「どうした」とまた屈んで、横顔に顔を近づけた。惣太は口を半開きにしたまま彼方《かなた》に目を凝《こ》らしている。

「じっちゃ。今、綺麗な人たちが通った」

惣右衛門は再び田の上にまなざしを戻し、遠くの山々をも見渡した。だがもう何も見えない。届かない。

「通ったのう」

口に出せば、それが真《まこと》だという気がしてくる。惣太は不得要領《ふとくようりょう》な顔つきで小首を傾げ、大人の真似をして腕組みまでする。

「いずこの者だろう。青い光をまとってた」

「青」

驚いて、孫を見返した。

「うん。見たことのない青」

「さようか」

惣右衛門は彼方を見やった。

「それは、じっちゃには見えなんだ。さようか」

惣太は口を尖らせて、まだ首を捻《ひね》っている。

「帰ろう。今日は手習いをせねばな」

促せばやっと肯いたので、惣右衛門は跳ねるように畦道を上がった。一度振り向けば惣太も同じようにしていて、二人で照れ笑いをした。


杜宇よ。

月を仰ぎ、月を抱き、雲を靡かせよ。やよ、よろずをその手で耕せよ。

われらを支配してよいのは、この天地のみ。

主な参考文献

『図録　農民生活史辞典〈普及版〉』秋山高志・北見俊夫・前村松夫・若尾俊平編／柏書房
『日本中世の百姓と職能民』網野善彦／平凡社
『農業全書　巻一～巻五　宮崎安貞』山田龍雄・井浦徳監修／山田龍雄・小山正栄・島野至・武藤軍一郎・吉田鷹治・井浦徳校注・執筆／吉田寛一編集協力／農山漁村文化協会
『農業図絵』土屋又三郎　日本農業書全集　第二十六巻／山田龍雄・飯沼二郎・岡光夫編集／清水隆久校注・執筆／農山漁村文化協会
『百姓の力――江戸時代から見える日本』渡辺尚志／柏書房
『武士に「もの言う」百姓たち　裁判でよむ江戸時代』渡辺尚志／草思社

初出　「読楽」二〇二〇年九月号～二〇二一年一月号、
二〇二一年五月号～二〇二一年十二月号掲載。
単行本化にあたり、加筆修正しました。

朝井まかて

一九五九年大阪府生まれ。二〇〇八年、第三回小説現代長編新人賞奨励賞を受賞し『実さえ花さえ』でデビュー。『恋歌』で第三回本屋が選ぶ時代小説大賞と第一五〇回直木賞、『阿蘭陀西鶴』で第三一回織田作之助賞、『すかたん』で第三回大阪ほんま本大賞、『眩』で第二二回中山義秀文学賞、『福袋』で第一一回舟橋聖一文学賞、『雲上雲下』で第一三回中央公論文芸賞、『悪玉伝』で第二二回司馬遼太郎賞、『グッドバイ』で第一一回親鸞賞、『類』で第三四回柴田錬三郎賞と第七一回芸術選奨文部科学大臣賞受賞。このほか、大阪の芸術文化に貢献した個人に贈られる大阪文化賞を受賞。近著に『ボタニカ』『朝星夜星』『秘密の花園』等がある。

青姫《あおひめ》

二〇二四年九月三十日　第一刷

著　者　朝井まかて
発行者　小宮英行
発行所　株式会社 徳間書店
〒一四一-八二〇二　東京都品川区上大崎三-一-一
目黒セントラルスクエア
電話［編集］〇三-五四〇三-四三四九
［販売］〇四九-二九三-五五二一
振替　〇〇一四〇-〇-四四三九二
組版　株式会社キャップス
本文印刷　本郷印刷株式会社
カバー印刷　真生印刷株式会社
製本　ナショナル製本協同組合

落丁・乱丁本は小社またはお買い求めの書店にてお取替えいたします。
ISBN 978-4-19-865890-8